食锈末世录

1

[日]瘤久保慎司/著
[日]赤岸K [日]mocha/绘
何阳/译

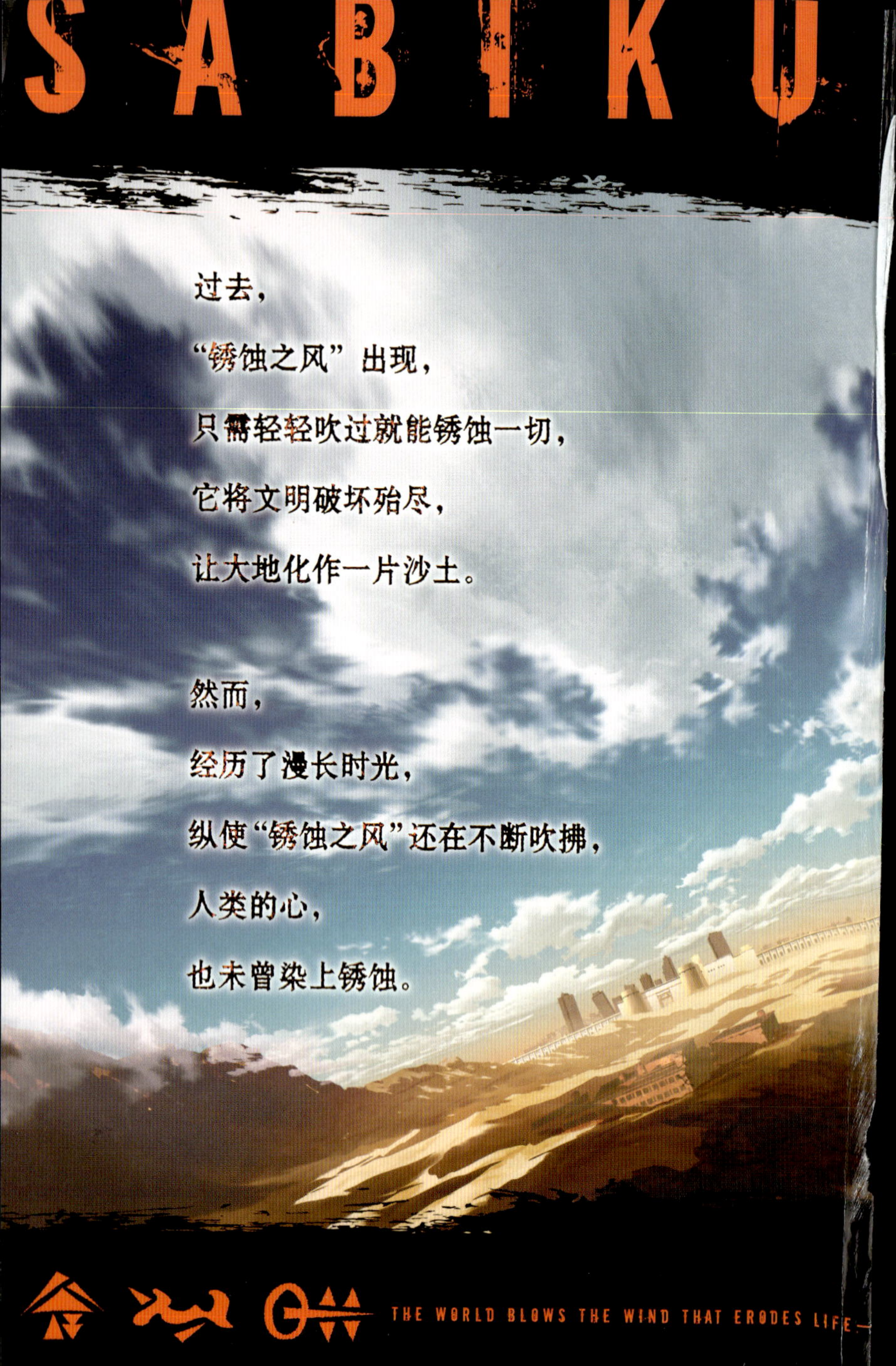
SABIKU
过去，
“锈蚀之风”出现，
只需轻轻吹过就能锈蚀一切，
它将文明破坏殆尽，
让大地化作一片沙土。
然而，
经历了漫长时光，
纵使“锈蚀之风”还在不断吹拂，
人类的心，
也未曾染上锈蚀。
THE WORLD BLOWS THE WIND THAT ERODES LIFE

BISCO
A BOY WITH A BOW IS RUNNING THROUGH THE WORLD LIKE A WIND

赤星毕斯可
逮缉
年龄十七 身高180厘米左右
蘑菇恐怖袭击二十八次
八十万
日币
『两人一组搭档
是蘑菇守护者之旅的基础。
要是其中一个死了，另一个就得跟着上路。』
AKABOSHI BISCO
赤星毕斯可
别号“食人菇赤星”的
最强蘑菇守护者。
将其捉拿归案的悬赏金为八十万日币。
能靠一把弓让任何地方
开出一朵朵蘑菇。

『那说不定可以拯救我的姐姐，
拯救我唯一的亲人。不过是条手臂，想要就拿去吧！
就算脑袋分家也无所谓！』
NEKO YANAGI MIRO
猫柳美禄
外号“熊猫医生”，深受众人喜爱的
美丽少年医师。
心地善良、医术卓越，
因而备受忌滨闹市区的居民爱戴。
不分昼夜地寻找万法治疗
罹患严重锈蚀病的姐姐。

「欢迎来到充满诱惑的水母商店，两位客人。」
OO CHAGAMA CHIRORU
大茶釜滋露
像水母一样，
只身踏遍荒野的美少女。
一时诓骗毕斯可他们，
一时又出手相助，
但她的真面目是……
「来得好啊，最强的蕈菇守护者。你真的出现在我面前了。」
KURO GAWA
黑革
忌滨县知事，
掌控着这座罪恶之城，
混迹于黑白两道间的男人。
身边总是跟着
一群戴着忌滨县吉祥物
“忌忌”头套的部下。
贾维＆芥川
毕斯可的师父和情同手足的大螃蟹。
贾维曾被誉为弓圣，
乃是“蕈菇守护者的英雄”，
现在则是一位锈蚀病患者，
虽预料自己命不久矣，
却仍泰然处之，继续旅行。
「老夫会绊住他们，快走呗。」

猫柳帕乌
美禄的姐姐，
年纪轻轻就当上
忌滨自卫团团长的女中豪杰。
尽管身体已遭锈蚀病侵害，
还是在为弟弟挥起铁棍。
NEKO YANAGI PAU
『蕈菇守护者，我劝你乖乖投降伏法。
不然下一招就把你的头割下来。』

SABIKUI BISCO

The world blows the wind that erodes life.
A boy with a bow is running
through the world like a wind.

[插　画] [日]赤岸K
[世界观插画] [日]mocha (@mocha708)

食锈末世录

1

[日]瘤久保慎司/著
[日]赤岸K [日]mocha/绘
何阳/译

廣東旅游出版社
GUANGDONG TRAVEL & TOURISM PRESS
悦读书·悦旅行·悦享人生
中国·广州

目　录

即使风
能让文明、
神与恶魔
一点一点地锈化为沙，
却唯独无法
锈蚀你的灵魂，
以及眼神。
前进吧。
锈蚀畏惧的
正是脉动的生命。
在那之前开辟道路吧。

——新进蕈菇守护者之诗

纸上用大得夸张的字写着“食人菇赤星毕斯可”几个字。

中间那张照片上的人有着尖刺般的红色头发，额头上戴着有裂痕的猫眼护目镜，表情凶恶得像要扑上来一样。那炯炯有神的右眼周围还有一圈火红的刺青，仿佛给眼睛镶了边。

一看就知道这人是个危险分子。疯狗般的脸庞下面写有“年龄十七，身高一百八十厘米左右，捉拿酬金八十万日币”等文字，还盖上了“群马县”的印章。

这张悬赏单钉在关隘窗口的墙上，被风沙吹得不断掀起。一位年轻的游方僧人直盯着它看。

“你很在意吗？”

长着胡子的肥胖官员一边检查通行证，一边问游方僧人。

游方僧人挪开视线，稍稍将脸转向官员那边，尴尬地点了点头。他脸上松垮地缠着抄写了咒经的绷带，遮住了表情。

“这人经过的土地会长出满地蕈菇，所以外号叫‘食人菇赤星’。他在县政府里是个话题人物，毕竟他把观光胜地赤城山的整片山麓都变成蕈菇堆了。”

“为何要用‘食人’二字形容？”

“因为他就是会吃人啊。”官员喝着廉价的酒，咯咯笑道。他似乎觉得自己很幽默：“其实不是啦，是因为他坏到让人想要这样称呼。我想你们这些走遍各地游方的和尚都不知道，但赤星的蕈菇真的很不得了。他只要像这样拉弓射出一支箭——”

只见官员从窗口探出身子，浮夸地做出拉弓的动作。

“不管是土壤还是铁，只要是他瞄准的位置……都会‘嘭’的一声长出大树似的蕈菇。就算那是寺院或者神社也照打不误，他就是个狂妄自大的蕈菇守护者，所以大家才会这么称呼他。

再说了，你看看他这副疯狗样，看着就像是会吃人的样子啊！”

游方僧人面无表情地看着哈哈大笑的胡子脸官员，再次将目光移到悬赏单上。

“食人菇赤星……”

“话虽如此，你也不必担心。没有罪犯能躲过天下第一的群马县警法网，逃到其他县市去。赤星的恶行也到此为止了，不会妨碍你的巡礼之旅。”胡子脸官员从墙上撕下悬赏单，再次看着它说，“这个赤星还叫毕斯可（**注：音同日本一款乳酸菌夹心饼干“BISCO”**），真是太好笑了。到底是什么样的父母才会取这种怪名字啊？”

说完，他就对这个话题失去了兴趣，把悬赏单随手丢到一旁，然后拿沾满了手印的识读器读取通行证最后一页的条形码，但弄了好几次都没有反应，他便大声咂着嘴站了起来。

“太田，你这白痴不是说修好了吗？完全刷不到啊！”

游方僧人看着悬赏单任由强风吹拂，在沙地上越滚越远，轻轻叹了口气，开始兴致缺缺地四处张望。

现在几乎不会有人经过这个连接着群马与埼玉的南方关隘了——门后仅有一片荒凉且到处都有异形怪物蠢蠢欲动的埼玉铁沙漠，沙漠另一头也只有过去名为“东京”的城市留下的巨大空洞。

但在军事方面，群马与新潟及栃木的关系一直都很紧张，所以长时间封锁了北、东两个关隘。旅人如果想往东走，就只能从这个南关隘出去，沿着东京爆炸中心的大洞边缘穿过死亡沙漠，并途经栃木南边的忌滨县。从必须踏遍全日本进行修行的宗教团体，例如万灵寺或缠火党之类的立场来看，这是一段必经之路。群马之所以不封锁这个门可罗雀的关隘，也是因为这类团体向其施加了压力。

然而一旦踏出关隘，就没有墙壁能够阻挡从大洞中吹出的锈蚀之风了。不是被躲在沙里的单色裸海鳝吃掉，就是被锈蚀至死。不管怎样，群马县的基本态度就是：一旦过了这道门，后果自负。

吹来的风让游方僧人眯起了眼睛。他看了看身上的绷带。这身木乃伊般的僧服是缠火党的巡礼装扮，在西日本很普遍，并不稀奇。但僧人好像也扛不住这七月的沙漠烈日，他从刚才起就一直很在意冒着汗的右眼。

“喂，小子，不好意思啊，我们继续吧。”

游方僧人盯着阻挡风沙的煞风景白墙看了一会儿，仍然保持着僧人该有的样子，回到关隘窗口边。

“呃……预定前往忌滨，目的则是巡礼……从关西一路过来真是辛苦你啦。话说……”胡子脸官员仔细地比对着照片和游方僧人的脸，“渡蟹渡……你这是假名吧？”

“是僧名，渡蟹渡。”

“本名是什么？”

“贫僧已舍弃本名。”

“哼，带了什么行李？一个僧人为什么要带这么多东西？”

“里头堆的都是遗体。”游方僧人回头看了看和卡车差不多大的狗橇板车上的东西，满不在乎地回道，“每次修炼集灵呼吸法都会有死者出现，所以我们要让他们回归到锈蚀之风里去。”

“啧，真恶心。”胡子脸官员不悦地说完，又回头对着窗口里面大声说，“喂，太田，你去掀开那块布看看。他说里面都是死人呢。”

“里面有虫……”僧人对被喊到名字就冲了出来的年轻官员说，“为了防止腐化，我们会让蜈蚣啃食遗体。蜈蚣一照到太阳就会躁动，能咬下您的手指，很危险的。”

太田顿时脸色发青，看上去很害怕。胡子脸官员见状就烦闷地吐了口唾沫，用手招呼他回去。

“开门。”

巨大的门随着铁锈脱落时的嘎吱声打开。游方僧人深施一礼，转而面向停在远处的狗橇。胡子脸官员正百无聊赖地看着僧人离去，突然发现——

他背上的短弓正在太阳照耀下熠熠生辉。

“喂，这年头缠火党的人可以用弓了吗？”

“是，并未禁止杀生。”

“这我知道啦。”胡子脸官员没有退让，“但我记得是不能用射击武器的吧？听说是因为体会不到杀生的沉重什么的，所以才不许你们用弓箭或火枪这类玩意儿。”

有那么一瞬间，游方僧人迟疑了。与在绷带下炯炯有神的眼睛对上目光时，胡子脸官员镇守关隘十五年的直觉给他敲响了警钟。

“对了，虽然我不信神佛，但也久违地想听人诵经了呢。”胡子脸官员背着手向太田打出紧急暗号，“能不能麻烦你诵个经？应该没有和尚会拒绝让自己诵经的请求吧？”

气氛剑拔弩张。

尽管大风卷起滚滚沙尘，游方僧人也没有眨一下眼。那绿色的眼眸忽然眯细，绷带随之松开，可以从稍稍露出的嘴角处窥见尖锐的犬齿。

“‘希望你能成为一个坚强的男孩’……”

“你说什么？”

“是好吃又强大的毕斯可。”游方僧人的声音中带起几分凶狠，表露出躁动的杀意，“这是充满温暖祈愿的强悍名字……哪轮得到你这混账取笑？”

"你这家伙不是和尚吧！"

"给我说'对不起，毕斯可先生'！"

胡子脸官员立刻拔枪开火，射出的手枪子弹擦过游方僧人耳边，打落了绷带的扣子。

红色头发在干燥的风中飞扬。

抛下僧人的伪装后，他的眼光无比锐利，绽放着绿色的光芒，充满了仿佛能射穿岩石的坚强意志。火焰般的红发倒竖着，正随沙漠大风翻飞飘动，似乎反映了这名男子刚烈的性格。

他被枪指着也毫不畏惧，还大胆地用手臂抹了抹脸，擦去被汗水弄花的底妆，围着他右眼的刺青便彻底暴露出来。

"食……食人……"胡子脸官员跟太田都结巴了起来，因眼前这位红发男子而战栗。

"食人赤星！"

"谁会吃人啊！"

毕斯可抽出背上的短弓，翡翠色的弓反射着阳光，散发出炫目的光芒。接着他迅速从怀中的箭筒抽出火红箭矢，拉满弓，朝窗口射出。

"呜哇！"

胡子脸官员发出惨叫，立刻蹲下。箭擦过他的头顶，射穿泳装女星的月历，钉在关隘墙上，使整面墙"啪"的一声出现巨大的龟裂。

"这、这把弓是怎么回事？"

"猪茂先生！你、你看那边！"

往太田所指的方向望去，以墙上的龟裂为中心，关隘小屋各处都在不断冒出某种红红的、圆圆的东西，还膨胀了起来。

那些逐渐扩散的红色物体没过多久就迅速长高，冲破了关隘小屋的墙壁，又缓缓张开红色菌盖，让茎部继续茁壮成长——

就连外行人也能轻易看出那是什么。

“这，这是……呜哇！是蕈……蕈菇啊！”

“笨蛋！太田，我们快逃！”

胡子脸官员拼命抓住想拿回自己望远镜的太田，连忙跑出小屋。在他们踏出门外的下一秒，快速生长的红色蕈菇堆就带着轰鸣急速暴胀，粉碎了关隘小屋。

毕斯可没有回头看爆炸的关隘小屋一眼，而是飞身跳回自己的狗橇那儿，朝盖着车的麻布大吼道：

“贾维！失败了，要沿着墙逃跑啦！帮我叫芥川起来！”

麻布突然轻飘飘地扬起，在空中飞舞。一只差不多有两个人那么高的巨大螃蟹从中现身，一翻身就稳稳地落在了沙地上，还得意地举高双螯，让阳光照耀在那橙色的甲壳上。

随后毕斯可轻巧地跳上螃蟹背部的鞍，大螃蟹便猛力疾驰。

“你看，我都说行不通了。”

在毕斯可身边拿着大螃蟹缰绳的是一位留着大把白胡须，戴着一顶宽三角帽的老爷爷。

“既然你想效仿劝进帐（注：指寺院为募集捐款进行庙内建筑及修葺等工作而写的文书，也是日本歌舞伎十八部名作之一）里那招‘乔装出逃’，那起码也要背点经文嘛。老夫就会哦，唵嘛呢叭咪吽。”

“是你说缠火党在关东靠脸就可以过关的！”

毕斯可正在狂奔的大螃蟹背上朝老爷爷怒吼，几发炮弹就像要淹没他的吼声那样落在大螃蟹旁边，扬起阵阵沙尘。

“那家伙居然派出了沙河马！”

见状，毕斯可眯起了眼睛，转而凶狠地瞪向身后，只见一大群背着机枪和大炮等火器的军用沙河马正卷着沙尘追过来。大小各异的沙河马之中，跑得快的甚至已与大螃蟹并列，将背上的机枪对准了毕斯可。

“碍事！”

箭从毕斯可的短弓上迅猛射出，刺在沙河马身上。那头沙河马立即发出一声哀号，像球似的在地上打滚，全身还不断冒出红色菌盖，最后长出巨大的蕈菇。后续追上的沙河马一鼓作气地把它连同蕈菇一起撞开时，毕斯可的弓又迅速射出了第二、第三支箭，接连爆开的蕈菇很快就收拾了沙河马群。

即使毕斯可的蕈菇箭如此强悍，他的对手也是一大群河马兵。终于，一头沙河马成功锁定大螃蟹，以背上的机枪攻击蟹腿，但久经沙场的铁梭子蟹甲壳好像没有把机枪子弹当一回事，轻松将其弹开。虽然一口气收拾了好几头沙河马，不过眼看沙河马大军仍在逐渐逼近，毕斯可的额头不禁冒出了汗水。

“没完没了啊。”

他咽了口唾沫，下定决心般看了看老爷爷，以不输风声的音量吼道：

“我要用杏鲍菇跳了！贾维，给我十秒！”

“又是那招啊？”老爷爷略显不耐烦地嘀咕了一句，随后又闭上一只眼睛，看着毕斯可的脸，“唉，反正这里是沙漠，应该不会太伤腰吧。”

随后他抓起缰绳说：“好啦，芥川，开火！”并用鞭子抽了大螃蟹一下。螃蟹随即扭动身躯，活力十足地举高一对大螯，并让其化作铁锤，砸向紧逼而来的大群河马。

沙河马与沙尘随之凌空飞起。毕斯可搭起杏鲍菇箭，将它射进一头浮在空中的河马体内。那头河马掉下来后，一阵蕈菇萌发声轻快地传进了毕斯可的耳朵里。

“贾维！”

“好！”

食锈末世录

SABIKUI BISCO

The world blows the wind that erodes life.
A boy with a bow is running
through the world like a wind.

[插　画] [日]赤岸K

[世界观插画] [日]mocha (@mocha708)

接着毕斯可一把扯过这头通常需要五个大男人才能抬起的沙河马，轻松地将它举了起来，仿佛那只是一个布偶。

“啊啊！那小鬼是妖怪吗？”

毕斯可听着官员的怪叫声，以素戋呜尊（**注：日本神话《古事记》中的三位主神之一，又名建速须佐之男、素盏呜尊等，负责治理海洋**）般的刚猛气势把中了杏鲍菇毒的沙河马一举砸在弯腰的大螃蟹腿边。

轰隆！

此举扬起大量沙尘，巨大的杏鲍菇迅速生长，眨眼间成长到能与三十米高的城墙持平的高度。毕斯可、贾维和大螃蟹便乘势像弹跳的网球一样高高飞起，转着圈往城墙的另一边落下。

很快，毕斯可勉强在空中调整好姿势，用脚勾住拼命摁着帽子的老爷爷的身体，就这样朝大螃蟹射出搭好的锚箭。大螃蟹灵巧地把锚箭卷到大螯上，并在空中用八条腿环住两人，然后缩成圆球状降落在城墙另一边，在沙漠上滚了好几圈。

“好，好大啊……”

听到太田这句茫然的嘀咕，胡子脸官员也是茫然地看着眼前耸立的一根巨大杏鲍菇，哑口无言。

这根有些起伏的杏鲍菇就像白色柱子一样屹立在墙边，堆积在菌盖上的沙尘如瀑布般撒落，白色的表面还在徐徐扭动，看似还想继续生长。

生命正在这块只有沙与锈蚀的死亡大地上茁壮成长，甚是庄严。

“传说蕈菇守护者能让彻底失去活力的土壤长出蕈菇，原来是真的啊……”

“蕈菇守护者”一族能使用各式各样的蕈菇，并与它们共存。

世间流传着散播孢子会导致锈蚀扩散的说法，因此现代人极其避忌蕈菇，由此产生相应的迫害行为，蕈菇守护者也随之隐遁于世俗之外。

一般人极少有机会能目睹他们那些充满谜团的技艺。

太田正用挂在脖子上的相机拍下这根杏鲍菇。目瞪口呆的胡子脸官员险些点头赞同，却又连忙甩了甩头，一掌拍在太田的脑袋上，并在耳边怒斥道：

“混账东西，感动个鬼！蕈菇的孢子会带来锈蚀，这可是常识！这蕈菇个头这么大，这一带很快就会被锈蚀殆尽了！”

“喂——胖胡子！”

听到墙壁另一头传来的声音，两位官员面面相觑，连忙搭上管理电梯来到高台，俯视声音的主人。

“记得每星期拿沙河马的粪便帮杏鲍菇施一次肥啊！只靠沙地长得太慢了！”

长着一头红发、戴着猫眼护目镜的通缉犯站在螃蟹身上朝高台大喊道。他身边那个头戴三角帽的老爷爷一边操控着缰绳，一边抽着不断冒烟的烟斗。

“你，你居然要我们帮蕈菇施肥？”

“听我把话说完啊，胖子！蕈菇是会吸收蚀锈成长的！”毕斯可生气地吼了回去，“只要好好培育，过不了多久，这里就不再是沙……”

“砰”的一声，胡子脸官员的枪弹打断了毕斯可努力的游说，擦过他的肩膀。毕斯可原本还有些呆愣的神情逐渐变得凶神恶煞——一头红发正随风摆动，瞪大的双眼放出了凶光。

“我可是好心……你们这些人怎么都这样？就是不肯听人把话说完！”

见毕斯可怒火攻心，准备拉弓，老爷爷可能觉得是时候了，便笑着把鞭子甩到了大螃蟹身上。大螃蟹好像等这一鞭很久了，它充满干劲地跑了起来，转眼就远离了群马的南关隘，迈向沙漠的另一头。

“赤星——我记住你的脸了！下次看我拔掉你的舌头！”

大得像是要砸在人身上的风卷起了沙尘，在沙尘暴里，站在螃蟹背上的毕斯可竟然连眼都不眨一下，缓缓转身，朝声音传来的方向比了比中指，并狠狠地用翡翠色的眼睛瞪了回去。

太田透过远镜头捕捉了他这个表情，照片随即被打印出来，上面呈现出一副能让人感受到坚定意志的鬼神样貌。

“说不定他光凭眼神就能杀死苍蝇呢……”

这张照片后来被群马县政府采用，变成新的悬赏单，也成了太田下定决心踏上摄影师之路的契机，但这与赤星毕斯可卷着沙尘冲出沙漠的未来并没有太直接的关联。

1

毕斯可趴在沙丘上调整猫眼护目镜的倍率，凝视耸立在夜晚沙漠中的巨大白色高墙。

整面墙上用圆圆的字体写着“欢迎来到友爱之都忌滨县”几个大字，文末还配上了笑口常开的吉祥物“忌忌”，更添可爱。然而在“欢”“迎”和“友”“爱”两字中间都可以看到吓人的机枪装置，真是一幅讽刺至极的景象。

在城墙的另一边，不夜城——忌滨那五光十色的霓虹灯散发着扰人的绚烂光芒，县政府高高耸立于城镇中央，仿佛在宣示自身的权威，屋顶上的“忌忌”人偶还得意地用手指着天空。不过它身上的涂料已被吹来的锈蚀之风侵蚀，看上去就像口鼻都在流血一样，就是退个一百步也不敢说这是个吉利的摆设。

这是城砦都市——忌滨。

为了躲避锈蚀之风，埼玉人打造了巨大的城墙，并在里面建起了城镇——这似乎就是忌滨县的由来。在那之后，墙内的居民找回了硕果仅存的过往文明，即使只是暂时性的，他们也远离了锈蚀的威胁，得以在安宁之中浅浅入眠，直至今日。

——啧，竟然在这种地方繁荣起来了。

毕斯可趴在沙上一动不动，只是一味地透过护目镜瞪视忌滨城墙。一只变色龙从他身上爬过，当它从护目镜上面往下爬，一路来到毕斯可嘴边时，他一口把它吃进了嘴里，狠狠咬碎。

毕斯可任由变色龙疯狂地甩着尾巴，就此结束了侦察工作。他推起护目镜，滑下沙丘，往透出淡淡灯光的帐篷走去。

锈蚀之风能够逐渐锈蚀活人，给这个世界带来死亡威胁。

现代人早已无从得知它真正的来由。

世间普遍认为是日本科学昔日的结晶——防卫兵器“铁人”发生大爆炸所致，这在某种程度上也是一种共识。

但爆炸的原因众说纷纭。像是新型引擎在研究中爆炸、在东京都与大企业内战时爆炸，甚至是与来自太空的侵略者同归于尽而爆炸——包括这种二流电影剧情般的论调在内，世间存在着许多关于铁人的论述。不管怎么说，探究遥远过去的真相没有意义。

锈蚀之风以东京爆炸洞为中心，像要覆盖日本全境般不断吹送，吞没了至今可称作文明的一切，将之化为锈块，直至今日仍在吹拂日本的大地。

锈蚀之风带来的恐惧，有如乌云般笼罩人心，人们为了逃避，只能将肮脏的财富或奇怪的信仰当成心灵依托，在各县边境筑起防风高墙，想尽办法远离死亡，所以不论去到日本哪里都是这副模样。

现在毕斯可等人准备前往的“北埼玉铁沙漠”，正可谓是最能展现锈蚀之风毁灭性的地区。据说过去东京仍是首都时，埼玉这一带曾是全日本首屈一指的工业地区，现在却被从爆炸中心吹出的锈蚀之风肆虐，彻底化为一片锈蚀之海。所谓的埼玉铁沙漠，就是原本工业地区的建筑物被风侵蚀，无法保留原形，化为铁沙后堆积而成的。

而在埼玉以南，也就是东京爆炸中心的更南边，曾被称作神奈川、千叶的一带更是凄惨，已经完全看不出曾经是都市，甚至无法确定能否让人类生存。依目前的情况来看，埼玉几乎已是人类交通网所能触及的最南端。

若把途中应付铅鲨和单色裸海鳝的时间算进去，要骑着大螃蟹从群马南关隘往东走到忌滨县西门，大概需时四天。

今天正好是第四天，是个稍嫌寒凉的夏日夜晚。

“你回来啦。”

老爷爷把眼睛睁得又圆又大，一边搅拌着沸腾的汤锅，一边向钻进帐篷的毕斯可问道：

“怎样？自卫团来到外面了吗？”

“不，完全看不到警备，悬赏单好像也还没传到这边。”

“哟呵呵，毕竟群马和忌滨一直不和，这要追溯到前任知事的时代……”

“不用回忆啦，我都听腻了。先不说这个，该用药了。贾维，把衣服脱了吧。”

毕斯可边说边脱下外套往旁边一丢。见贾维无视自己，打算偷尝一口锅中的汤，便凶狠地说：

“喂，老头！你要我说几次才懂啊？吃饭之前先让我看看身体！”

“只是试试味道而已，有什么关系？你这徒弟真冷淡，竟然这样对待时日无多的师父。”

“我就是想帮你延长所剩不多的时日啊，少啰唆！”

老爷爷贾维拗不过毕斯可强硬的态度，老实地脱下了外套和上衣。

毕斯可熟练地解下满满缠住贾维上半身的绷带。这位骨瘦如柴的老人，皮肤上的红褐色锈蚀渐渐暴露在外。

“……”

见状，毕斯可微微皱眉，用手指抹了一下覆盖在师父皮肤上的锈蚀。锈蚀从老人的脖子往肩膀下延伸，掠过上臂，几乎覆盖了整个右胸。

“怎么了？老夫没事啦，甚至比年轻时好多了。瞧，还能把手抬起来呢。”

“说什么傻话，根本就没抬起来。你光是活着就很神奇了。”

说完，毕斯可就将黄金菇药水注射到师父的脖子上，并在帮他换上新绷带的同时小声嘀咕道：

“没剩多少时间了，很快就会侵蚀到肺部……”

“毕斯可，你别哭丧着脸了，来吃饭吧……哦，好吃！”

治疗结束，贾维迅速穿好外套。他尝了一口锅中的汤，舀入碗里。

“今天的汤很不错，满是铁鼠的油脂，很好喝。你要是不吃饱一点，关键时刻就拉不动弓啦。”

见贾维以一副事不关己的态度谈论自身病痛，毕斯可无奈极了，但最后还是拗不过他，便叹了口气，在沙地上盘腿而坐，接过汤碗。

今天的晚餐是将白天沙钓（往沙里射出麻痹菇之箭，随后钓起吃下菇的猎物）捕来的铁鼠和沙虫的肉捣碎做成肉丸，再配上干的灰树花菌炖煮出来的土黄色浓汤。在铁沙漠捕获到的猎物大多带有很浓的铁腥味，难以下咽，但现在也没得挑剔了。

蕈菇守护者之中当然也有擅长和不擅长做饭的人，比方说料理沙虫，擅长做饭的人会将它泡在水里，让它把沙子吐出来，这样做比较费功夫，但能换来更好的味道。

“唔呜，咳咳！唔啊……为什么这么苦啊？老头，你真的有去除内脏吗？”

“这个不能嚼，得直接一口吞下去。”

“你一个没牙齿的人就少胡扯了，明明只是咬不动而已。”

“哟呵呵呵呵。”

不拘小节正是这位干瘦的大眼珠老人——贾维的风格。他替毕斯可的父母将其养大，同时以师父的身份传授了毕斯可一流的功夫，是蕈菇守护者的英雄。

贾维过去还被誉为“弓圣”，毕斯可那与年龄不符的射箭本领就是从他那里继承而来的。说起驾驭螃蟹的本领，至今仍没有蕈菇守护者能胜过贾维。

但如此老练的战士现今也被锈蚀之风引起的不治之症——锈蚀病侵蚀，且死期将近。

“贾维，普通蕈菇已经不起效了。我们很快就会需要‘食锈’，得加快旅行的脚步。”

“……”

“只要穿过忌滨就不会再有关隘挡路，很快就能抵达秋田。”

灵药“食锈”——

这是一种据传可以溶解一切锈蚀，使人恢复健康的蕈菇，就算是在蕈菇守护者之间，它也几乎是传说级别的东西。昔日它曾以神奇功效拯救了险些因锈蚀而毁灭的蕈菇守护者聚落，但到了现在，其具体生长地区以及种植方式都只存于贾维的回忆之中。

“毕斯可。”

“啊？”

毕斯可用嘴角叼着铁鼠的尾巴，抬起头来。贾维脸上还带着微笑，却收起了平时吊儿郎当的态度，低声说：

“老夫已经把毕生所学教给你了。菌术、螃蟹骑术、箭术……在使弓这方面，你甚至已经超越了老夫。”

毕斯可感受到师父话语中的悲壮，原本略为放松的表情正逐渐紧绷。

“但只有配药这一点……嘻嘻，你完全不行。不过，也没有其他蕈菇守护者的体能和技术能与你媲美了。要说老夫心中的牵挂，那就是……”贾维停在这里，直勾勾地看向毕斯可，“毕斯可，如果老夫走了……”

“别说了。”

“毕斯可，你听好……”

“啰唆，给我闭嘴！”毕斯可把汤碗甩在沙地上，站了起来，他咬紧牙关，眼光锐利的绿色双眸正微微发颤，“就是因为不想变成这样，我们才会闯过十几二十个关隘，一路来到这里啊！你每次……每次都把自己的性命置之度外，就这么想被锈蚀到全身烂掉，然后见鬼去吗？！”

“哟呵呵呵呵……路上每段经历都很痛快呢。你还记得在滋贺比叡山的打斗吗？缆车的缆绳在关隘前面断裂……咱们就像人猿泰山一样，荡来荡去……”

“我们可不是来户外教学的！”

毕斯可一把揪起贾维的衣领，用锐利的目光瞪着他。然而这样的目光也受贾维包容一切的稳重眼神牵引，让毕斯可只能咬紧嘴唇，松开揪住贾维的手。

“我可不想被一个糟老头拖后腿。”毕斯可不悦地抛下这番话，抓起外套穿上，走出帐篷，“你下次再敢乱讲话试试看……我会揍扁你！”

接着他瞥了贾维一眼，粗鲁地拉上了帐篷口。洒出汤汁的汤碗的影子在火光的照耀下摇来晃去。

“把一个体贴的孩子弄得凶神恶煞的了。”贾维收拾着汤碗，低头嘀咕道，“毕斯可，老夫大概会死，丢下饥渴的你死去。拜托了，那之后来个人吧。来个人把你……”

他没有说到最后，闭上了嘴，以那双大大的黑眼睛凝视摇曳的火光。

风将沙子和毕斯可身上的外套一同吹起，毕斯可微微遮起眼睛，绕到帐篷后方，就看到没有被绳子系着的大螃蟹正百无聊赖地伏在那里。

“芥川，你吃饭了没？”

毕斯可看了看饲料桶，里面果然一干二净。他不清楚螃蟹这种生物究竟会感受到多少压力，但总之这只大螃蟹——芥川无论何时都不会乱方寸，也是和他一起长大的好兄弟。

“我真佩服你每次都这么轻松，我行我素。”

毕斯可靠到芥川肚子附近，抬头看看螃蟹独有的、不知道在想什么的表情。

“我好羡慕你，要是我也能作为螃蟹出生就好了……算了，我还是不想被人骑在身上。”

也不知道芥川有没有在听，只见它“啵”的一声从嘴里吐出了一个泡泡。毕斯可笑了笑，拿外套裹住自己的身体。芥川的腿仿佛“抱”住了他，他就在那里面轻轻闭眼。

忽然，身后的芥川动了一下，做了个伸展动作。

此举让毕斯可瞬间换回猎人该有的神情，谨慎地从沙地上起身，示意芥川伏下。

这犹如能划破空气的尖利声音……

与其说是声音，更像是一种气息——擅长自然术的蕈菇守护者的感官断定，那明显不是该出现在这里的东西。

“到底是什么？”

毕斯可转而面向气息传来的方位，定睛凝神。

某种巨大的东西正安静地从空中滑向毕斯可等人的营地。

啪咻！一阵爆裂声突然刺痛了毕斯可的鼓膜。划破空气的气息瞬间变强，转化为实际的触感，让毕斯可的感官变得更加清晰。他连忙拉下猫眼护目镜，只见某种白色的筒状物体卷着白烟朝芥川冲了过来。

“这东西！”

毕斯可立刻拉满弓，朝那划开沙地逼近而来的东西射箭。箭矢分毫不差地贯穿了筒蛇，那玩意儿在空中晃了几下，就猛地撞上沙地，随着巨响爆炸了。

“是火箭炮吗？”

毕斯可脸上的汗水在爆炸火光的照耀下发亮。

“可恶，这是什么东西啊？芥川，去保护贾维！”

芥川闻言立刻行动，毕斯可从它身上收回目光，转回前方，发现火箭炮爆炸的火光还照亮了从另一头飞来的大型军用机。那个飞行物体卷着沙尘一路进逼，巨大的双翼中央有某种软体生物在蠢蠢欲动，令人毛骨悚然。它还昂起了头，高举着两条触角，背上的蜗牛壳中央则刻着“的场制铁”的星形商标。

“的场制铁的蜗牛？！为什么这种东西会……”

“毕斯可！”贾维握着芥川的缰绳大喊道，“它要吐了，快来芥川这边躲开！”

几乎是在贾维发出警告的同时，蜗牛那柔软的头部膨胀了一圈，朝毕斯可喷出了一看就知道腐蚀性很强的粉红色溶解液。毕斯可拔腿就跑，铁沙溶解的声音从他身后传来。蜗牛一边用溶解液溶化地表，摧毁随之暴露的钢筋，一边追逐着不断奔逃的毕斯可。

在毕斯可滑进芥川身下的几乎同一时刻，溶解液追上了他。溶解液喷到芥川的背上，冒出了白烟，逼得它发出惨叫，但最终还是凭着它引以为傲的甲壳熬过了蜗牛的呕吐轰炸，保护了两位主人。

一道黑色影子从毕斯可他们的头顶掠过。

“那是蜗牛轰炸机。”贾维瞥了被溶解的营地一眼，为了不让声音被军用机的轰鸣盖过而大声地说，“看机体颜色，并不是忌滨自卫团的代表色，为什么会找上咱们……”

如今锈蚀之风大举侵蚀，精密金属机械很快就会报废，许多县都会采用在异形生物身上加装活体引擎改造成的“动物兵器”。自然进化的生物能够抵抗锈蚀之风，眼前这蜗牛就是结合了兵器特性的改造生物。

之前与他们对战的沙河马也很大，但蜗牛轰炸机是以一种名为白金蜗牛的软体动物为基底打造的战斗机，大小在动物兵器之中也属于不容小觑的级别，其特点是能将无穷无尽的生物能量转化为悬浮力，使机体得以配备重量级兵器。

“毕斯可，又要来了！你的箭射不穿那玩意儿的厚重装甲，咱们要撑到忌滨，躲进城里！”

蜗牛轰炸机在空中掉头，再次瞄准两人发射火箭炮。毕斯可用余光看到贾维迅速射箭击落火箭炮，咬紧了牙根。

“和我们到底有什么仇，为什么要妨碍我们？！”

毕斯可冲了出去，拉满翡翠色的短弓瞄准蜗牛。

焦急与烦躁侵蚀了毕斯可久经磨炼的内心，令其出现一丝破绽。

沙沙！随着这个声音，他的脚上传来了一阵剧痛。

一条鳝鱼从铁沙中跃出，趁毕斯可被蜗牛吸引了所有的注意力，使劲用它的利牙咬了上去。

出乎意料的袭击让毕斯可忍不住把箭放开，蜗牛则将目标转移到了他身上。即便毕斯可马上用拳头打扁了鳝鱼的脑袋，立即起效的麻痹毒素还是让他的脚踝失去了行动力。

“可恶……我……我的脚！”

就在蜗牛轰炸机用双翼上的机枪对准毕斯可的瞬间，一道矮小的身影踩着沙子迅速跳来，并在危急时刻一把将毕斯可推开了。

“啊！”

机枪在扬起的铁沙上打出几个洞，轰鸣声里混进了血肉绽开的骇人声响，溅出的血则飞溅在沙地上，发出沉闷的声音。

等蜗牛的影子飞过头顶后，只见一个矮小的身影趴倒在地，他身上的破烂外套正在月光的照耀下随风飘摇。

“毕斯……可……快逃……”

“啊啊啊——贾维！”

蜗牛轰炸机再次掉头，冲哀号的毕斯可而去，月光更让蜗牛头散发出黏腻的光泽。

毕斯可的绿色眼眸随即闪现出更为耀眼的光，他怒发冲冠，用力咬紧牙根，甚至仿佛要咬碎臼齿，愤怒面容充满了极强的杀气，就算阿修罗在场也要退避三尺。他眼睛也不眨一下就使尽全力拉满弓，手臂的肌肉如鞭子般绷紧，将所有力量灌注在这一箭上。

“你这混账！”

箭光随咆哮一闪而过，射出的粗箭画出笔直的线条，命中正在掉头的蜗牛的侧腹。钢铁毒箭打在蜗牛自豪的厚重装甲上，直击星形商标中心，发出重重的铿锵声，更夸张的是，这支箭还以丝毫不减的势头穿透了另一边的装甲，消失在夜空彼方。

军用飞机的厚重装甲被强行贯穿，机身弯曲，就像被巨大的铁球打中那样，以侧腹部破开的风洞为中心凹了下去。

这一箭已经不是瞄得精准、臂力强劲能形容的了，根本不像是人类能射出的。

“咕！”侧腹被贯穿的蜗牛大声哀号，粉红色的毒液也在四处乱喷。意料之外的损伤、体内组织被蕈菇菌吞噬的感触使它不停地乱甩脑袋，失去控制。

噗嗞！噗嗞！蕈菇应声穿破装甲，将蜗牛的身体改造成一片蕈菇的海洋，使之坠落。蜗牛还像打水漂似的屡次在沙地上弹起，挖出一道五十米长的痕迹之后才终于爆炸。

“贾维，贾维！啊，好多血……喂，贾维，你别死，振作一点啊！”

蜗牛熊熊燃烧的火光照亮了贾维瘦小的身体，毕斯可冲到他身旁，发现自己扶着他身体的手上传来了温热鲜血的触感，不禁浑身发毛。

“嘿嘿嘿……都叫你快点逃了，你竟然还一箭收拾了那玩意儿……你果然是……老夫的……呃咳……”

鲜血洒在浓密的白须上。

“贾维，别说话了！我马上就去忌滨找医生！我怎么可以让你……死在这种地方？！”

“那一箭真漂亮呀……”贾维带着做梦般的眼神陶醉地低语道，“毕斯可，那一箭就是你。贯穿一切……向前飞去……”

他与满眼泪水的爱徒四目相接，像唱歌一样继续说：“毕斯可，去找弓吧。找到能将你自己发射出去的弓……”

他用发颤的手指轻轻抚过毕斯可的脸颊，画出一条血痕。

至此，他终于全身虚脱，失去了意识。毕斯可抱着他轻轻的身体，压着声音痛哭起来。三滴泪珠滚落后，他毅然决然地甩开第四滴泪珠，将濒死的师父绑在背上，跳到已经冲出来的芥川背上。

“我一定会救活你的！贾维，你不能死！”

方才的伤感已不见踪影。毕斯可感受着背上的师父的心跳，带着在眼里熊熊燃烧的坚定意志让芥川如射出的飞箭那样朝五光十色的忌滨市区奔去。

2

时间到了晚上八点。

在逐渐贫民区化的忌滨闹市区，四处都有风月场所的灯饰在闪烁。烤肉摊的油香、廉价的香水味混杂在一起，充斥着狭窄的小巷。

从装着山柚子、蛇蜜柑橘的篮子中飘出的人工香料味十分刺鼻，路边有卖趋吉避凶的镜子和不倒翁的商店，还有一看就知道是骗人买安心的蛊毒壶和破魔香炉。旁边则摆了一排不知是从哪里的废墟挖出来的漫画杂志，封面上有一个满脸笑容的少年在空中飞翔，号称拥有百万马力。

摊贩们的叫卖声此起彼伏，来往的人也不得不拉大嗓门交谈，这里再怎么客气也称不上是个治安良好的地方。

即使如此，美禄也绝不讨厌这喧闹的闹市区之夜。

他压低兜帽，轻车熟路地钻过人群，走在街道上。穿过一两座建筑物后，他突然往旁边一转，看到小小的货车摊挂着写有“包子”二字的帘子，孤零零地戳在那儿。包子的香味随着蒸腾的热气轻轻飘散，令人食指大动。

美禄在这里喘了口气，确认过口袋里的硬币之后才一头钻进帘子里。

“晚上好。”

“欢迎光临……哎呀，是医生啊！”

老板因为无聊才叼着香烟，见他来了便摁灭烟头，为熟客的造访而高兴。

“今天怎么这么晚？我帮你留了两个鳄鱼包哦。”

“今天我要……嗯，也给我两个虾蛄的。”兜帽下传出客气、温柔而清爽的声音，“姐姐的身体状况还不错，我想趁她能吃的时候让她多吃点东西。”

“那真是太好了。”老板打开蒸笼，热腾腾的白色雾气往周围散开，“有你这个医生看诊，还吃了我家的包子，没什么病好不了的……来，鳄鱼包跟虾蛄味噌包。”

只见兜帽下的美禄略显落寞地笑了笑，接过装着热腾腾包子的袋子，又像在警戒一样压低声音，在老板耳边说：

“今天有……那个吗？”

“有啊。医生，我也是搞不懂你……唉，反正我不懂医术，最好还是交给你。”

老板嘀咕着，从摊子里取出几株蕈菇，然后瞥了举高那些蕈菇观察的美禄一眼，待他点头后才拿纸包好递给他。

“可别被人发现了哦。要是连医生都被抓走了，这座城市就完蛋啦。”

“谢谢！虽然不多，但还是拿去吧。”

“不行，我不能向你收钱。之前你都免费帮我女儿看诊了。”

“嘘——”美禄笑着举起食指，抵在嘴前，硬是将硬币塞进了老板胸前的口袋里，“药吃完了要记得再来哦。还是老样子，星期三休诊之后……”

话还没说完，就有一个小小的影子突然从小巷暗处冲了出来，抓住美禄手中装了包子的袋子，强行夺下。美禄被扯得转过身，刚好和就要离去的小个子身影视线交汇。

那是一个穿着破布似的衣服，顶着乱糟糟的头发，只有目光炯炯有神的小孩。他直接冲进大马路，即将消失在人群之中。

“那小孩……”

“是小偷！来人啊，抓住那小孩！”

美禄不等老板大喊就钻进人群里追那个小孩，外套立即随风翻飞。小孩好像被他敏捷的身手吓到了，撞倒了装柑橘的篮子，在摊位的棚顶之间跳来跳去，四处逃窜，最后钻进了小巷里。

美禄晚了一会儿才追到那条阴暗的小巷。

“死胡同？”

就在他稍稍眯起眼睛，观察这阴暗的小巷时——

“喝！”

刚才的小孩竟高举着木棍，从铺设在巷子里的电线上跳了下来。

美禄被木棍狠狠打中，突如其来的痛楚让他眼冒金星，不禁抱头蹲下。

“啊……好痛啊！”

“咦，你是女生？”

小孩瞬间有些犹豫。美禄没有放过这个破绽，立刻伸手抓住了他的手臂。

“打女生的男生最差劲了！”美禄把脸凑了过去，假装生气地瞪着小孩，“哈哈哈！不过幸好我是男生！”

他摘下兜帽，放松神情，开朗地笑了起来。

这是一位还保有几分稚气的美少年。

一双圆滚滚的蓝色眼睛略显胆怯，却如实体现了他沉敛的善良与丰富的学识，他还有着白皙的肌肤与丝绸般柔软的天蓝色头发。

十六七岁的模样，再加上体格瘦弱、嗓音清澈，很容易被人误认为女生。可就像要让他的美貌大打折扣一样，他左眼周围有非常明显的黑色胎记，加上天生雪白的皮肤，使他看上去像一只熊猫，成了一种莫名惹人喜爱的反差。

这就是猫柳美禄在闹市区备受爱戴，得名“熊猫医生”的原因。

“你还没有处理被蝎虻叮到的伤口吧？”美禄用纤细的手指撩起小孩的刘海，让他眉毛上方的淤青露出来，“果然。我刚才就看到你的伤口了，虫刺还留在里面，要是毒素扩散开，你会失明的……过来这边。”

“呜哇！快放开我！你想干吗？”

美禄强行把小孩拉过来，再次掀起对方的刘海，启动热手术刀，在伤口上轻轻一划，放掉混有毒脓的脏血。接着他快速用嘴吸出陷进皮肤里的蝎虻毒刺，用热手术刀熔化一粒固体水母油，涂抹到伤口上，再往那里贴一块用来遮蔽日光的黑色纱布，灵巧地缠好绷带。

治疗精准而迅速，看不出他这个年纪就有如此精湛的医术。

“好了！”美禄轻轻拍了拍小孩的头，笑着说，“如果之后又肿起来了，记得来找我哦。我在熊猫医院，穿过这条路走到对面，走到尽头右转，就在铁器店旁边。”

这个时代的文明已在一定程度上恢复了往昔的形态，但这座都市里的人类仍然是一种消耗品，一旦身体出了问题就很容易被当成废品舍弃。在这样的环境下，医术成了一种非常珍贵的技术，而这位名叫美禄的少年医生显然有着卓越的医术。

“大、大哥哥……”小孩战战兢兢地抬头看向美禄，抓着他的腿，以圆圆的眼睛仰望着他的脸，“呃，这，这个……”

美禄轻轻推回小孩递出的一袋包子，又摸了摸他的脑袋。

“我首推这个鳄鱼包子，很好吃哦。好啦，你快走吧！”

小孩在美禄的催促下迈步离开，回头看了他好几次才消失在大马路上。

以轻松愉快的表情目送小孩离去后，他心满意足地呼出一口气，重新戴好兜帽，回过头去。

就在这时——

一对犹如黑洞的漆黑眼眸正直勾勾地盯着他看。

美禄像突然被人揪住心脏般吓了一跳，喘不上气，往后退了一步。

两者之间的距离应该有两米，对方却散发着一股近在眼前的压迫感。

“一般来说，这种恻隐之心和善行，就和有钱人家的胖小孩把芝士汉堡里面的酸黄瓜丢给狗吃来取乐差不多，是一种类似于自我安慰的玩乐。”漆黑双眸的男子调整着头上宽檐帽的位置，继续说，“但猫柳小弟，你不一样。贫穷的你牺牲自己去救完全不相干的小孩，如果这是电影，就是无比常见，却又无比美好的桥段，甚至可以说是开在这座腐败城市里的一朵花。”

宽檐帽男人身边有好几个保镖在警戒周围，诡异的是，他们都戴着忌滨的吉祥物“忌忌”的头套。即使是在这个鱼龙混杂的忌滨闹市区，一群壮汉顶着同一张虚假笑脸的模样也是格外离奇。

男子不耐烦地甩了甩手，戴着兔子头套的亲卫队就稍微后退了一点。

“我得更正一下。用腐败来形容自己管辖的城市实在不怎么好。”

“黑革……知事！”

“别这么见外……叫我黑革就好了。”黑革大步走向美禄，摘下了他的兜帽，“哎呀，你还是这么美。不要当什么医生了，转行去当演员不更好吗……没什么，我自言自语罢了。话说新的制约机……在那之后有派上用场吗？”

“呃，在这事上真是承蒙关照了。”美禄无法承受眼前男子散发的阴沉气息，只想尽快离开这里，“我姐姐还在医院等我，

我得快点回去。”

“这是当然，我可不能白白浪费忌滨首席名医的时间，更何况是用来治疗忌滨自卫团团长猫柳帕乌的时间。”

黑革一直紧盯着美禄，以冷静低沉的声音说道。尽管他语气轻佻，脸上却没有一丝笑容。

“不过，你的思维有点问题。你觉得，和我一起啃着坚果讨论最强的漫画主角是谁，和空虚地为怎么都治不好的姐姐尽心尽力，哪件事比较没意义？”

“……”

美禄在自己那温柔的双眼中注入所有憎恨，瞪向大大咧咧地闯进自己圣地的黑革，但不论他怎么凝聚心中的憎恨，也无法对黑革内心那如黑海般广阔的深渊造成一丝影响。

“猫柳，你别再学圣人君子做这些事了……”说到这里，黑革今天第一次扬起嘴角笑了（若这样的表情也算得上是笑容），“你的举动非常美好，但毫无用处。不管你怎么奋斗，穷人都会死，刚才的小鬼也是，只会悲惨地被这座城市践踏至死！”

美禄的脸抽搐着，看上去就快哭出来了。黑革揪起他的前襟，把脸贴到他眼前。

“猫柳，来县政府工作吧！只要有你的技术，我们就可以从其他县市招揽无数病患，赚到大把大把的钞票了！我们也能采购治疗锈蚀病的针剂，这么一来……”

闻言，美禄湿润的眼眸里出现了些许犹豫，而黑革并没有看漏这一瞬间。

“你的姐姐也能得救……”

就在他要把这句话说完时——

群众的惨叫声从装饰着闪亮霓虹灯的大马路旁的电影院传来，刚疑惑怎么会有大量观众从里面冲出来，就有一朵巨大蕈菇从写着“CINEMA”的霓虹灯招牌的E与M之间蹦出，发出“咚”的一声巨响。

“知事！”

“什么东西……”

亲卫队众人急忙推开美禄，围在黑革身边。

蕈菇接连穿破电影院、干货店、回收站的屋顶，色彩鲜艳的菌盖随处撒下孢子，使人发出尖叫。

这时一道人影连续跃过蕈菇的菌盖，在黑暗之中穿梭。众人用手指着那个乍看像是幻象的影子——

“是……是蕈菇守护者！”

“蕈菇守护者进城啦！”

“别吸到孢子，会生锈的！”

人们喊出诸如此类的话，四处窜逃，大马路瞬间乱作一团。

戴着兔子头套的壮汉拨开人潮，将灰头土脸的同事抱在腋下，贴近黑革。

“喂！放我下来，我自己会走啦！哇，不要乱摸啊！”

那个被抱在腋下，戴着小一号兔子头套的人用高亢而可爱的声音咒骂着身边的人，被一把丢到了黑革面前。

“好痛！就不会怜香惜玉……啊哈哈，黑革叔叔……那顶帽子真帅呀。”

黑革面无表情地抓住兔子头套的耳朵，粗鲁地摘下来。

“噗哈！”

麻花辫随着被摘下的头套扬起，垂在双耳边，配合前后的短发，让人联想到浮夸的水母，看起来有些狡猾的脸上还有一对猫咪般的金色眼眸在闪闪发光，光看外表，这确实是一位相当可爱的少女。

“呃，就是……说到那个赤星啊……”少女故作娇嗔地抬头，但在黑革的威压下，依然有冷汗滑过她纤细的脖颈，“呃，嘿嘿……我，我失手……让他进城里来了。”

“我一看就知道了，白痴。都派出军用机了，还连一个人也收拾不了？”

“我……我用机枪直接打中了那个和他搭档的老头，应该是收拾掉了……咳咳！咳咳！”

黑革努了努下巴示意，其中一个戴着兔子头套的人便递出水壶，顶着粉色水母头的少女贪婪地喝光了里面的液体。

“嗝……问题出在赤星身上。我不可能打得过他啦，跟传闻相差十万八千里啊！还说什么对手的武器就是一把弓……那可是能射穿蜗牛轰炸机的弓啊，都不能算是弓了吧。是不是该叫雷鸣或者闪电之类的？”

“喂，你认真的吗？赤星的箭还能击落蜗牛轰炸机？”

黑革饶有兴趣地摸着胡子，一旁的亲卫队在他耳边嘀咕了一句：

“他应该是想穿过县政府往北走，我们会追上去收拾他。”

“要是被自卫团抢先就麻烦了，要抢在帕乌抓到他之前杀了他。”黑革说着说着就停了下来，思考了一会儿，“要往县政府去啊？我们兵分两路，七成的人去县政府那边，剩下三成去闹市区找人。”

“要在闹市区找他吗？”

被黑革锐利的目光一瞪，那人就畏畏缩缩地敬了个礼，以杂耍艺人般灵巧的身手跳上大马路的建筑物，追着接连展开的蕈菇而去。

“请问能报销吗？我的蜗牛是私人物品哦。”

“当然了，我还会把钱包好给你。”黑革从怀里掏出一把手枪丢给少女，“我会派二十个人给你，你直接指挥他们搜索闹市区吧。”

“咦咦？！你要我用肉身对抗那……那个赤星？！”

“喂喂喂，你有领薪水的吧？我觉得这比违反合约被判绞刑要好很多哦。”

水母头少女用力咬紧嘴唇，小声嘀咕了一句“流氓”才打起精神，冲进闹市区里。几个带着兔子头套的人拨开人潮追了上去。

“人事部请人之前也动下脑子吧，真是的……所以说，我的心头好上哪儿去了？”

刚才他的注意力被引开了，美禄便伺机从困惑的群众中穿过，逃离了他的魔掌。逃跑之际，美禄曾一度回头，但即使隔得很远，黑革的视线也像是要把人吸进去一般，美禄慌忙摆脱他的目光，在大马路尽头右转离去。

“知事，要追吗？”

“不了，不用管他。”黑革愉悦地弯起嘴角，“我只是想稍微捉弄他一下。话说回来，这可真是……”

黑革回过头去，只见他爱去的电影院被密密麻麻的蕈菇弄得面目全非，他咯咯笑道：

“真是胆大包天啊。本来明天就要开始连续播映《星球大战》系列了。”

“是科幻电影吗？”

“唉，算啦。”黑革无视为了讨好自己而刻意搭话的亲卫队，重新戴好帽子，向前迈步，“接下来这段时间的工作估计……会比较有趣。”

3

“正如各位所见，现已确认位于我县西墙外十公里处的埼玉铁沙漠内出现了一座中等规模的蕈菇森林。

“从六月初起，岐阜县、田隐县、群马县等地接连发生蕈菇恐袭，目前推测疑犯为同一人的可能性较大，忌滨县政府正在要求群马县公示其详细信息。

“另一方面，群马县数日前才公布已在群马南墙击毙了恐怖分子‘赤星毕斯可’的消息，接下来将追究故意释出虚假情报的责任归属……”

在阴暗的病房里，电视机的蓝光正断断续续地照亮床铺上的人的白皙肌肤。

那是一名女子，她身材高挑，只穿着一件贴身衣物，肌肉结实、兼具力与美的躯体令人联想到猫科动物。她的神色稍显疲惫，但意志坚定的双眼依然熠熠生辉，配上挺拔的鼻梁，散发出一种凄艳的美感。

然而烧伤痕迹般的“锈蚀”覆盖着她的半身，让这份美丽蒙上了阴霾。锈蚀从她的左腿向外扩散，延伸到腹部、胸部、颈部……残酷的是，那张秀丽的脸庞也被锈蚀侵蚀了一半。无论是谁都能一眼看出她是一位重度锈蚀病患者。

女子眨了几下眼，长长的睫毛随之颤动。她从电视上移开目光，拔下点滴的针头。

走下床后，她站直身体，乌黑亮丽的长发顺势滑落。她光着脚走到墙边，拿起竖在那里的长棍。

那是一根粗犷的六棱柱铁棍，长度与高挑女子的身高不相上下，重量绝对不止五公斤，不大可能是女性会用的武器——

这名女子却以猛烈的气势挥起了这根铁棍。

风压吹得房间里的窗帘肆意翻飞，明明铁棍没有擦过任何东西，却有嘎吱声从房内各处传来。

她开始调整呼吸……

铁棍接连扫过半空。长发如风，铁棍如扇般飞舞，带着威猛的气势震撼了室内的空气。女子又忽然将铁棍刺向电视机，并在离屏幕只差两厘米的位置停下。

电视机上用大大的字体写着“紧急插播”四个字，播音员随之以较快的语速播报新闻。接连开出蕈菇的忌滨大马路、在入夜的忌滨里蹿房越脊的红发蕈菇守护者反复出现在画面上。

“蕈菇守护者，也就是锈蚀的元凶啊。”女子带着丝毫不见紊乱的呼吸，以略显低沉的嗓音嘀咕道，“竟然在我被彻底锈蚀之前，在我还能挥舞棍棒的时候碰上了……”

从低沉的声音可以听出她在努力保持冷静，但内里还是充满了对在电视机那头绽开的蕈菇怀有的憎恨与愤怒。

于忌滨自卫团这类武力组织而言，消灭蕈菇与蕈菇守护者是与阻止犯罪和外敌入侵同等重要的基本理念。

考虑到大众甚至要建起巨大的高墙来阻挡锈蚀的恐惧心理，他们自然是不会让外人把据说是散播锈蚀的元凶的蕈菇带进城的，再加上……

这名女子是忌滨自卫团团长，名叫猫柳帕乌。

“帕乌！你又关掉所有电灯了吧！”

一瞬间，铁棍划破了空气，在打开门闯进来的美禄眼前几厘米处停下。其压力卷起一阵风，抚过美禄的天蓝色头发。

“美禄，你好慢。”

美禄全身僵住。而女子收回铁棍，将脸凑到他眼前，嘴角勾出些许笑意，又伸出双手圈起他的脖子，强行把他拉入自己的怀中。

“等、等等啦，帕乌！好难受！”

“你肯定是又被那些小姐缠住了吧？所以才叫你要戴好兜帽啊。”

“不，我是发现了一个被蝎虻螫伤的小孩才——”美禄勉强从她怀里探出头来，略带愠色地看着她说，“而且蕈菇守护者就在唐草大道上出现了！他好厉害，街上瞬间就开出了超大的蕈菇……”

“别让我这个病人太担心你。”

女子收紧双臂，强行让美禄说到一半就合上了嘴，而后又露出纯真的笑容，先前的犀利气势仿佛只是一阵幻象。

“更别说那个病人是你的亲姐姐了。”

猫柳帕乌既是忌滨自卫团团长，也是一流的战士，她的弟弟则是熊猫医院的天才医师猫柳美禄——这对美丽的姐弟被人们戏称为落在忌滨的两颗珍珠。

若与姐弟二人相对而立，可以发现他们的容貌确实很相似，但眼神截然不同：姐姐眼中闪烁着修罗恶鬼似的凶光，弟弟的眼睛则散发着慈母般的光芒，看着就像是上天弄反了他们的性别一样。

美禄感到姐姐今天和平常不太一样，有一种难以言喻的悲壮感，便乖乖地让她抱在怀中。在姐姐坚韧却柔软的肌肤的包覆之下，每当锈蚀的粗糙触感擦过他的脸，他的内心都会泛起阵阵刺痛。

就在这时，帕乌挂在墙上的制服口袋里突然传出了警报声，接着便是混有噪声的人声。

“目前已将入侵者赶至西忌滨四区的县政府大楼。二警三班到八班，请前往该处进行一级警戒。重复一次……”

“上钩了啊，食人赤星。”

“帕乌！”

帕乌立刻放开弟弟的头，粗鲁地取下自己挂在墙上的装备。

她穿上覆盖到颈部的连身皮衣，套上陶瓷锁子甲，再穿上自卫团制服后，一般的子弹与刀剑就伤害不到她了。接着她戴上钢铁护胫，又将一头黑发往后甩，扎好盖住额头与头顶的大型护额。这就是忌滨引以为豪的自卫团团长——战士帕乌的正装打扮。

“不行啊，帕乌！你的药物治疗还没结束！”美禄察觉姐姐的意图，拼命抓住她，“锈蚀都快侵蚀到你的心脏了！你是觉得工作比生命更重要吗？！”

“最重要的是你，美禄。在我回来之前，记得锁好门，不要离开医院哦。还有，要是知事的特务队来了……”

“不能离开的是你吧！”

听到弟弟少有的怒吼声，帕乌稍稍睁大了眼睛。以前美禄一直拿姐姐没办法，只能乖乖听劝，这次竟然以充满力量的眼神挡在了她面前。

“你每次都说我最重要，然后乱来一通。你完全没有考虑过我的感受吧！快点回去躺下！我会和自卫团说清楚状况的！”

“无论如何都不行吗？不管我怎么拜托你，你都不会让开是吗？”

“我拜托你的时候，你有让步过吗？我也一样！”

“这样啊……美禄，我很高兴……”

帕乌突然抚过弟弟的脸颊，让美禄不禁抖了抖身子，停下动作。她就这样以交织着慈爱与悲伤的眼神凝视着美禄……

随着清亮的声响，她一记手刀打在了美禄的脖子上。那是不会造成身体上的伤害，却能夺走对方意识的高超技巧。

她抱紧晕厥的美禄，直接将他放在床铺上。

——在我死了之后……还有谁能保护他？还有谁能从恶意、暴力与锈蚀之中保护这个温柔过头的孩子？

“美禄，我还不能死。只要我这条命还在……我就会尽可能地排除所有可能会伤害到你的毒牙。”

她看着昏过去的弟弟那张美丽的脸庞，并轻轻抚摸他的眼睑。口袋里的通信机仍在发出破坏气氛的警报声，但她连警报内容也没听就冲出医院大门，任凭制服的长下摆随风翻飞。

“天底下有哪个姐姐会这样对待弟弟啊？！”

美禄不久就醒了过来。熊猫医院的院长看着敞开的医院大门，忍不住闷闷地叹了一口气。

对于他姐姐的病情，现阶段的用药确实只能起到安慰剂的作用。帕乌明知如此，还是选择了将残存的生命奉献给弟弟。现在没有强力的抗体针剂，美禄根本无法让她留在医院里。

——可是今天不一样了！

随后美禄冲进制药室，给门上了两道锁才翻找起了大衣的口袋。

刚才发生蕈菇恐袭时，他仍能顺利地在街上游走，采集了好几种贵重的蕈菇。他将五颜六色的蕈菇碎片放在桌上，两眼放光地说：

“都是些没见过的品种！有这么多的话，一定可以……”

美禄将长年使用的皮制四方形公文包放在桌上，解开构造复杂的锁将其打开，随之出现的便是一台外观粗朴，配有三个连接着繁杂管线的圆筒的制药机。

他给加热机点火，把手边的蕈菇和溶剂倒进圆筒里，连忙搅拌。

县知事黑革说得没错，为了拯救姐姐，美禄只能不断利用政府配给的锈蚀病针剂为她进行治疗，这导致开销相当大，他只是一个医师，没办法准备足够的量。

当然，那是走正规途径的前提下。

现在美禄正在做“锈蚀病针剂配制实验”。未经许可擅自分析国家机密制药法是一级反叛罪，但没有高深的药学知识也做不到这一点。

然而，这位熊猫眼的少年医师是这方面的天才。

他一心一意想治好自己唯一的亲人，也就是姐姐的锈蚀病，为此花费了大量时间来进行实验。用无数种材料做过实验后，他终于把目光放到了世间的禁忌——据说是锈蚀元凶的“蕈菇”身上，以求突破。

“完成了，这个怎么样呢……”

绿色的黏稠液体正在试管里面发泡，美禄往手背上倒出一点，闻了下气味，满意地点了点头。

——稍微通个风吧。

七月底的夜晚还很潮湿，美禄用袖子抹去额上的汗水，来到窗边。这时，他发现了不对劲的地方。

——窗户开着？

吹进来的夜风抚过他天蓝色的秀发，微弱的光亮从窗户射入，窗帘正随风摇摆。美禄觉得有些蹊跷，回过头去。

突然间——

一股如杀气般犀利，仿佛能将所有人吓退的气息闪过，让美禄全身都起了鸡皮疙瘩，呆立在原地。

——有人在这里！

黑暗里有两道闪闪发亮的绿光凝视着美禄。那两道夹杂着杀气与好奇的视线从正面捕捉了美禄的目光，一直盯着他看。

“……”

“……放斑玉蕈进去也不会有很明显的药效，还不如直接吃掉。”

“啊？”

“你会制药，对吧？”

对方一个大跨步走来，一头红发在夜光的照耀下被风吹得乱甩。如野生动物一般的压迫感让美禄整个人动弹不得。

“给你。”

“咦，咦？”

“这是疗效最好的鞷菇，你试试。”红发男子将手中的紫色蕈菇塞到美禄怀里，傲慢地说，“你是名医吧？我逼问了三个人，每个人都这样说。”

“不……不可以的，未经允许的制药是犯罪……”

“你刚刚就在做吧？”

“啊，唔……”

“没时间了。要是你再推托，那不好意思，我会杀了你。”

他沙哑的声音里透露出些许焦躁，把美禄吓得打了一个激灵。但美禄忽然嗅到对方身后还有其他东西的味道，便说：

“这是萨尔摩腐蚀弹的气味……是被蜗牛打中了吗？那个不可以直接用绷带包扎的！”

“你说什么？”

“你太天真了，怎么会以为光用药就可以治愈呢？！”美禄刚才还怕得发抖，现在神情却越来越严肃，渐渐变回医生该有的模样，“随便处理萨尔摩枪伤会留下腐蚀后遗症的，只靠用药是不行的啊！请立刻让我动手术！”

“我刚说过，要是你再推托，我会杀了你吧？”

“我会在你杀了我之前一直说服你。不动手术的话，那个老爷爷会死的！”

眼见美禄逐渐找回气势，红发男子略为惊讶地睁大了眼睛，他好像太小看这个看似天真柔弱的熊猫眼少年了。美禄的慧眼和胆识着实令他有些吃惊——这个房间几乎没有光亮，但美禄仍能说出他安置在墙边的搭档是一位老人，而且还能凭一丝火药味精准指出老人被哪种子弹打中了，这对他来说似乎有些出乎意料。

只见红发男子像在思索般地挠了挠下巴，过了一会儿才颔首道：

“嗯，我知道了，但还是先制药吧。需要多长时间？”

“因材料而异，不过至少要二十分钟。”

“给你十分钟。”红发男子看着美禄坐到桌前，随后从窗户窥探医院周围的情况，“我应该把追兵都引到县政府那边了，但戒备还是莫名森严。他们不是自卫团吗？”

砰！一发枪弹仿佛要打断他的低语般从窗户射入，在门上开了一个洞。

他瞬间抱起倚在墙边的老人，跳到美禄所在的桌边。无数枪弹擦过他的脚尖，在窗户旁边的墙上开出弹孔，将墙打成了蜂窝。

美禄忍不住想大叫，但又看到红发男子朝自己竖起食指，便稍稍歪了歪脑袋，在一头雾水的状态下捂住嘴，猛地点头回应对方。可能是觉得美禄这样的举止很好笑吧，红发男子无所畏惧地勾起了嘴角。

这一刻，十分狰狞的亮白犬齿鲜明地映入了美禄眼里。

“赤星！赤星毕斯可！鉴于你有二十八次发起蕈菇恐袭的前科，忌滨知事有令，若你抵抗就格杀勿论!!在被射成蜂窝之前投降吧!!”

外头有人用话筒吼道。赤星毕斯可也吼了回去：

“这里有人质，别不动脑子就开枪啊！一群傻子！”毕斯可看了美禄一眼才接着说，“要是你们再开枪，我就让这个熊猫医生人头落地！”

虽然事前有沟通好，但真的听到这话时，美禄还是忍不住打战。两三秒过去，对方还是没有反应，毕斯可便想看看外面的状况，就在他往外探出身子的那一瞬间——

“哒哒哒哒哒！”

无数的枪弹像风暴一样贯穿了墙壁，让制药室开出了无数个大小各异的洞。毕斯可抱着老人和尖叫不已的美禄跳开，顺势踹开制药室上了锁的门，翻滚至外面的会面室伏下。

“那些家伙居然毫不犹豫地开枪了。你明明是个医生，却没什么人望啊。”

“怎……怎么会这样……”

美禄垂头丧气地说，但他在生死关头也没有放开那部制药机，依然紧紧抱着。

“他们马上就要攻进来了。不好意思，我可能要把医院炸飞一下。”

“好的……咦？你刚刚说什么？”

“帮我抱着老头。”

毕斯可把失去意识的老爷爷扔给跌坐在地的美禄，美禄刚接过老人轻得出奇的身体，毕斯可就将红褐色的箭搭在从背后抽出的弓上，往刚才那扇门射出一箭，然后往医院各处射出第二箭、第三箭……很快，插在墙上的箭周围开始冒出某种鲜艳的红色物体，随着啪嗞啪嗞的声响粉碎了天花板与柱子。

“好，咱们走。”

“啊，等等！我有轮椅！起码让这个人……”

“不行，要开了。”

“开？”

“冲进去！”

一群重武装的蒙面壮汉冲破玄关大门，一举涌入。在毕斯可抱起困惑的美禄，踹破窗户，跳出医院那一刻——

轰隆！

随着这声如雷巨响，医院开出了巨大的红色蕈菇。它们长势旺盛，贯穿了整座建筑物，还顺势展开了菌盖。建筑物的瓦砾哗啦啦地从上头掉落，摔到地上就粉碎了。冲进来的兔子头套人都随着蕈菇惊人的长势被带到空中，发出了惨叫。

“是……是蕈菇！”

毕斯可抱着美禄，接连跳过忌滨房舍的屋顶。美禄半惊半喜地看着眼前的情景，不由得看得入了神。前一秒还空无一物的空间已被巨大的红色蕈菇填满，而那蕈菇仍在朝天空生长。在这个人们被对死亡之风的恐惧笼罩的时代，美禄还是第一次见识到如此强大的生命奔腾。

——真漂亮！

在美禄想着这些的时候，他突然看到“熊猫医院”招牌被弹上空中之后掉落在地，整张脸渐渐抽搐起来。

“啊……啊啊！”

“叫什么叫，吵死了。”

“医，医院！”

“嗯。”

“我的！”

“我不是事先声明过了吗？”毕斯可毫无歉意地说道，还动了动脖子，发出喀啦声，随后把不断挣扎的美禄放在屋顶上，“我也觉得挺不好意思的，但这也是无奈之举。要是我不那么做，你也会死的。”

见毕斯可态度如此傲慢，美禄不禁哑口无言，只能傻眼地让嘴巴开开合合，这时毕斯可却迅速拉过他的身体，按在屋顶上。下一秒，天上的直升机发出的探照灯光就以毫厘之差从两人身旁扫了过去。

“别乱动。”

听到这声强硬的低语，美禄只能在恐惧之中不断微微点头，现在实在不是该抱怨的时候。

毕斯可弯着身子，用嘴衔住几支箭，朝东边远处的街市拉弓，接连射出。射出去的箭勾勒出超大的弧线，刺进远方大楼的墙壁上，然后发出巨响，开出火红色的蕈菇。

直升机的探照灯光一口气集中到用来当诱饵的蕈菇上。

“很快就会露馅，我们走。”

毕斯可说完就同时抱起老人和美禄，从屋顶跳到小巷里，又掀起通往下水道的井盖，先把美禄扔进去，再抱着老人钻进了里面。

“真是危险。”毕斯可一边竖起耳朵聆听无数人从井盖上方经过，一边低声说，“这下麻烦了，没想到还会有类似于县政府特务部队的家伙出动。”

下水道里有一股发霉似的气味刺激着鼻腔，但也没到恶臭的程度，等间隔安装的白色照明灯也使视野意外清晰。毕斯可倒是有些在意从刚才起就格外安分的熊猫医生，为了观察他的状况而爬下了梯子。

毕斯可朝美禄走近，又在有些距离的地方停下脚步，眯起了眼睛。美禄脱下自己身上的外套和白大褂，将它们铺在下水道的冰冷地面上，让脱去衣服的老人躺到上面。

美禄正以无比认真的眼神从旁观察他的身体，为他把脉、触诊。那副神情极其严肃，一点也不像是刚才还在毕斯可怀里发抖的少年。

“怎么样？”

“中了六发……一般来说，这威力能让人死两次了。”美禄语中有些兴奋，也没回头看看毕斯可，径自说，“他到底是何方神圣？受了这么严重的伤，呼吸和脉搏竟然没有一丝紊乱……”

“救得了吗？”

“要看这药能不能生效。”美禄从抱在怀里的制药机中取出紫色的针剂，将它举到灯光下，“我会切开他的伤口，取出子弹和腐蚀部位，之后……就给他注射这个，祈祷他能挺过去吧。”

毕斯可凝视着美禄的侧脸，过了一会儿才点头认同，站起身来。美禄慌张地拦住了他：

“等，等一下！你要去哪里？”

“要是一直待在这里，很快就会被包围了。我出去引开那些人，老头就拜托你了。”

“不可以！”

见这个像女人一样柔弱的男生突然大吼，毕斯可不免有些吃惊，回头望去。美禄盯着毕斯可的脸和脖子看了一阵子，才准备用他纤细的手臂脱下毕斯可的外套。

“你，你想干什么？！”

“你受了这么重的伤，是想去送死吗？！我先帮你处理一下，在那里坐好！”

“笨蛋，我无所谓啦！你想办法治好老头就行了！喂，放开我！”

“不行！我怎么能放着浑身是血的人不管？”

双方争执到脸红脖子粗。美禄的眼神看似温柔，却充满了无比坚定的意志，直直瞪着毕斯可。

“不这样，你起码……起码让我缝一下脸上的伤口！血一直流进你的眼睛里，要是不缝好，你去了也是白白送死啊！”

毕斯可被美禄的气势吓得有些退缩，美禄没等他同意就逼他坐下，并从怀中取出医疗工具包，将包摊开放好。

美禄重新审视毕斯可的脸。那张脸看似神采奕奕，却满是割伤和擦伤，额头上那道深深的伤口还在出血，并一直流进左眼里。

美禄熟练地用热手术刀切开随处可见的血疱放血，并迅速缝好毕斯可额头上那道很深的伤口，涂上软膏。他原本想用绷带包扎，可是毕斯可像疯狗一样抗拒，只好作罢。暂时处理好伤口后，他用袖子擦了擦额上的汗水。

至此，美禄那张娃娃脸总算放松了下来，他露出笑容说：

“好！弄好了！”

“……”

“……呃，很疼吗？”

“你叫什么名字？”

“啊，猫柳……猫柳美禄。”

“美禄，那个……”

闻言，美禄诧异地看向毕斯可。毕斯可看着美禄那双圆圆的蓝眼睛，好几次都在犹豫该说些什么，最后——

“谢啦。”

他有些破罐子破摔地说完就迅速起身，爬上梯子。

“喂！”

“你好啰唆，干吗？！”

“我还没请教患者的名字！”美禄彻底忘记了自己曾被眼前的少年以性命要挟，“而且……我也没问你的名字……”

“那边那个半死不活的叫贾维，我嘛……”

“……”

“……毕斯可。我叫赤星毕斯可。”

说完，毕斯可又从梯子上低头看了美禄一眼。

绿色与蓝色的眼眸就那样对视了好一阵子，仿佛是在摸索某种吸引彼此的难解奥秘。后来是毕斯可先移开了目光，转而打开井盖，冲进忌滨的夜色中。

“赤星……毕斯可……”

美禄小声喊出这个像过境风暴一样凶猛的红发少年的名字，又盯着在灯光照耀下荡漾的水面看了片刻，才如梦初醒般发出一声惊呼，连忙跑到贾维身边。

4

“团长，帕乌团长！”

一名探子喘着粗气冲到自卫团坚守的县政府正门前。双手抱胸、咬着嘴唇，正为状况胶着而焦躁不已的帕乌拦下身旁的副官，亲自跑到了这名年轻的自卫团员身边。

“通往县政府的足迹是幌子！赤星现在正在西门附近大举闹事！”

“怎么了？你看到什么了？喂，给他拿点水来！”

“赤星的对手估计是兔子头套……黑革知事的特务部队。他们人多势众，但连赤星一个人也应付不了……”

——可恶的知事，又擅自行事。

帕乌咂了咂舌。年轻团员经过旁边同事的简单照料后，继续对她说：

“帕乌团长，请您……请您冷静地听我说。”

“什么事？”

“我看到闹市区开出了一朵异常巨大的蕈菇。”团员害怕得牙齿都在打战，但还是一口气说了出来，“那里是熊猫医院！是您弟弟的……”

一股热血倏地蹿过帕乌全身，让她美丽的脸庞瞬间变得凶神恶煞。

只见帕乌以咬牙切齿的嘎吱声回应了这名团员，然后把他推开，大步流星地走了出去。副团长急忙紧随其后。

“团长！”

“降低县政府的戒备等级，将二、三、四班调往西门，九班送去北门。”

“您是打算一个人先过去吗？！对方可是国家悬赏通缉的大恶徒啊！”

“那又怎样？”帕乌没有藏起不断涌现的焦躁，迅速跨上停在正门前的爱车—— 一辆重型摩托，“想对我发表意见，就先在模拟战里赢过我再说吧。发号施令的时候可别大意了！”

“明、明白了！”

没等副官回话，纯白色的重型摩托一鼓作气，以最快的速度奔驰。帕乌在车上把铁棍往下一挥，摩托在地面粉碎的同时借反作用力跃上了忌滨的夜空，落在住宅区其中一栋宅子的屋顶上。

——美禄！

帕乌的焦躁直接化为穿梭于忌滨市街的白色闪光，直奔矗立在远方的红色蕈菇而去。

毕斯可在屋顶上环视周围，绽放的朵朵蕈菇散发着淡淡的光，像路灯那样照亮着城镇。孢子如细雪般在空中飞舞，抚过他满是血迹的脸庞。

在他的迅猛奋战下，兔子军团终于只剩昏倒在地的人员，其余人都仓皇逃离了。在哄哄闹闹的忌滨里，只有这个中心点被不可思议的寂静包围着。

——真担心贾维。我是不是该先回下水道一趟……但自卫团为什么没有出动？

他陷入沉思，先吸了一下鼻子，然后一脚踩在了从刚才起就一直在他脚边蠢蠢欲动，打算挣扎逃跑的矮小“兔子”身上。

“喵嘎！”

那人发出尖锐的叫声，整个往后仰。毕斯可抓住兔子耳朵，顺势摘下了对方的头套。粉红色的麻花辫随即滑落到肩上——那是一位顶着粉红水母般的发型的少女。

“等，等一下，等一下啦！我，我可是反对过的哦！看上去这么温柔的男生怎么可能是坏人嘛，你说对不对？然后呢，那个知事就强行……”

少女的额头和脖子都冒着汗珠，脸上还带着抽搐的笑容，正有些怯缩地仰视着毕斯可。

“喂，你们到底是什么人？所有人都来了吗？自卫团呢？”

“要是杀了这么纯真可爱的女孩子，你不会睡不安稳吗？我，我们来交易一下吧。我，我今天就不干这份工作了，然后直接和你……”

“我看你耳朵不太好使，要不要直接在你头上开一朵蕈菇啊，混账！”

“呀啊！好可怕，这家伙好可怕！”

忽然……夜色笼罩的另一头传来了某种东西转动着往前冲的声音。

毕斯可竖起耳朵聆听，发现那个声音跃过忌滨闹市区数间房舍的屋顶，正往这边赶来。

——摩托？

水母头少女抓住毕斯可注意力分散的那一瞬间，像只老鼠一样逃之夭夭了。毕斯可还没来得及追上去，车轮刮削屋顶的声音突然变大了——在照亮夜晚城镇的光亮之中，一辆重型摩托随着引擎的怒吼声高高跃起，从另一边的屋顶直朝毕斯可飞来。几乎是在毕斯可摆起架势的同时，铁棍的光亮一闪而过，对准毕斯可猛力挥下，直接粉碎了屋顶的瓦片。

毕斯可立即跳开，躲过了致命一击，但碎裂的瓦片擦过他的脸颊，使之喷出鲜血。

银色的金属护额在飞散的瓦片后方发出耀眼光芒，女战士的目光正死死地钉在毕斯可身上。她用一只手轻松地挥起与自己曼妙的身材一点也不相称的铁棍，让摩托掉头，向毕斯可猛冲过来。

女战士如不要命的武士般横冲直撞。毕斯可向后一退，朝她放了一箭。箭头确实对准了铁棍战士，然而铁棍再次划破空气，让箭影消失——战士直接用铁棍打飞了毕斯可的猛箭。接下来的第二箭、第三箭也接连被铁棍击落，甚至没能伤到女战士的衣服一丝一毫。

——这家伙!

毕斯可估量了逼近而来的战士的气魄与实力，将弓往下移，往眼前的屋顶射出一箭。摩托像要压扁毕斯可似的全速冲刺着，直逼到他跟前，却撞上迅速绽开的蕈菇，一下子被冲击力推上了空中。

“唔！”

“你这样乱骑车就该被吊销驾照，傻瓜！”

毕斯可笑道，但看到飘浮在半空中的战士重新调整好姿势后，他收起了笑容。

铁棍女战士竟然把在空中飞舞的摩托当成立足点，用力一蹬，借此让自己的身体反弹，飞速袭向毕斯可。

“喝——！”

战士的身躯与光泽亮丽的黑发就如龙卷风一般，她利用离心力强势挥出铁棍，让铁棍化作割裂空气的尖刀，直击举弓防御的毕斯可的侧腹。毕斯可像被踢开的皮球那样猛地撞到街道对面的住宅墙上，在墙上开出一个大洞。

烟尘随巨响卷起，女战士稍稍眯细眼睛，凝神观察蕈菇守护者撞开的大洞，并转起手中的铁棍，划开吹过的风。

——刚才那一棍应该把他砸烂了。食人赤星就这点水平啊。

女战士眼中流露出些许失望的神色，随即又迅速睁大了眼睛——她没有忽略某样尖锐的东西在霓虹灯光的照耀下发出了亮光。

“哐锵！”

那是铁器贯穿铁器的声音。女战士下意识地举起铁棍保护自己，黑色的箭头就在她眼前放着光芒——射出的箭贯穿了六棱柱铁棍，逼到了她的眼前。

——这真的是人类射出的箭吗？！

战士的额头上冒出薄薄一层汗，她咬紧牙根，发出“嘎吱嘎吱”的声音。

毕斯可穿破建筑物的单薄屋顶，一跃而出，并在女战士面前落地，与她相对而立。

“你是谁啊？还挺强的嘛。”他像要咬人似的凶狠一笑，“你那身技艺是在哪里学的？难道说忌滨这地方的新娘修行还要学耍棍？”

毕斯可的箭不仅威力强大，速度也与一般枪弹无异。而女战士竟能分毫不差地打下他的箭，那绝非常人能够掌握的技艺。

何况对方还是女性。

“我是忌滨自卫团团长，猫柳帕乌。”直白的挑衅显然惹怒了她，那以女性而言稍显低沉的声音正渗出丝丝怒气，“蕈菇守护者，我劝你乖乖投降伏法。不然下一招就会直接打爆你的头。”

帕乌身材高挑，身上的白色大衣正随风翻飞，还以青眼架势（**注：日本剑道的一种持剑姿势，将剑架在腹前，剑柄对准腹部中央，剑尖对准敌人左眼的架势**）架起了铁棍，那勇猛的姿态甚至能让人联想到西洋的战争天使。只不过，乍看一身正气的身影与难以掩饰的恶鬼气魄之间的反差挑起了毕斯可的兴趣，让他促狭

地露出了犬齿。

“这种话不是该在动手之前说吗？”他愉快地笑着说，“看你摆着一副就算我乖乖就范也要杀了我的样子，我难道还是你的杀父仇人？”

“我警告过你了！”

长发随风扬起，她用铁棍粉碎了毕斯可脚边的地面。风撩起帕乌的额发，使她美丽脸庞被锈蚀的部分暴露在外。

——这个人的锈蚀症状好严重。都快死了，还这么迅猛？

尽管内心吃惊，毕斯可还是一边避开帕乌不断挥来的棍棒，一边在屋顶之间穿梭跳跃，然后像第四棒打者高举球棒那样，用夸张的臂力一把举起那辆被帕乌踢开，落在屋顶上的摩托。

“喝！”

毕斯可把这辆摩托当成盾牌，恣意驱使，弹开了帕乌挥下的铁棍。双方又过了两三招，摩托转眼就满是凹陷，最后终于从引擎处喷出火来。

“喝啊——！”

帕乌一口气挥下铁棍，以强大的威力将自己的爱车一分为二，但这时毕斯可也迅速做出了判断，他立即将喷火的引擎扔往帕乌那边，并拉弓射箭。

两人之间发生了一场大爆炸。

毕斯可身后是一座游乐场，他被冲击波吹飞，撞到游乐设施屋顶一个巨大的保龄球瓶状的装饰上，随着巨响一举将它撞飞，卷起阵阵白烟。另一方面，帕乌也将铁棍捅进屋顶以抵挡这波冲击，勉强在屋顶上站稳，死死瞪着狂傲地在白烟中起身的毕斯可。

帕乌的必杀铁棍只要擦过就足以让人骨折，以往未曾有人能化解她接连不断的攻势，她眼中的杀气依旧锐利，却又掺杂了几分惊愕。

“看你被锈蚀成这样，我是很想称赞你的本事啦，可你这样乱动只会让病情恶化得更快哦。”

“你居然好意思说！让所有城市化为锈蚀的不就是你吗？！”

“我解释到嘴皮子都快破了，蕈菇不会散播锈蚀。它们通过吞噬锈蚀生长，是净化锈蚀的唯一手段。”毕斯可把折断的臼齿连口中的血水一起吐出，再次朝帕乌看去，“我只是在经过锈蚀严重的地区时顺手播了种，就算不感谢我……也犯不着拿那种玩意儿这样热情地招呼我吧？”

毕斯可在这场接连跨越鬼门关的缠斗之中愉快地笑道。帕乌喘着气，有些激动地回答了他：

“你以为我会相信这种天方夜谭吗？你的目的不是用蕈菇填满到过的所有都市，报复迫害过蕈菇守护者的人吗？！”

“不，我只是在寻找食锈而已。”

毕斯可正面回应帕乌的目光，泰然自若地答道。

“你说……食锈？”

帕乌架着铁棍，眼里出现了一丝犹豫。对手浑身都是破绽，她却无法移开目光。说出这些话时，毕斯可眼中燃烧着熊熊烈火，某种有别于恶意和杀意的强大意志紧紧揪住了她，封锁了她的铁棍。

“不管是人还是机械，不管被锈蚀得有多严重，那种蕈菇都能将上面的铁锈吸收干净。我要用它来治好某个人……所以才会不断旅行。放下你的铁棍，让我走吧。我在忌滨没有事要做，对这里也没有任何怨恨。”

“都到这个节骨眼了，你还觉得能靠这无聊的蠢话逃跑吗？！赤星，给我摆好架势！我的棍可以直接打中你！”

为何赤星如此游刃有余？是因为看到我的锈蚀，打算让我动摇，露出破绽吗……不，蕈菇守护者说什么都与我无关，下次出棍就是我赢了！

不知毕斯可是否看穿了帕乌的犹豫，只见他愉悦地勾起嘴角，转而瞪向对准自己架好的铁棍，等发现某个时机已到，又以坏小孩般的神色对帕乌说：

“不过我在忌滨也不是毫无收获。这里有个好医生，我受了他很多关照。”毕斯可说到这里就停了一下，观察起了帕乌的神情，“你刚才说你姓猫柳对吧？我看你们长得很像。你认识美禄吗？”

“你竟然……叫他美禄？”帕乌像诅咒解除一样回过神，神色顿时变得紧张，那双美丽的蓝色眼瞳也在来回摇动，“你对美禄……你对美禄做了什么？！你这家伙把美禄怎么了？！”

“你问我做了什么？”这时毕斯可露出犬齿，促狭地对陷入癫狂的帕乌笑道，“要是我真的做过，你打算怎么办？你又觉得我做了什么事？难道你不知道世间是怎么称呼我的吗？”

毕斯可话没说完，帕乌就以凌厉的速度冲了过来。她彻底化身为凶恶鬼神，将铁棍高举过头，猛地挥下。铁棍犀利地划破空气，直朝毕斯可的额头杀去，像切西瓜那样将其剖开……

本应如此。

然而铁棍只是稍稍伤到毕斯可的额头就停了下来。从额头伤口喷出的鲜血染满他整张脸，他却依然露齿贼笑着。

“唔？！”

“笨蛋——”

某种白白圆圆的物体从击中毕斯可的铁棍上冒出，像安全气囊一样抵消了冲击力，还一路从铁棍前头长到了握柄处。

随后，这些圆滚滚的蕈菇以铁棍为苗床，以爆发性的速度增长。

那是一种表面光滑白皙的球形蕈菇。

——他竟然在铁棍里下了毒？！

先前帕乌用铁棍正面挡下铁箭时，气球菇毒已然深植其中。每当她大幅度挥动铁棍，毒素就会扩散生根。毕斯可贯彻防守，特地多嘴说些多余的话来争取时间，都是为了让植根于铁棍中的毒素扩散发芽。

毕斯可没有放过帕乌因蕈菇的冲击而退缩的机会，迅速冲到帕乌跟前，用力踢在她心窝上。她的身体高高飘起。

“要是铁器表面出现白色菌丝，那就是蕈菇即将发芽的信号。”毕斯可满脸笑容地拉满弓，映入浮在空中的帕乌眼里，“如果你没有陪我闲聊，这次赢的人就是你了。”

“赤——星——”

“你还是早点退休嫁人去吧。你长得这么漂亮，我很难揍下去啊。”

现在的帕乌没有任何方法挡下毕斯可边说边射出的箭，她看着毒箭深深刺入自己满是锈蚀的右肩，意识随着剧烈的痛楚逐渐消失。

——美禄……那孩子……只有那孩子……

毕斯可跳过两栋屋子的屋顶，接住闭上眼睛，失去意识，从空中坠落的帕乌。尽管有些站不稳，但还是平安落地了。

“这家伙比看上去的要重啊。”

毕斯可扛着她跳到小巷里面，正想跑起来时，他突然觉得让帕乌那秀丽的黑发拖在地上有些过意不去，只好不情不愿地将她的身体抱在胸前，仔细捧起她的头发再像一支箭一般穿过小巷。

5

“不许动。”

毕斯可感到后颈有一股杀气蹿过，停下了动作。

“放下人质，举高手。”

对手似乎从后方锁定了毕斯可。敌人有着高手的气场，让他绷紧了脸。

与帕乌交手花费了不少时间，毕斯可察觉到其他自卫团员正陆续聚集而来，便接连穿过闹市区内错综复杂的小巷，赶往贾维所在的下水道，却在途中遇上了追兵。

虽然他为求保险抱着帕乌，准备拿她当人质用，但看样子盯上自己的是个相当老练的熟手，玩弄小把戏的你来我往应该不会管用。

毕斯可依指示放下人质，缓缓举高双手，然后重重蹬地跃起。借势抽出的蜥蜴爪短刀闪现刀光，毕斯可一个扭身，朝散发杀气的来人脖子挥下。

铿！

挡下这必杀一刀的，同样是一把蜥蜴爪短刀。

毕斯可看到短刀另一头的蒙面人炯炯有神的目光，急忙控制自己不要惊呼出声。

“啊……”

“哟呵呵呵！你对大病初愈的老头还真是不留情啊。”

“贾维！”

毕斯可不禁睁眼大叫，一下子不知道该对卸下伪装咯咯笑着的师父说些什么。

“你……你可以活动了？伤势怎么样？”

“嗯哼，如你所见，好像中了六发子弹呢。”

贾维说着，卷起了肚子上的衣服，伸手指了指上面的缝合伤口。

“你这臭老头！既然最后死不成，那一开始就不要搞得像死了一样啊！”

“笑话，你以为那样还死不了人吗？要不是有那个熊猫小鬼的功夫，老夫就到此为止了。不过呢，活下来的老夫也是挺了得的吧？”

“混账东西……还不是你说了那些像遗言的话，我才……”

毕斯可凶狠的表情早已软化，正拼命忍住即将一涌而出的情绪。

贾维像只猴子一样在小巷内钻来跳去，美禄追到这里好不容易才追上，但看到毕斯可的表情就停下了脚步。

食人赤星流下的眼泪，让美禄感受到隐藏在这名蕈菇恐怖分子内心深处的温暖少年应有的体贴之情，不禁稍稍松了口气。

“美禄，你成功了啊。”

“不！我只是尽我所能罢了。是赤星先生的蕈菇奏效了！”

“蕈菇守护者的规矩是一定要报答恩情。只要是我能做到的事情，你都尽管说。”

“不，我只是……”

美禄刚害羞地从毕斯可身上稍稍移开目光就看到了倒在一旁的长发女战士。

“啊啊！帕乌！”

“你果然认识她啊。”毕斯可先点了点头，接着协助美禄扶起女子的身体，使之倚在墙壁上，“她跟我大打出手，所以我给了她一点沉睡毒，现在只是睡着了。”

“她是我姐姐……赤星先生，你刚刚说沉睡毒？你打赢她了？”

“蕈菇的药还对这家伙身上的锈蚀有效，帮她注射刚刚用在贾维身上的东西就好。”

毕斯可说完之前，贾维就踩着小跳步过来，替帕乌注射了剩余的蕈菇针剂。紫色药剂从锈蚀的肩口吸收进体内，帕乌虽然皱了一下眉，但呼吸没过多久就恢复稳定了。

“好……好厉害！”

借助蕈菇守护者的知识制造出来的针剂药效太好了，如果没有他们，美禄即使用上所有才智也无法做出这种药。看着姐姐之前睡觉时总是压抑着痛楚的睡脸变得安稳，美禄觉得自己内心涌上了一股新的决意。

“毕斯可，没空发呆了。自卫团的美洲鬣蜥骑兵已经追了过来，不到五分钟就会抵达这里。要是我们再被包围，这次就真的逃不掉了。”

“我知道了，北门近在眼前，我们走！”

“嗯，老夫会绊住他们，快走呗。”

“呃……啥？”

毕斯可正准备往前冲，听到师父意外的回应便回过头去。

“你说绊住他们是什么意思？你不一起来就没意义了啊！”

“你用点脑想吧，刚从体内取出六发子弹的糟老头怎么可能立刻踏上旅程啊？！”

“臭老头，该用脑袋想的是你！制药该怎么办？！就算采到食锈，如果没有能够制药的人……”

贾维摸了摸白胡子，用促狭的眼神看了看毕斯可身边。

毕斯可缓缓顺着贾维的视线看过去，就看到因为紧张而整个人僵住的娃娃脸熊猫医生。承受毕斯可眼光的美禄咽了口唾沫，但仍努力地没有移开目光，回望毕斯可。

“贾维，你是老年痴呆了吗？”

“赤星先生！麻烦你！麻烦你带我一起走！”

美禄抓住毕斯可袖子的力道超乎想象，毕斯可无法甩开他，只能惊愕地张嘴。

“你这家伙，快放开我啊。一定是这臭老头跟你灌输了些鬼话吧。”

“我听他说了‘食锈’的事情！我可以派上用场，也可以制药，还可以帮你疗伤！”

“可恶，谁要带着像你这种稍不注意就会死掉的家伙一起上路啊！”

“你刚刚才说过，我有事情都可以拜托你！”

“我可不是神灯精灵！”毕斯可睁大眼睛，如烈火般对着美禄怒吼，“墙壁外头环境严酷，你这种在城市里长大的小孩可活不下去！真遇到什么事，可不是赔上你那一两条白嫩嫩的手臂就可以解决的！”

“那又怎样！”美禄鼓起勇气，将所有力气注入眼光之中，吼了回去，“那说不定可以拯救我的姐姐，拯救我唯一的亲人。不过是条手臂，想要就拿去吧，就算脑袋分家也无所谓！”

美禄那用尽全力的怒吼，让毕斯可的钢铁之心上产生了一道裂痕。

毕斯可用力抿着嘴睁大双眼，一把揪住美禄的衣襟，将他拉了过来，直直地看着他。

除了贾维，从来没有人能担任毕斯可的搭档。不论如何骁勇善战的蕈菇守护者，都会被他那如暴冲野马的钢铁意志甩下马鞍。

何况眼前这个颤抖不已的少年，似乎孱弱到被锈蚀之风一吹就会飞走，不仅不会使弓，还不会骑螃蟹，甚至连墙外都没踏出过一步，是个被保护得好好的都市少年。

唯独他的眼神——

只有那对清澈的蓝色双眸，尽管因为纠结而颤抖，却依然强烈地与毕斯可的翡翠色双眸互相吸引，闪耀着恒星般耀眼的熊熊意志。

“二班、三班，散开！绕去包围北门——”

“毕斯可，自卫团来了！没空让你犹豫了哦！”

毕斯可先深吸一口气，闭目思考了三秒，接着睁开眼，将激动之情化为觉悟，露出身为一流蕈菇守护者的精悍面容。面对吐露了内心的一切，发着抖却仍看着自己的美禄，毕斯可用锐利的目光对着他说：

“如果不想死，就乖乖听我的话。两人一组搭档是蕈菇守护者之旅的基础，要是其中一个死了，另一个就得跟着上路。”

“赤星先生！”

“还有！就是那个，改掉你那烦死人的客套说话方式！搭档之间是对等的，我是毕斯可，你是美禄！懂了没？”

“我知道……”

毕斯可立刻狠狠地瞪了过去。美禄连忙闭嘴，接着露出一个开心的笑容，改口道：

“好啊，毕斯可！”

“哟呵呵呵。”贾维在屋顶上高声大笑，“新搭档诞生了。好喽，快走！”

贾维射出的蕈菇箭“嘭嘭”地绽放，阻挡了自卫团美洲鬣蜥骑兵的路，为忌滨的夜晚带来另一波喧嚣。毕斯可张口，原本想对远远跳开的贾维说些什么，但还是放弃了。

“喂，你姐该怎么办？要让她睡在这里吗？”

“没问题！自卫团会好好保护她的。我在她的小包里面放了很多蕈菇针剂！啊，不过……”

“这一别可能这辈子都见不到面了。虽然我们时间不多，但你去多看她两眼吧。”

美禄点点头，跑到正熟睡着的姐姐身边，将自己手上的皮制手环戴到姐姐手上。

“姐姐……你一直在保护我，成为我的护盾。所以，换我保护你一次，为你受一点伤，也没关系吧？”

美禄将自己的额头靠在沉睡的姐姐额头上，闭上了眼睛。

“我一定，一定会治好你。所以帕乌，你要等我哦。姐姐……”

美禄就这样抱了姐姐好一会儿，有如在确认两人之间的亲情……接着突然像想起什么般跳起来，重新面向毕斯可。新搭档正以布满血丝的眼睛看着手表，坐立难安地环顾着周围。

“毕斯可，我，我好了！可以了！”

“你这白痴太拖拉了！还没踏上旅程就想结束吗？！”

听到美禄这么说，毕斯可怒气冲冲地抓住他的手臂，往耸立的北门奔去。

“你名字里的美禄……”毕斯可忽然转头问，“是像巧克力的那个吗？用牛奶冲泡的……”

“对！身强体壮喝美禄。这是妈妈帮我取的名字……”

“哼，身强体壮喝美禄啊。”

毕斯可边跑边搭起紫色箭，朝城墙前方的地面射去。箭毒立刻张开蕈丝，将周围的地面渐渐变成紫色。

“……这名字不赖！”

毕斯可抱起美禄，提步踩在箭上。伴随着强烈的冲击，一朵巨大的杏鲍菇长了出来。站在杏鲍菇上高高弹起的两人，跃入忌滨的夜空，顺势翻过高耸的城墙，踏上了崭新的大地。

6

庞大的积雨云在蔚蓝无比的天空上层叠堆积。

碎层云不时遮掩强烈日照，干燥的风吹过，给冒着汗水的身体带来了清凉感。

这里是栃木的“浮游藻原”。

作为忌滨北方高原命名来源的“浮游藻”，会在每年春夏之间大举发芽，变成球状轻飘飘地飘浮于空中。在白天大量吸收日照后，夜晚散发柔和光线的模样相当美丽，能够给旅人带来慰藉，但辗转各处的奖金猎人大概欣赏不来这种情调吧。

“太好了，似乎没有追上来。”

“好热！我知道了，不要再抓着我了！你是海星吗？”

毕斯可用袖子抹抹额头，回应拼命跟在自己身后的美禄。

这里除了会发热的浮游藻，脚边冒出的小草新芽、四处散落的废弃汽车、坦克零件都在阳光照耀下散发热气，让不得不穿着一身厚重装备的毕斯可不断冒出豆大的汗珠。

“多亏有蕈菇针剂，帕乌应该可以撑上三个月。问题在于贾维，我想即使在城墙之内，他大概也只能再活一个月。”

毕斯可瞪了美禄一眼，见他吓得缩了一下肩膀，才点头让他继续说下去。

“如果食锈如贾维所说，长在秋田的仙境之类的地方，那光靠走路绝对赶不及。但我们也没办法开车上路，要是走了忌滨高速公路，马上就会被自卫团逮捕……”

“你这家伙以为我是个只会打架的老粗吧？我知道啊，怎么可能什么都没想就出门？！”

“看来你有什么好点子？”

毕斯可轻哼一声，从腰包取出折叠好的地图，满是伤痕的手滑过地图，指给探了过来的美禄看。

“足尾的骨炭脉末端，正好延伸到这里的北边。里面最长的一条矿车线路似乎可以延伸到山形南部。如果能够顺利转乘，过这段路应该不用花上两天。”

“足尾……是……”美禄的表情渐渐染上震惊和阴郁色彩，“你的意思是要穿过骨炭脉内部吗？毕斯可，这、这不管怎么说都太乱来了！”

骨炭是在东京大爆炸之后出现的新兴燃料，足尾因为这条骨炭脉而一时兴盛，成为日本屈指可数的炭矿地带。

骨炭是锡或黑炭等矿物，在锈蚀之风吹送下变质后得出的新世代燃料，名称的由来有一说是它那如同骨头的白色外观，也有那是以铁人飞散的骨头为苗床生出的矿脉的说法，众说纷纭，但总之那是一种现今普遍使用的燃料。**（注：故事设定中的骨炭与现实中的骨炭不是同一种东西，二者并无关联。）**

过去为了抢夺广大矿脉的采矿权，栃木、新潟、福岛等县彼此相争，并安排了扩大开发炭矿的计划，但由于炭矿内持续增殖的异形进化生物，以及不断喷出的毒气、频繁发生的爆炸事故等状况频发，现在所有县政府都从这矿脉抽手了。

如今，那里只是一条被矿车线路钻得到处是洞的山脉，作为天然火药库耸立着，这就是足尾骨炭脉的现状。

“据说潜藏在骨炭脉里面的铁鼠非常凶残，如果遇上铁鼠群袭击，用不到十秒就会被啃到只剩下骨头。就算你真的很强，只有我们两个也实在无法应付那些……”

“谁说只有我们两个？”

“咦？这不是没有其他……”

这时美禄才发现毕斯可没有专心听自己说话，一直在东张西望。

“毕斯可，你在找什么？”

“就是第三个……找到了！”

毕斯可圈起手指吹口哨，眼前的土地突然隆起，一只巨大的螃蟹就挡在两人面前，遮住了阳光。

橙色甲壳在阳光照耀下闪闪发光，高举的大螯充满了魄力与力量，仿佛可以轻易粉碎汽车。

“呜哇，哇啊啊！”

“笨蛋，它是同伴。”

毕斯可忍不住用手肘顶了顶躲到自己身后的美禄，接着开心地走向大螃蟹，仔细地拍掉它甲壳上的泥土。美禄看到大螃蟹乖乖地没有反抗，才稍微放松戒备，接着略显愕然地向毕斯可问：

“这……这是你的……朋友？”

“它是我兄弟。”拍掉泥土之后，毕斯可从螃蟹的腿部往上跳，一举坐到背部的鞍上，“它是铁梭子蟹，名叫芥川。我让这家伙从墙壁东边绕过来了。因为它怕热，我想它应该躲在泥土里，所以才在这里找它。”

铁梭子蟹如同其名，是一种拥有非常坚硬的甲壳的大型螃蟹。因其体魄强悍且个性温顺易控制，所以沿海地区的自卫团也会用作动物兵器，芥川应该也是这类动物兵器的后代。铁梭子蟹能够背着大炮跟机枪横越山区、沼泽、沙漠等艰险地形，行军能力确实高强，加上其甲壳与刚猛的大螯，有段时间还被视为无敌兵种。

但当冲绳部队往九州行军时，因为气候异常而出现大量铁梭子蟹最喜欢的小麦虾，导致所有铁梭子蟹都冲进海里，再也没回来。发生过这样可笑的插曲之后，现在各大自卫团之中都几乎看不到铁梭子蟹的踪影了。

“潜藏在炭坑里面的动物，绝对不会向牙齿咬不动，毒素也不管用的对象出手。芥川不管什么地形都能跨越，力量也比大型机械强，是我们的王牌。你也要快点学会跟它相处哦。”

美禄重新看了看芥川的威容，就发现它虽然有看着凶残的大螯，那张像在装傻的脸庞却有种可爱的感觉，加上它从刚才起就一直百无聊赖地挖着土，就更显得可爱了。

美禄战战兢兢地接近朝自己伸手的毕斯可，并握住他的手被他一把拉起来，落在芥川右肩的鞍上。

“哇啊！好棒哦！”

从芥川背上可以一举望尽无比辽阔、绿意盎然的浮游藻原远方景观。美禄已经彻底忘记方才的恐惧，整个人开心不已，将身体往前探，看着芥川那张憨傻的脸。

“我叫猫柳美禄！请多指教了，芥——”

美禄的自我介绍没能说完，就被芥川用右螯揪住衣领一把拎起，毫不客气地往前面扔了出去。

“呜哇呀啊啊　　！”

“啊啊！芥川，笨蛋，你这家伙！”

毕斯可连忙从芥川身上下来，追着发出长长惨叫、呈抛物线往前方坠落的美禄而去。多亏地上的草皮以及布满此处的柔软浮游藻起了缓冲作用，美禄并没有受伤，但看他鼓着腮帮子，眼中噙着泪水，咬着嘴唇的模样，就可以知道他在精神层面上受到了非常大的打击。

“它讨厌我。”

“噗……哈哈哈哈！”

看到美禄闹别扭的样子，连毕斯可都止不住笑意，抱着肚子大笑了起来。美禄以愤恨的眼神瞪了过去，毕斯可这才急忙假装咳了两声说道：

“笨蛋，别因为这样就闹别扭。我想，如果有不认识的螃蟹爬到你背上，你也会想丢开它吧？那家伙也有身为一只螃蟹的自尊，你们只能花点时间习惯彼此喽。”

“意思是说要赌它先放下自尊，还是我的颈椎先折断吗？”

“你这熊猫比我想象中还贫嘴啊。”

毕斯可双手抱胸思索了一会儿，交互看了看走过来的芥川肩上的行李与美禄的白袍便点点头：

“不管怎么说，要是不能坐在芥川身上，就没法穿过炭坑了。好，总之先从形式开始做起。这么说来，我记得芥川讨厌医生。”

身穿混有蕈菇菌丝的海星皮革长裤与长款上衣，脚套日本蝮蛇皮制的靴子，腰际配上装了蕈菇毒剂的腰包、两把蜥蜴爪短刀和两个收纳杂物的小包，再将箭筒如刀鞘般挂在腰带上，最后套上长年使用的鞣制蕈菇外套，这样就是一套可以保护自己不受锈蚀之风侵袭的蕈菇守护者正装了。

美禄穿上这身行头以后看上去比穿白袍时精悍了许多，在毕斯可看来也意外合适。

实际上，美禄也没有毕斯可想象的那样柔弱，多亏他从小跟着帕乌一起锻炼身体，体能完全可以骑螃蟹。

毕斯可把自己的想法告知了美禄，美禄带着满脸笑容，欣喜地跳到芥川背上……

就这样反反复复过了三小时。

“哇啊啊啊！停下来！”

已经不知道是美禄第几次发出的惨叫声，回荡在辽阔的浮游藻原上。

毕斯可将拳头大的水壶架在营火上，侧眼看向美禄，向他建议：

“你转弯的时候会害怕到把全身压在芥川身上，就惹它生气啦！你要相信它，不要强行改变它的动作。”

“我明白你的意思……”

“那就是要习惯了。别担心，赢的会是你的颈椎……大概。”

尽管美禄无数次被扔到地面，布满了泥泞与擦伤的脸上已经冒出了汗水，但他还是拖着纤瘦的身体爬上芥川的鞍，勉强再次抓住了缰绳。

——你认真来旁边指导一下也不会死吧！

美禄以有些怨恨的眼神，侧眼看着一直在远处的营火上煮东西，采取放任主义的毕斯可，接着把目光转向前方，突然看到一个背着大行李，径直走在路上的娇小旅行商人。眼看芥川就要撞过去了，美禄连忙拉紧缰绳，大声喊道：

“哇啊！有人，有人啊！芥川，停、停下来——！”

芥川一个急刹车，美禄整个人往前飞了出去，差点就要一头栽在石地上。幸好途中有一团飘浮的浮游藻轻盈地包住他，勉强抵消了冲力，让他平稳落地。

“好、好痛啊！芥川，你冲太快了！”

美禄摩挲着摔疼的侧腹，想起不知方才的商人是否安好，便打算站起来……就在这时，他跟一个正在窥探自己状况的娇小少女对上了眼神。

“啊，你睁开眼睛了。我还以为你死了呢。”

“啊，对不起！你、你有没有哪里受伤？”

“我才想问你呢——不过算了。”商人对美禄露出笑容，回头看了看芥川的尊容，“话说你骑的螃蟹好厉害哦！我还是第一次看到这么厉害的螃蟹。”

她仿佛要钻进美禄怀中，用白皙的肌肤蹭了蹭他，抬起金色眼眸向他看去。那是一个有着刺眼粉红发色的娇小少女，摇晃的麻花辫让人联想到在深海起舞的水母。

“仔细瞧瞧，你长得很可爱呢！可不可以叫你熊猫弟弟啊？既然你买得起这么棒的螃蟹，应该很会赚钱吧！怎么样，你有没有老婆啊？”

美禄听着耳边的呢喃声，不禁浑身发毛，急忙摇头。

“哇、哇啊！不是的，芥川不是我的螃蟹！是我搭档的……呃，朋友。”

“什么嘛，原来你有伴啦？哼，真没意思！”

水母头少女很干脆地放开了美禄，转而凝视芥川，仿佛在思考什么一样卷着耳边的麻花辫把玩。随后那略显失望的神色瞬间转变成一个笑容，与一脸困惑的美禄视线交汇。

“熊猫弟弟，如果你只想通过慢慢习惯的方式学会骑这种大螃蟹，会承受不了的哦。刚开始学的时候啊，一般都会在螃蟹眉心的位置点柚子香。这么一来螃蟹也会比较放松，自然就会亲近主人了。”

水母头少女从皮包里掏出黄色的瓶子，并用纤细的手指拎到了美禄眼前。打开盖子，一股山柚子的清香便扑鼻而来。

“咦？果、果然可以用这类方法啊！”

“这可是常识哦。你这么乱来，要是伤了漂亮的脸就太可惜了。我正好有多余的香，可以示范给你看！”

“哇！真的吗？啊，可是我现在没什么钱……”

“呵呵……不用钱啦！”少女眯起那对猫咪般的金色眼眸笑道，“毕竟世道艰辛，有困难的时候当然要彼此帮助啊……我的行事准则就是珍惜礼义人情啦！”

在距离芥川约半公里的地方，毕斯可一脸谨慎地凝视着眼前的铁壶，并看准时机，将少许绿色孢子加进正以小火煮开、慢慢沸腾着的红色液体之中。待观察过一阵子之后，才慎重地将一支铁箭镞浸泡进去。

虽然与美禄的制药技术相比，手法极其原始，但这仍是蕈菇毒的浸染方式。

从旁人看来这个方法非常简单，但只要稍微弄错配方比例，蕈菇就可能一举发芽成长，引发严重事故，所以这其实是一种非常精细且危险的作业。

尤其是毕斯可调配的蕈菇毒，几乎都是把发芽威力提高到极端夸张程度的产物，除了他自己与师父贾维，其他人连碰到都会有危险。

毕斯可以这样的高风险为代价，获得的便是质量非常好，独创性又高，而且种类丰富的蕈菇毒。尤其是杏鲍菇，融合了爆破菇的发芽力与橙盖鹅膏的弹性后，可以成为强大的跳台，是连贾维都不禁啧啧称奇的毕斯可代表作。

另一方面，毕斯可完全不会制造可用来治疗人类或螃蟹伤病的蕈菇药剂。配药跟制造蕈菇毒不一样，为了在人体上产生药效，必须精准地拿捏好量，不管贾维怎么教，毕斯可只能做出让心肺功能停止的极端药物。所以贾维也早早放弃这个领域，并没有教导他更深入的蕈菇药学。

毕斯可抓准时机，用铁筷夹出泡在壶里的箭镞，徒手射向一旁的大树。

插着箭镞的大树接连开出漂亮的红色蕈菇，平坦单薄的菌盖缓缓张开，撒出轻飘飘的孢子。那是连骨炭矿脉都能侵蚀的红平菇毒。

“嗯……算了，就这样吧。”

毕斯可接受了目前制作的蕈菇毒，灭掉营火。

“哇啊！螃蟹小偷！”

原本毕斯可只想把隔了一段时间没听到的美禄惨叫当成耳边风，却因为内容顿了一下。

“螃蟹小偷？”

毕斯可忍不住往声音传来的方向看去，就看到芥川正到处乱窜，而它的鞍上坐了一个背着大件行李的陌生少女。至于美禄，则被芥川的左大螯掐着上下猛甩。

“你、你骗我！放开你的手，把芥川还给我！”

“你怎么能这样抹黑人呢？熊猫弟弟，错不在我，在这个世道啊！好啦，你快点死心，放手吧！”

虽然当事人认真无比，但这场景远远看来真的很可笑。

“那个笨蛋在搞什么啊？”

大致理解了状况的毕斯可立刻抽出背上的弓，射出一箭。

毕斯可的箭射中了鞍旁边飘着的浮游藻，瞬间生出一大把斑玉蕈。

“嘎喵！”

水母头少女在斑玉蕈强大的发芽威力作用下发出仿佛被压扁的惨叫，整个人被打飞出去，从芥川背上滚落在地。毕斯可则有如追杀她一般，又射出两箭，箭险险插在少女旁边，爆发式生长的斑玉蕈把少女吓得四处乱跑。

“喂，你想对谁的螃蟹下手啊？想变成螃蟹的食物吗？”

“呀！啊！”

水母头少女逃跑的速度快得不可思议，一溜烟就跑到了很远的地方，也不知道她有没有听见毕斯可的威胁。

没过多久，失去鞍上主人的芥川，缓缓走回了毕斯可身边。

美禄总算从芥川的大螯上滚了下来，擦了擦被泥土与浮游藻弄得脏兮兮的脸，接着猛咳了几下。

“你这笨蛋！到底是怎么搞成那样的……”

毕斯可本想狠狠地怒吼美禄，但看到他脸上满是伤痕，整个人垂头丧气的样子，就觉得他实在太过可怜，也不忍心多说什么了。

“毕、毕斯可，对不起，我……”

“够了！不要道歉……我看今天你已经不行了，我们先往前走吧。”

“我、我没问题！我们没时间了，我得快点学会驾驭它……”

“你想用那双跟刚出生的小鹿一样抖个不停的腿继续练习吗？明天再训练吧，至少先治伤。”

“嗯，好吧……”

毕斯可皱起眉头，开始思考下一步该怎么办。

说实在的，与其讨论美禄有没有天分，不如说一个不是蕈菇守护者的大外行想要马上学会驾驭螃蟹，根本就是天方夜谭。

就算是蕈菇守护者，也不是每个人都能够自由自在地驾驭螃蟹，有些蕈菇守护者会用药让螃蟹陷入催眠状态，以半强制的方式加以控制。

虽说这趟旅程必须赶路，但毕斯可不想对芥川用药。

毕斯可看向美禄，只见他抱着自己的少许行李，径直地……看样子是往芥川那边走了过去。

“芥川，不好意思，勉强你了。我帮你擦药，你要乖乖的哦！”

美禄从怀里掏出闪烁着紫色光芒的试管，走近芥川。它大概是觉得那玩意儿很诡异，便举高大螯威吓美禄。它散发出来的魄力非比寻常，别说其他动物了，就连和它情同手足的毕斯可都不禁吓了一跳。

但是——

“逞强也没用！要是放着不管，肌肉会退化的！来，站好！”

美禄毫不畏惧地大声说道。原本高举着大螯的芥川，竟慢慢放下戒心，缓缓地收敛了威吓行为，这让毕斯可感到很不可思议。

“对！好乖。来，坐下！”

满脸笑容的美禄摸着芥川的白色肚子低语，它终于放松了全身紧绷的状态，弯起腿当场坐下。美禄将手中的药水缓缓注入芥川的关节，一股香草般的清新香气随之飘散开来。

美禄抚摸着芥川，对傻眼地看着自己的毕斯可说：

“对不起，因为我太乱来，让它的肌肉受伤了。不过我用了月魁蒿再生剂，芥川可以边走边恢复哦！”

——我是要你治好自己的伤啊。

毕斯可心想，走到他身边，稍显疑惑地凝视着平静下来的芥川跟美禄。

“你明明能做到这个，怎么没办法骑在它背上啊？”

“这个是哪个？”

“哈……也罢，无妨。”

毕斯可愉快地笑着跳上鞍，抓住美禄的手，将他拉到右边的鞍上。芥川收到缰绳指令，开始前进。毕斯可对美禄说：

“我们调整计划，你不用练习驾驭螃蟹了。你有跟螃蟹打交道的天分。”

“咦？我明明被摔得那么惨啊……”

“但你跟芥川说话了。我也是第一次看到在骑上螃蟹之前就可以跟螃蟹沟通的人。”

以八条巨大的腿一路向前奔驰的芥川意外平静。对它来说，即使有个人骑在右肩上，这种不适感也因为那一段互动而缓和了许多。

一对巨大的坦克炮有如要穿破即将崩塌的巨大寺院屋顶一般朝天空突出。像要包围住神社般层层叠叠的自走炮与坦克残骸上长满了藻类与藤蔓，在夜晚柔和地释放着在白天吸收累积的阳光。

“这里叫日光战弔宫。”美禄在芥川背上，隔着毕斯可说道，“听说以前要一举废弃因锈蚀损毁的坦克时，就是在这里进行仪式的。所以你看，这里的鸟居也是用某种看起来很像主炮的管状物体打造的。”

“那尊像是什么？鸟居那边有三只猴子并排在一起。”

“那是‘不看、不听、不说’的神像，是自卫团的快攻三原则。据说是把当时栃木的军规打造成了雕像。”

“哦，你很清楚嘛。”

“学校有教。”

“这样啊……喂，你是想说谁成绩差啊！”

毕斯可低声抱怨，重新观察寺院的状况。尽管看起来长期疏于保养，但这边的铁器仍然很漂亮，没有严重锈蚀的感觉，而且好歹也是寺院，应该不至于被武装的修行者盯上。

“好，今天就先在这里睡一下，正好足尾的矿脉也近在眼前了。你啊，别只是替芥川治疗，也要好好包扎自己的伤口。”

“这点小伤没事啦，我也是男生啊！”

“血的气味会引来岩螨啊，要是被它们钻进伤口里了，那会痒死人的。”

“唔，好吧，我会好好包扎……”

两人让芥川睡在中庭后便踏入正殿。突然，一片漆黑的正殿之中传来某种烟火气，还有烧过的干柴正散发着些许火光。

“有人先来了。你在这里等我。”

毕斯可用手制止因惊吓而紧张起来的美禄，架起弓缓缓踏步向前。

好像在哪里看过的粉红色麻花辫，正在黑暗之中不规则地甩来甩去。

“什么啊，原来是刚才的螃蟹小偷。喂，你这家伙，怎么老是出现在我们面前啊？”

“呜……呜咕呜……呼呼……呕……”

“嗯？话说我在忌滨好像也见过你。你这家伙是不是受了谁的指使在跟踪……”

毕斯可说到这里，看到少女缓缓转过头来的诡异模样，不禁噤声。

睁大的双眼严重充血，满脸汗水，喉咙不断发出奇怪的“呼噜呼噜”声。不管怎么看，这样子都很奇怪。

“这家伙……”

“毕斯可，让开！”美禄迅速冲到少女身边，用力拍了她的背部一下。少女接着“咕哦”一声，接连吐出混着血液的白色液体。

美禄让少女反复吐出这样的白色液体，保持气管畅通，继而从腰包里抽出绿色试管，毫不犹豫地塞进少女的喉咙。药剂渐渐被吸收后，少女的呼吸随之变得急促，发抖的状况也越发严重。

“美禄，你小心点！她身上有东西！”

“有东西在胃里面！虽然这方法比较粗暴……”

用完松弛剂之后，美禄先长长吐了口气，接着直接吻上了少女的唇。

“嗯唔？唔唔——”

他没有理会瞪大了眼睛挣扎的少女，对着少女的气管吸气，某样东西随即从少女发白的喉咙涌出，膨胀起来。

美禄用嘴捕捉到某样会动的异物后，便用臼齿将之紧紧咬住。然后猛地一扭头，一条与两升塑料瓶差不多大的白色虫子就从少女的喉咙滑出，表面因为沾满黏液与血液而有着湿滑的光泽。美禄把它吐在地上，虫子便发出“嘎吱”的哀号。

虫子一落地，就以出乎意料的速度在地面爬行准备逃走，却被毕斯可一脚踹飞，砸在正殿的柱子上，最后它颓软地折弯身体，一动也不动。

“这是什么鬼东西？”

“膨胀蚕。”美禄擦着额头汗水向毕斯可说明，“是以前为了防止奴隶逃跑而使用的虫。一开始让奴隶服下虫卵，并且通过服用药物的方式抑制虫卵孵化。现在大多用在囚犯……”

“以及忌滨知事的特务部队上吗？”连续咳了好几下，把残留的黏液吐出来之后，水母头少女总算舒服多了，接着说出怨恨的话语。

“难……难怪他们总是给我吃奇怪的药。早知道不干这诡异的工作了，那个奸诈的知事……”

“先喝点水。这段时间你应该会想吐，但已经没事了……”

少女猛喝水之后，原本显得铁青的脸色渐渐恢复红润，整个人也平静下来了。美禄看着这样的她，开心地露出微笑。

——这家伙，面对白天坑了自己的人，竟然还可以真心为她高兴。

毕斯可有点不知道是该吐槽还是该佩服，他跟美禄交换了一个眼神便点点头，从恢复活力的水母头少女身后一脚踹上她的屁股。

“咿喵！哇啊，赤……赤星……你为什么会……”

“叫什么叫，你应该先跟医生道谢才对吧！”

“呼呵呵，别开玩笑了。在旅途上出手救助单独行动的女性，不就是……”

水母头少女抹抹嘴角，抚摸露出的白皙香肩，得意地说道：

“这——么回事吗？毕竟刚才直接被亲了，我还以为要被吃掉了呢。我可是很贵的哦……熊猫弟弟，你付得起吗？”

“咦咦咦？我没有这个意思啊！”

“呵呵，真可爱！意思是说只要是医疗行为就没关系吗？医生啊，我感觉我的肚子里面，好像还有一条刚刚那种虫哦……”

少女蹭了过来，美禄红着一张脸不知所措。为了保护搭档，毕斯可尽管不耐烦，仍高声怒吼：

“喂，你够了！你那种鱼板一样的身材，谁会喜欢啊！”

“赤星小弟真不懂女人，竟然不知道我有多值钱……呵呵，只要剥下外皮，食人赤星也不过是个内敛的童子鸡嘛。”

“哇！毕斯可，你冷静点！”美禄急忙抱紧怒发冲冠、眼若铜铃，真心想拉弓的毕斯可，阻止他动手，“眼神，你的眼神好认真！哇啊，好可怕！”

“你不会不甘心吗？！被这种个性烂到骨子里的女人耍！”

“嘘！我问一下，你是要去经商对吧？”美禄将手指抵在嘴唇前，制止了毕斯可之后，笑眯眯地询问少女，“我们手边的粮食不太够，如果可以，能不能分一点食物给我们？”

少女因为这出乎意料的发展而不断眨着大大的眼睛，愣愣地来回打量被自己诓了好几次，仍带着纯真笑容的熊猫少年。

“你们真的不是觊觎我？”少女狐疑地问道，“既然如此，你们为什么要这么诚恳地……救我这种人啊？想要东西的话，等我死了之后全部拿走不就好了？”

两个少年先是有些惊讶地面面相觑了一会儿，然后才说：

“这么一说，确实……”

“毕斯可是那种会在评估得失之前先行动的人，怎么可能看到有人快死了还撒手不管嘛！你说是不是，毕斯可？”

毕斯可在外套底下被美禄狠狠捏了一把，只能抿紧嘴，不满地保持沉默。

少女八成是被这对奇妙搭档的气氛卸下了心防，只见她深深叹了一口气，也不再装矜持，粗鲁地盘腿而坐，以一副看到白痴的样子用手撑着脸颊说：

“看来是个天然纯正的烂好人救了我啊。该说是我运气好呢，还是没出息呢……啧，居然对这样的小孩子卖弄风骚，真是亏大了！”

少女摇摇头，彻底抛开方才的谄媚态度，点亮自己带来的油灯，摊开红色方巾，接着手脚利落地从行李中拿出各种商品，那些东西甚至让怒火中烧的毕斯可都开始感兴趣了。

“算了，无妨。既然如此，我就做回老本行啦。欢迎来到充满诱惑的水母商店，两位客人。”

“水母商店？真有意思，是从你的名字取来的吗？”

“熊猫弟弟，你真的是个好人啊。现在世道这样，做商人的可不会随便告诉别人真名哦。”水母头少女卷着麻花辫把玩，开心地说着，“我的发型像不像水母啊？这会让客人留下深刻印象，店名也是这么来的啦。”

“确实都是些没见过的东西，原来你不是吹牛啊。哇啊，这瓶葡萄酒上面写着2017啊！这是真的葡萄酒吗？”

“我其实是主打武器和兵器设计图之类的商品，但食品方面也很丰富哦！要不要试试这个啊？纯度百分之百的蝎子蜜，甜到舌头都要融化哦！我这边还有现在已经绝版的所罗门酒窖酿造的香草伏特加……不过对你们两个来说，这个还太早了。”

每当商品在少女手中舞动，毕斯可的眼睛都会闪闪发光。直到搭档轻轻拉了拉他的外套下摆，他才猛地回过神来。

"喂，我们不是想要什么稀世珍品或高级品，只是想要点可以填饱肚子的东西。有没有炭粉面包或盐饼之类的东西啊？"

"盐饼？我才不会背着那么穷酸的东西到处跑呢。"

少女以一副看穷鬼的表情看着他们。美禄则开心地看着商品，然后注意到了放在角落的零食堆。

"毕斯可，你看！有奶油口味的BISCO夹心饼干！我们跟她拿这个好不好，你应该喜欢吃吧？"

"不，我没吃过。"毕斯可难为情地看了看别处，"只是以前看过没吃过，毕竟蕈菇守护者不太容易弄到这些东西……"

"明明是毕斯可却没有吃过BISCO吗？"美禄先是夸张地表示惊讶，接着整个人笑开了，"那就更该跟她要了！可以给我这个吗？"

"什么啊，只要那个哦？一个卖四日币。"

"什么？！都这种状况了，你还想跟我们收钱？！"

"废话！如果弓是你的力量，那钱就是我的力量！"少女甩着粉红色麻花辫贴近毕斯可的额头，"我只是刚好敌不过你才彻底失去了赚取悬赏金的机会！不要说这么小气的话！"

厚脸皮到这种程度就会变得很有说服力。少女从因为自己的魄力而面面相觑的两位少年手上，迅速抽走两张日币钞票，丢出五盒BISCO之后就一副觉得很无趣的样子收起商品，折好铺在地上的方巾。

"唉，这生意好无聊哦。对着骑螃蟹的又没法兜售燃料……我要先睡了，敢碰我一下就要收一百日币哦。"

少女不满地嘀咕着，拿起塑料油桶，把老旧的液态骨炭洒到地面上。

"碰你？谁会特意去碰毒水母啊？"

"熊猫弟弟的话可以按半价算。"

“别瞎扯了，你快点去睡觉吧！”

毕斯可气呼呼地看着单手拿着空油桶就往正殿里走去的少女。这时美禄拉了拉他的袖子。

“毕斯可，一直生气很容易饿的。我们都花钱买了，赶快吃吧！”

美禄迅速将几块从包装之中拿出来的夹心饼干塞到毕斯可的手里。毕斯可拗不过美禄那双如带着闪耀星光直视自己的双眼，只能战战兢兢地将饼干送进嘴里。

“如何？这就是你名字的由来哦！会跟想象中不一样吗？”

“我还以为它咬起来会更硬一点，因为说吃了这个就能长得壮嘛。味道也是，本来以为这种补充营养的食物会是……类似熊肝的味道。”

“啊哈哈！不可能啦，毕竟这是零食啊！你觉得好吃吗？”

“嗯，好吃。”毕斯可简短地这么说完就以飞快的速度啃咬夹心饼干，都准备打开第三盒了，“原来在都市生活的人，每天都可以吃到这种东西啊……”

“毕斯可，你、你等一下！你吃太快了，也留一点给我嘛！”

“为什么啊？我比你高大，多吃一点也是合理的吧。”

“赤星先生说过，搭档之间永远是平等的哦。”

毕斯可无法反驳美禄促狭的挖苦，只能不悦地把一半的夹心饼干递给美禄，开始小口小口啃着自己手中剩下的部分。美禄一副很开心的样子看着毕斯可的侧脸，一块一块地慢慢咀嚼饼干。

到了深夜，为了不吵醒毕斯可，美禄蹑手蹑脚地钻出正殿，来到芥川正在休息的中庭。

夜晚，柔和的月光照亮了芥川的威猛外貌。

“恢复能力真惊人，原来芥川也不是普通的螃蟹啊。”

看芥川能当毕斯可的兄弟，跟他一起活到现在，就能理解它为何拥有如此强悍的体魄了。美禄静静地摸着它的关节，确认肌肉的状况。

原本睡着的芥川突然醒来，稍稍抬起了身子。

“啊！芥川，对不起，我不是想吵醒你……”

说到一半，美禄发现芥川的态度跟气势不太对劲，便竖起耳朵聆听。好像有某种东西低吼着的感觉从地底传来，这种感觉渐渐变成明确的震动，传递到了脚底。

“地震吗？不过这是……”

美禄急忙转头看回正殿，一瞬间，一阵巨响撕裂寺院的石板地面，地上随即喷出几道蒸气。同时，整间寺院剧烈震动，看来是整个地面都缓缓地抬升了起来。

美禄不禁发出惨叫，还因为再也抵挡不住越来越强的地震靠到了芥川身上。芥川迅速以大螯夹起美禄，将他塞到自己的鞍上，接着一蹬战弔宫的石板地高高跳起，随后落在长满藻的地面上。

在勉强调整好姿势的芥川跟美禄面前，两只有如散发黄色光芒的灯泡的巨大眼睛在夜晚的黑暗之中眨了眨。有如粗木的前脚重重踏在地面上，散落地面的车辆废铁便如纸片般飞舞到空中。

“战弔宫是活的！”美禄在芥川的背上摇来晃去，仍惊愕地发着抖，“原来这里不仅是凭吊兵器的场所，寺院本身就是动物兵器啊！”

虽然战弔宫的外形最适合以寄居蟹来形容，但它威猛的体形比有人类两倍大的芥川还要大三倍以上，正可谓是战舰般的怪物。

芥川勉强躲过拨开土壤冲刺过来的那玩意儿，“战弔宫”也没有太在意，像有什么明确的目标似的毫不犹豫地冲去。

“毕斯可！芥川，毕斯可还在里面！”

美禄还没说完，芥川就奔了出去。

还不熟练的菜鸟蕈菇守护者，跟驰骋沙场的老练大螃蟹，两者的目的直到此时才同样聚焦在拯救毕斯可这一项使命上。芥川速度飞快，美禄甚至忘了自己坐在螃蟹背上，只能像搭上云霄飞车那样紧紧抓住芥川的缰绳。

祭祀在“战弔宫”内的坦克残骸接连将主炮指向并行奔驰的大螃蟹。芥川见状便灵巧地闪避接连袭来的坦克炮炮弹。

“芥川，上面！”

听到美禄提醒，芥川便用自豪的大螯打飞一发炮弹，炮弹就这样打回坦克处直接爆炸，击毁了好几辆坦克。

“呀——！讨厌讨厌！不要丢下我！我还不想死啊！”

“你快放开我！这家伙，哪来这么大的力气啊！”

“毕斯可？你在哪里，毕斯可——”

正殿屋顶上，毕斯可的一头红发和外套正在月光照耀下随风摆动。

同时可以看到背着行李的水母头少女，正紧紧抓着他的脚不放。

“美禄！这家伙的真面目是食炭蛇蛊，会吃骨炭！刚刚丢掉的燃料弄醒了它，要是它直接冲进足尾的矿脉，导致矿坑爆炸，我们就没法坐矿车了！”

坦克的机枪有如呼应毕斯可的声音般，瞄准他接连喷火。毕斯可抱着不断尖叫的少女跳开，尽管躲掉了所有子弹，却因为抱着人而失去平衡，从屋顶上滚了下来。

“不行，我得应付这个女人！你要想办法阻止那家伙！”

“阻止？要我阻止，是要怎么阻止啊？”

“打烂它的眉心！”毕斯可一边大吼，一边拉弓射中一发朝自己飞过来的主炮炮弹，利用开出的蕈菇让它自爆，“只要造成脑震荡，就可以让这些坦克停止攻击！芥川！用芥川的大螯打烂它的眉心！”

“你怎么可以把这种不可能的任务交给新手？！”

这时，一门坦克炮转向仍打算说些什么的毕斯可。危急之际护住少女的毕斯可身后留下阵阵白烟，完全挡住了他的声音和身形。

“啊啊！毕斯可——！”

面对这样的危机，没有什么比看不到搭档更让人不安的了。即使这样，美禄仍强行压下不断打击内心的担忧，先深吸一口气，再吐出来。

——如果他是认为我做得到，因为相信我做得到才叫我阻止那家伙的……那么，我就要做。毕斯可，我就照着你说的去做吧！

美禄睁开双眼，眼神中点燃了坚定的意志。他将脸颊贴在奔驰的芥川背上，用手指轻轻抚过大螃蟹的眉心，低声说道：

“芥川……那家伙的弱点在这里，我们要瞄准它的眉心，阻止它继续前进。这么一来，毕斯可一定会赶到。芥川啊，你觉得……你能顺利完成吗？”

芥川吐出了一个泡泡，在美禄面前破掉。虽然无法确定这是否代表芥川表达了些什么，但总之……

这时一发炮弹落地，“砰”的一下爆炸，美禄则趁机操控缰绳，让芥川高高跃起，它穿破战弔宫本殿的屋顶华丽落地以后便朝战弔宫入口冲刺，用一对大螯粉碎了耸立的鸟居。

“芥川，冲啊——！”

芥川一举跃上高耸的悬崖前方，正好面向食炭蛇蛊的眉心位置，并在转身之际如挥动大斧般挥舞刚拆下来的鸟居，砸在对方的眉心上。

钢铁与甲壳粉碎彼此，引起巨大声响。这犹如怪兽电影桥段般充满魄力的一击让食炭蛇蛊身上扬起白烟，大大摇晃了一下，接着它高举前脚，想要撑住。

这时一道红色的影子穿破白烟，冲到它举高的前脚上。

“毕斯可！”

毕斯可甩着一头红发与外套，以皎洁的明月为背景高高跃起，将昏厥过去的少女甩给美禄之后，就这样倒转身体拉满弓，对美禄露齿一笑。

“我不是说了吗，你有跟螃蟹打交道的天分！”

毕斯可在美禄接住水母头少女的同时放箭。射出的箭勾勒出一条红色直线，深深贯穿敲碎的甲壳之下的脑部……

蕈菇毒的菌丝以夸张的势头猛烈扩散，食炭蛇蛊的身体各处都开出了巨大的红色菌盖。

芥川与美禄用鞍接住落下的毕斯可后，急忙远离痛苦挣扎的食炭蛇蛊，来到一座小山丘上，看着它渐渐被红平菇覆盖。

“真的超危险啊。要是让那家伙多跑半公里，矿坑可能就要跟着它一起被炸飞了。”

“呼……呼……喂，毕斯可……”美禄好像到了这时候才感受到自身的疲累，他无力地垂下肩膀，强行压抑着头晕目眩的感觉向毕斯可问道，“毕斯可，你、你一直都在跟这类生物……交手吗？”

“不，再怎么说，寺院本身就是敌人的，这还是头一遭。”明明大闹了一番，但毕斯可仿佛不当一回事地笑了，“不过，我想明天应该会对上更夸张的家伙。蕈菇守护者的宿命……应该说生存之道就是这样。”

“与其说这是蕈菇守护者的，不如说是毕斯可你的吧……”

美禄小声嘀咕，以免搭档听见。毕斯可似乎完全没有察觉，只见他指向耸立于眼前的足尾山脉炭矿设施。

“从这边已经可以看到矿坑入口了。那就是骨炭堆积的矿场，里面应该有矿车线路经过。明天就让芥川爬上去，然后……”

这时“轰”的一下，撕裂空气的声音突然打断毕斯可的发言，响彻天际。两人回头看向声音传来的地方，或许是长满蕈菇的食炭蛇蛊的死前咆哮，一门特别大的坦克炮朝着远方夜空开火了。

“啊……”

那黑漆漆的圆形炮弹在夜空画出一道大大的弧线，就这样如同一颗陨石，往足尾山脉……现在毕斯可手指着的炭矿设施中的火药库砸了下去。

轰隆隆隆隆隆隆！

随着巨大的爆炸声响，混着沙砾的热风灼烧两人的肌肤，吹动着外套。

“唔哦哦，该死！哪有……哪有这样的啊！”

“岩石因为爆炸飞过来了！芥川，我们快逃！”

从跑开的芥川身上所看到的足尾骨炭脉，仿佛想吐出堆积的骨炭般熊熊燃烧，并反复爆炸向外延烧，像是要将整片山脉都染成火红。毕斯可回头看着此景咬牙切齿，在火焰照耀下的侧脸渗出了汗水。

“可恶！只差一步而已，结果还是这样吗……这么一来，就没办法利用矿车了……”

“毕斯可……”

将芥川停在安全的地点，美禄不知该跟毕斯可说什么，只能忧心忡忡地看着他。但毕斯可只花了短短五秒来犹豫。

“不过还有机会。如果这里行不通，我们走别的路就是了。”他先重重呼一口气，然后气愤地挺起胸，瞪着熊熊燃烧的山脉，“而且，既然那个大家伙身上长了这么多蕈菇，这一带的锈蚀迟早会消失……比起保住自己的性命，这更能让老头开心吧。”

看着已然丧命，成为大自然一部分的食炭蛇蛊，毕斯可那对翡翠色的眼睛眨了几下。而美禄望着毕斯可的侧脸，感受着震撼内心的悲壮，想要出言安慰他几句，但最后还是没想出什么好话来。

早晨的日光照进眼底，毕斯可用带着鼻音的声音嘀咕几声之后就不情不愿地爬了起来。他睡眼惺忪地挠挠肚子，看看周围，就看到一大片草原，以及轻轻飘在空中的浮游藻反射着夏日阳光，闪闪发亮。

“啊，毕斯可！早安！”

正在收拾驱虫香炉的美禄跑到睡眼惺忪的毕斯可身边。

“你的伤势还好吗……嗯，伤口已经愈合了。如果它肿起来了，要立刻告诉我哦。”

“那个水母怎样，她没有受伤吗？”

“嗯，她很好，只有一些擦伤，而且我帮她处理过伤口了。我去看看她！”

毕斯可不太习惯美禄包扎的绷带，只能略显困扰地摸了摸脖子。这时已经很熟悉的搭档发出尖叫，传进了他的耳朵里。

“她好像逃走了，包里的钱全被她偷走了！”美禄摸索着芥川身上的包，发出傻眼的声音，“天啊……还好我的钱包跟你的有分开放。”

“她应该还没走远，把她抓回来烤了吧。”

"啊，毕斯可，等等！"

摸索着皮袋的美禄似乎发现了什么，接连拿出零嘴、炒豆之类的保质期长的食物，最后拿出一张便条给毕斯可看，露出苦笑。

"给食人赤星一行。各式食物费用总计八十七日币七十钱，确认收到。"

圆圆的字迹写下的收据角落留有"熊猫弟弟，要是赤星死了，记得来跟我搭档哦"这番话，还附上了一颗爱心形状的巧克力。

"原来她帮我们准备了不少东西啊，我还以为她是小偷呢。"

"这不就是强卖吗？有什么区别！"

毕斯可愤愤然从笑着的美禄身后跳上芥川的背，才忽然发现美禄已经完全习惯，坐在上面四平八稳，也不会被甩下来了。

"嗯？"毕斯可略显疑惑地窥探搭档的脸，毫不客气地观察了起来。

美禄确实有处理自己脸上的伤口，但脸上布满了各种新的擦伤，双眼底下也明显泛出睡眠不足造成的黑眼圈。

"你那些伤……"

美禄这时才发现毕斯可看到了自己脸上的伤痕，不禁倒抽一口气，移开视线。

毕斯可看得出来，美禄是起了个大早跟芥川搏斗，在被甩飞好几次之后才终于跟芥川混熟。但美禄害羞地想遮掩本应值得自豪的伤口，反而让毕斯可看穿美禄是个会在奇怪的地方表现出强大自尊心的人，有些忍俊不禁。

"嘻嘻嘻……"

"笑、笑什么啊？"

"没笑什么啊——"

毕斯可一鞭抽在芥川身上，跟心情大好而笑着的主人不同，芥川因为一大早就被挖起来陪菜鸟锻炼而显得有些不满，但还是活力十足地动起了八条腿，奔驰在夏季的浮游藻原上。

7

急躁的皮鞋走路声在县政府的地板上响起。一群个子高大，戴着兔子头套的黑西装男人快步走在铺着油毡的走廊上，一个抱着大量文件的新进员工被撞开，纸张掉了满地。

忌滨县政府现在仍忙着去除赤星留下的大量蕈菇与修缮工作。这座办公大楼里，事务人员、自卫团团员、科学家、建筑业者等各式各样的人都忙着处理眼前的状况，没有比这更忙碌的情景了。

其中显得最是焦躁的兔子头套男，伸手敲了敲某个房间的漆黑门板。

“门没锁。”

尽管低沉、稳重，却不知为何能煽动内心不安的声音从门后传来。兔子头套男先深呼吸了一下，才缓缓打开门。

那是一个阴暗的大房间。

闪烁着的投影机，正将电影投影到挂在前方墙面的屏幕上。电影的画质无论如何也不能用高清二字来形容。里面一个西装笔挺的黑人男子吃着汉堡，高谈阔论着莫名其妙的论调，依序杀害眼前惊吓不已的白人们。

“你听说过天恋糖这种零食吗？”

坐在离屏幕有些距离的桌前的男子也没怎么认真看电影，把玩着手上一个像是水果的东西。

“似乎是拿海豹的粪便腌渍天然的虾夷芒果，使之发酵的产物。据说它甜得让来自全国的订单蜂拥而至，我就从茨城调货过来了。我这可不是跟风，而是身为一个知事，不试着吃吃看就跟不上知识分子阶级之间的话题了。”

知事——黑革用汤匙挖起果实顶端，嗅了几下散发出来的果蜜香气，好像觉得还不错，就将果肉放进了嘴里。

“嗯……嗯哼。”黑革像是要细细品味般转了几下舌头，露出难以形容的表情仰头看了看兔子头套男，“该怎么说……这味道好像在吸长颈鹿的脑髓。”

黑革将手中的天恋糖连同汤匙扔了出去，砸碎了玻璃橱柜。芒果烂成一团，混杂着香甜的腐臭味瞬间充满整个房间。

“什么鬼东西！立刻停止给茨城的所有经济援助。”

“知事，有件事情必须禀报。我们推测赤星他……”

“你是想说他还活着？”黑革从抽屉拿出薄荷口味的曼妥思猛嚼，借此清除口中的味道，同时回答，“即使身陷足尾矿脉的大爆炸之中……也可以像魔鬼终结者那样从火焰中复活，是这样吗？嗯哼，很好，这下我就会很在意续集发展啊。”

“那起爆炸并非出自我们特务队员之手。”理应面无表情的兔子头套男，脖子上却淌着瀑布般的汗水，“我们确认到巨大炮击型动物兵器在附近被蕈菇杀害，应是那个生物导致的……”

“误射而爆炸吗？”黑革这时张嘴哈哈大笑，甚至碰倒了桌上的可乐瓶，桌面上的文件都湿透了，“哈，哈哈哈，呼——呼——哎呀——原来如此，原本埋伏了五十个特务队员，打算烤熟赤星一行人……结果他们自己反而被烤熟了，对吧？”

“这真的太出乎意料……在人手不足的现在，实在很……”

“那五十个人横竖都会因为爆炸死去，倒是无妨。嗯，埋伏在足尾的确是赌对了。”黑革先停了一拍，拿起倒下的可乐瓶喝了一口，“只是运气好？不，感觉有某种不能这样一言蔽之的神秘力量在牵引啊，赤星……”

黑革的黑色眼眸直直凝视着什么也没有的空间，这时——

砰！白银女战士一脚踹开上锁的房门，甩着身上的大衣大跨步走进了房里。面对来者无礼的态度，黑革竟意外愉快地对女子说道：

“你起码敲个门吧。自卫团的人真的很粗鲁啊，如果我跟这个兔子有不伦之恋，正热情地紧抱在一起，你打算怎么办？”

“失礼了。不过，从来历不明的家伙手中保护知事是我们自卫团的义务。”

自卫团团长帕乌以美丽的双眸狠狠地瞪着黑革，接着单手抓住想一把揪住她的兔子头套男的手臂，轻松地往旁边一甩，对方便直接撞上黑革的漫画收藏柜，虚弱地颓软在地。

“既然已知道赤星的所在地！”帕乌的声音坚毅地回荡在房内，“为何你不同意我们派遣追踪部队！那不是一个可以放任不管的男人！”

“你从哪里听说的？是不是严刑逼供了我家的兔子？”

黑革从冰箱取出他最喜欢的葡萄口味芬达汽水，并递了一瓶给帕乌。但她只是凶狠地瞪了回去，黑革只能自讨没趣地耸耸肩继续说：

“我不会同意的。我们还需要人手清除蕈菇，而且传闻表示蕈菇守护者还另有一人。现在县内还没安定下来，自卫团真的有能够调派出来的人手吗？”

“即使如此……”

“猫柳，别跟我玩这种无聊的讨价还价。”

黑革那足以让场面气氛降至冰点的低沉嗓音制住了帕乌。那双黑眼圈极为严重，仿佛埋没在一片漆黑之中的双眼，蕴含着沉重的气势直直盯着她。

“你为什么就不肯老实点呢？因为你想去救一个人吧，想去救那个被掳走的亲爱的王子……”

黑革把玩手中的开关切换影像，屏幕上映出一个跃出围墙的红发男子，还有一个蓝发男子。利用蕈菇发芽力高高跃起的两人刚好被围墙上设置的监控摄像头拍到了。黑革瞄了眼倒抽一口气的帕乌，接着喝了一口芬达。

“我跟他本人说过好几次，但我还是要再强调，你弟弟真的长得很漂亮啊。”黑革操作手中开关，拉出美禄的脸部特写，“如果没有这个胎记就完美了，真是可惜。不过……呵呵，该怎么说呢？他的表情看起来可不像是被诱拐的啊。”

帕乌对此也深有感触。被毕斯可抱着跨越围墙的美禄，表情虽然带着一抹不安，但整体来说，他十分信任身旁这个食人恐怖分子，散发着一种将自己托付给对方的安心感。

——美禄……你为什么……

“你弟弟有可能被认定为恐怖分子的同伙。”黑革压低声音，毫不留情地对帕乌这么说，“你弟弟的事情得由他自己负责，不管你来几次，我都不会派人追踪。”

“知事！”

“不用担心，迟早会找到的……只不过他到时可能会全身长满蕈菇。不过这样倒也是个不错的摆设，不是吗？”

到了这时候，帕乌按捺的怒气终于超过沸点，她硬是按下差点要高举起来的手，紧咬嘴唇，浑身发抖。血从被她咬破的嘴唇流到下巴，一滴又一滴落在地面。

看到这样的帕乌，至今说话轻佻，却完全没有笑容的黑革大大地勾起了嘴角。

“嘻嘻……”那是个非常邪恶，足以让人彻底发寒的恶魔笑容。

“失，陪，了……”

步履蹒跚的帕乌准备离去时，黑革又说：

“猫柳，要是忌滨自卫团的公主将军离开，我们可是会很头疼的啊。毕竟这么一来，也得认定你是同罪了，你应该明白吧？”

黑革看着重重关上的门，以一副觉得很可笑的样子拼命压抑着笑声笑了一会儿，又喘了几口大气，拉出毕斯可的脸部特写，仔细地、半是陶醉地凝视着。

“那个死小孩……已经长这么大了啊，赤星……你这张脸看着好像很强悍。应该很强吧，相信我一定是望尘莫及。”

黑革那对深黑眼圈之上的黑色眼眸，直直地钉在毕斯可散发年轻活力的脸上，一动也不动地看着他。从他嘴边漏出的嘀咕声有着不是憎恨，但也不算是陶醉的复杂情绪。

“最强的蕈菇守护者，来得好，你真的出现在我面前了。赤星，我一定会杀了你……我会割开你的喉咙，然后挠你的腋下，确认你不会笑了之后……再接着……”

黑革用颤抖的手一把抓住桌上的药瓶，手忙脚乱地将药丸塞进嘴里，咬碎之后吞下去。

“这样我就不用仰赖这种会让我尿血的镇静剂，也可以安稳地沉沉睡去了……”

接着有一段时间，黑革似乎忘了方才发生的事，只是不断看着毕斯可的照片。

“赤星，你等着哦……”

他的模样，就如痴迷地看着心仪少女照片的少年一般。

8

这是一个晴朗无风，倍显宁静的八月初早晨。

铺了一层细碎贝沙的水面反射着阳光，如一面镜子般倒映着湛蓝天空，与色彩缤纷的艳丽贝沙相辅相成，给人一种走在宝石天空中的感觉。

卡尔贝罗贝沙海——

这里距离忌滨北墙以北约五十公里。穿过浮游藻原就可以看到被美丽贝沙覆盖的广阔湖面从栃木县北部绵延到霜吹县南部了。

福岛原本有一家名为卡尔贝罗珠宝的大公司，他们将美丽的合成贝当作新世代宝石，用它取代了被开采殆尽的天然矿物。而这里就是新世代宝石相关工业地区。

无独有偶，这边同样遭到锈蚀之风肆虐，工业地区被侵蚀殆尽，只留下了化为细沙的宝石贝形成的地表，偶尔还会有高楼大厦的残骸倾倒在上面。

这里与埼玉铁沙漠的不同之处，在于贝沙排出的些许盐分与水分为广大地表上覆上了一层水的薄膜，让这块已经毁灭的大地展现了难以言喻之美。

尽管如此，坐在大螃蟹背上前行的两位年轻蕈菇守护者也没有余力欣赏这样的绝世美景，他们正被饥饿与焦躁侵袭。

“芥川，我会想办法弄点吃的给你……拜托你撑住。”

他们原本打算途经足尾骨炭脉矿车线路，但现在计划受阻，便没有绕开贝沙海，而是直接穿过霜吹县这边的路线。考虑到贾维时日无多，他们也别无他法。

“呜呜，肚子好饿……”

美禄嘀咕道。穿过贝沙海的行程与它美丽的外表相反，其实是一段非常严苛的路途。覆满大地的美丽水面上根本没有任何人类能吃的东西。

就算能开出食用蕈菇果腹，蕈菇本身热量也很低，结论就是无法填饱肚子。就连随便什么东西塞进嘴里都能转化为营养的铁梭子蟹，也因为这片地区没有任何东西可以吃而跟着放缓了脚步。

幸运的是，水母头少女在浮游藻原强行卖给他们的食品在这时派上了用场，它们虽然延续了两人的生命，但因为绝大多数都进了芥川肚子里，所以没多久之前也已经见底了。

美禄侧眼观察原本眼光锐利，现在却因为焦躁而几乎要喷出火来的搭档的侧脸。

他一定也很饿，但师父贾维大限将至的窘况更是煎熬着他的内心，让他散发出足以灼伤人的热气。

而不习惯旅行的美禄同样在为强烈的饥饿感所苦。只不过他在旁边看着这样的毕斯可，也无法出言埋怨，只能尽可能地表现得开朗。然而……

“美禄，你饿了吗？”

“啊？嗯！”

下一秒一个巴掌“啪”的一声拍在美禄后脑勺上。

“下次再敢说你肚子饿，我就赏你两巴掌。”

“你不问我，我才不会说呢！”

“喂，那是什么？”

在毕斯可指的方向，一种有着大叶子的低矮植物长在贝沙上，正以叶片撩拨着水面。

植物中央长了四个硕大的红色果实，显得无比新鲜水灵。

“是……是西瓜。”

“西瓜！”

方才那快死了般的表情一扫而空，美禄整张脸都亮了起来，欣喜无比。毕斯可则是觉得总算可以给芥川吃点像样的东西了，开心地用力抓紧了缰绳。

就在这时，有个小小的影子踩着小碎步接近那个西瓜……也就是红玉瓜。

那个小家伙在傻眼的两人跟前灵巧地割下四个大瓜，随意地丢进背上的篓筐里，接着便径直原路返回。

小家伙戴着某种卷贝贝壳做成的头盔，身上穿着朴素的罩衫与裤子，看起来是一个年纪不大的孩子。

“这种地方竟然有小孩子，难道附近有城镇吗？毕斯……”

美禄转过头看见搭档的表情，不禁吓了一跳，整个人僵住。

“混账小鬼！放下你的篓筐！”

因为饥饿而化身为凶神恶煞的毕斯可一举驱策芥川，追上了那个小孩。

站在小孩子的角度想，看到一个骑着巨大螃蟹，仿佛红鬼一样的家伙迅速朝这边冲过来，当然会被吓坏了。他“呀”地惨叫了一声便在贝沙上拔腿狂奔。

“毕、毕斯可！别这样！这样吓唬人家太可怜了！”

“食物被夺走，我就不可怜了吗？啊？！”

即使美禄出言劝诫，毕斯可仍抓着缰绳准备加速。

就在此时——

一发步枪子弹射来，打进贝沙里，迫使芥川停下脚步。

这下让毕斯可绷起脸，目光从逃走的小孩身上转向子弹飞来的方位。

“臭流氓！连小孩都打算带走吗？！”

声音从高处传来。那声音虽然强而有力、充满霸气，却略显高亢，听起来是小孩的声音。

“今天我一定要把你们射成蜂窝，送回黑革那里！”

眼前耸立着一座外观类似某种巨大人偶的奇怪建筑物，枪管从里面各处伸出，对准了毕斯可和美禄。因饥饿而忽略戒备周围的赤星一行人，竟如此凑巧地碰上了即将爆发的冲突。

“我没想对那小鬼怎样，只是想要吃的东西。”毕斯可像要藏住吓得脸色铁青的美禄似的将他的头按在芥川的鞍上，“我听不懂你在说什么，但我跟你们没有仇，只是偶然路过。”

过了一会儿，小孩的声音才传了回来。

“那么请回吧，局外人。要是敢有什么奇怪举动，我会轰烂你的脑袋。”

“你这小鬼好冲动啊。我们需要食物，能不能分一点给我们？”毕斯可仍不死心，“总之麻烦你们给这只螃蟹和这个医生吃一点饭，钱我还是有一点的。”

“少废话，快点回去！卡尔贝罗的渔民说要开枪，就是真的会开枪哦！”

“看来正值叛逆期啊。”毕斯可显得有些不耐烦，从美禄的背包里取出一张纸，“也罢。还好我有收着一张。”

“你说收着一张……是指……”美禄战战兢兢地看着毕斯可举高的那张纸，没想到他举着的玩意儿，竟然是毕斯可自己的悬赏单。

“我是赤星毕斯可，食人赤星！我可是现在最热门的通缉犯。要是你们能活捉我送回忌滨，就可以得到八十万日币的高额奖金，从此再也不必住在这种荒郊野外，可以在城墙内盖十栋房子！”

“哇哇哇哇，毕斯可，你这是干吗？！”美禄原本的恐惧瞬间消失，只见他脸色煞白地抓着毕斯可的脖子猛摇，“你在想什么啊！要是被抓了就没办法继续旅行了！一切都会泡汤！”

另一方面，坑坑洞洞的城镇那边也传来了阵阵骚动。

“赤星？”“传说中的食人菇赤星！”“是本人吗？”“他说有八十万日币啊。”

诸如此类的声音在城镇里此起彼落，但令人在意的是听起来几乎都是小孩的声音。

“要让芥川有饭吃，只有这个方法了。”直到方才都带着坏小孩笑容的毕斯可，抓准这个空当对美禄嘀咕，“既然这里建立了一座城镇，他们应该有储备粮食。只要芥川吃饱了，我们就可以伺机逃脱。虽然最好能多带点东西走，但毕竟这里是一群小鬼的集落，也不好太狠心地搜刮。”

“好吧，我知道了。”

看了毕斯可一眼之后，这个点子好像也变得没这么胡来了，这让美禄大感惊奇。

“所以我该怎么做？有没有什么计划？”

“没有，反正事情一定会顺利啦。”

两人说完之际，戴着各种贝壳头盔，拿着武器的孩子们踩着贝沙来到了芥川跟前。领头的是一位戴着鲨鱼面具，看上去有点朋克的戴着蝶螺的男孩，看样子他就是方才声音的主人，也是这些人的领袖。

“竟，竟然真的是赤星，你为什么要在这种地方放弃求生？”

“我忘了就算是通缉犯也会肚子饿啊。麻烦给这只螃蟹、熊猫和我准备三人份的食物。在那之后，你们可以把我交给忌滨处置。”

“就算绑住你，也没法保证那只熊猫不会反抗。”

“他属于比较温顺的品种。如果他反抗了，你们尽管开枪。”

毕斯可一副觉得交涉很麻烦的样子，摆出等得不耐烦的姿势，“喏，不是要把我五花大绑吗？动作快点。”

蝾螺男孩见毕斯可被枪口指着仍处之泰然，不禁有些震惊，但还是勉强找回原有的威严，快速向手下的少年们发号施令：

“普拉姆、康介！过来扣押赤星，记得拿走他的行李。至于这只螃蟹……唔唔，好大只啊，要是真的绑起来，可能会反抗。叫丘比过来照顾它。”

“那兹，只让丘比照顾它好吗？这家伙看起来很强啊，是不是得给它下一点麻痹毒之类的……”

“啊，不、不用担心！只要我跟毕斯可下令，芥川就会乖乖听话了！”

一个开朗到不合时宜的声音突然介入。美禄笨手笨脚地准备下来，结果夸张地摔了个狗吃屎，整张脸埋进色彩缤纷的贝沙里面。他接着抬起头，像条狗一样甩甩头，细小宝石便从他湿润的天蓝色头发之间掉落，在阳光照耀下闪闪发光。

美禄有些难为情地干咳了一下，然后抚摸芥川的肚子，低声说道：

“接下来我们要稍微叨扰人家一下。别担心，不会有事的。”

其中一人被美禄温柔的行径感染，渐渐放下枪口。

“这……这个人好棒哦……”

“普……普拉姆，你搞什么啊？会被那兹听到啦！”

“我全听到了，你们这些笨蛋！”蝾螺男孩的怒吼让两个随从吓得缩起身子。看来“那兹”是这个少年的名字。听着他们之间的一连串对话，可以得知在这样严苛的生存环境之中，这些人还是没有丧失小孩子该有的感情。

“啊，赤星已经绑好了……会……会不会绑太紧啊？你会不会很难受？”

“笨蛋！对方可是个十恶不赦的大坏蛋，绑紧一点才好！好啦，快走！”

“嘻嘻嘻……这些小鬼真有精神。日本的未来还真是一片光明啊。”

为了不被笑得爽朗的毕斯可压过气势，那兹踹了他的腰一脚。另一方面，名为普拉姆的女孩还是没办法顺利将手铐铐在美禄伸出的手上。

“我想，应该是要把钥匙插进中间这个洞里面，然后我这样手背朝上……”

“呃，是吗？”

“嗯，接着上锁……啊，太好了，铐起来了！”

美禄举高扣在自己手臂上的手铐，对普拉姆露出笑容。在蜘蛛螺帽子底下，普拉姆的可爱脸庞瞬间泛红，接着低下头带走了美禄。

几个男孩在上方转动握把，囚禁着毕斯可等人的铁笼便缓缓上升。即使是在这个文明已经严重衰退的时代，这座城镇的构造也显得相当落后。

“这座城镇的外形好神奇……是用什么建成的啊？”

美禄低声向康介询问，以免被那兹听见。

“是铁……铁人。”康介似乎不太擅长控制音量，他回答美禄的时候小心翼翼到了不禁令人同情的程度，“在，在东京那场……大爆炸时，飞到这里的铁……铁人。掏空它的身体……之后打造出……城镇……之前大……大人们是……是这样说的。”

——这就是铁人啊。竟然会用铁人的残骸打造城镇。

确实，仔细看就会发现这副巨大的身体上有好几条肋骨从脊椎处横向延伸出来。那上头挂着一些帐篷或吊床，分别构成了各自的生活空间。而最顶端的，则是早已看不出表情的铁人脸部，可以看到它略略歪斜，张着嘴。

过去曾在大东京中心爆炸，产出锈蚀之风的元凶——铁人。作为一度毁灭了日本的可憎象征，它长年为日本人所忌讳，但现在没有亲身体验过东京爆炸灾害的一代人已渐渐失去这样的观念，只把这当成历史教科书中的一页内容。

美禄看着过去带给人类死亡的墓碑却成了人类生活的城镇，生生不息，不禁沉浸在一股难以言喻的感慨之中，甚至一时之间忘了眨眼，看这座城镇看到出神。

“普拉姆，白熊猫交给你照顾。赤星，你来这里。康介，你也一起来。”

“可以给他吃饭吗？”

“我们是这样说定的……记得也要告诉丘比。”

吊车来到落脚处，那兹便拉着拴住毕斯可的绳子前往更上面的楼层。康介晃着头上那顶田螺帽子，很担心地回头看了好几次，才慌张地跟上那兹。

“来这边……我弄点东西给你吃。”

普拉姆畏畏缩缩地说着，领着美禄来到配有简单料理器具的帐篷一角，让他在那里坐下。没过多久，一盘像是昨晚吃剩下的贝类牛奶浓汤送到了他面前。

“哇！好棒哦！是浓汤！”

“不过是蛤蛎牛奶浓汤而已，你的反应也太夸张了……啊啊，你洒出来了啦！”

“嗯，嗯，嗯……呼哈！哇，这个好好喝！”

戴着手铐笨拙地喝着汤的美禄，脸上欣喜的表情没有任何虚假。毕竟他已经好久没吃东西了，原本就显得瘦弱的他，现在甚至让人觉得好像随便一折就会断掉一样。就连在他面前的普拉姆都能看出这盘汤是怎样填满美禄的肚子的。

见美禄这么笨手笨脚，她犹豫了一会儿，还是解开了他的手铐。

“谢，谢谢你……呃，但这样好吗？”

“没办法啊，毕竟你这样看起来很危险……如果你真的这么饿，我弄一点海蛞蝓刺身给你吃吧？正好有一些再放下去就要烂了。”

“你愿意再弄一点东西给我吃吗？”

“你等等，我马上去弄……”

美禄看着普拉姆从冰箱里取出色彩鲜艳的海蛞蝓，拿菜刀处理起来的背影，又放眼望了一下整座城镇的景观。这里的人虽然统一配备着危险的枪支，但看起来有大半都锈蚀得非常严重了，都不知道还能不能正常使用。

“话说，这座城镇的人们为什么都要配备武器？是因为有盗贼出没吗？”

“以前忌滨常派遣类似军队的人过来，跟大人发生争执。但现在几乎不会对人类开火了。”

“也就是说，有某种生物涌现了？”

“嗯，冬天会有飞河豚冒出来，而且是一大群……然后我们的人数也会逐年减少……毕竟枪也老旧了，不知道撑不撑得过今年……”

飞河豚是一种可以利用体内积存的气体，在空中飞翔的空游鱼。它们体形偏大，外表可爱，却是一种拥有强有力的下颚，能轻易咬碎并吞噬人类的凶猛进化生物。

“如果大人还在，如果他们可以回来，这座城镇一定就……啊，好痛！”

普拉姆因为激动而手滑了一下，失手在自己手上划了一刀。

美禄靠到她身边，捧起她僵住的手，将从怀中掏出的水母油涂在她的手指上。

这时他发现普拉姆的手指之间有着一片粗糙而干燥的灰色皮肤。

“谢、谢谢你……”

畏畏缩缩地抬起头的普拉姆与美禄四目相接。他的眼神是这么认真，刚才那股软弱仿佛是骗人的。被这星星般的眼眸近距离凝视，普拉姆的脸就像火烧起来了一样整片泛红。

“啊，我、我没事了……快点，放开我的手……”

“你的这个，”美禄握着她的手，稳重地低声说，“手指这边这个，是贝皮症吧？发病很久了吗？”

“呃！”

普拉姆倒抽了一口气。尽管还在犹豫该说到什么程度，但她的内心已经彻底信任眼前的人了，便自然地开始像连珠炮一样诉说：

“这，这个……一直都这样。不光是我，部落里的几乎所有小孩子都有……这就叫作锈蚀病吧？因为药太贵了，大人们为了给我们治病，只好去忌滨赚钱，然后在那里被忌滨知事，一个叫黑革的家伙……逼着戴上奇怪的头套……”

普拉姆一脸悲痛，硬是慢慢地挤出话语。美禄平日总是无比温柔，但此刻他的双眼就像熊熊燃烧着苍蓝火焰般，闪烁着愤怒的光。

“黑革，那家伙竟然对小孩做这种事！”

美禄迅速从怀里的包中抽出几支药剂倒在布上，仔细地擦拭普拉姆患上贝皮症的皮肤表面。神奇的是，这些灰色皮肤没多久便恢复原有的润泽，泛起小孩子该有的健康肤色。

“骗人……不会吧！这、这是！”

“你们的这种病症并不是锈蚀病。”美禄怀着混杂了慈爱与愤怒的奇妙情感继续对普拉姆说，“只要有一些药学知识，很快就可以治好贝皮症。其他发病的孩子在哪里？我想拜托你把他们都叫过来……我今天可以把大家都治好。”

铁人头顶刚好是那兹拿来当作自己房间的地方，这里有着用铁人牙齿做成的简易牢房。毕斯可的双手被铁链紧紧捆住，他从铁栏杆探出头，观察着这个房间。

“以一个小鬼的房间来说，这里挺豪华的啊。不过房里备有牢房，有点让人不敢恭维呢。”

“大坏蛋，你少废话！可恶，要不要我赏你的腿一枪啊？”

“挂在那里的鱼叉是哪来的？看起来很残暴啊。”

毕斯可看到两把尖锐的鱼叉交叉挂在墙上，在阳光照耀下闪闪发光。那兹本来想再吼毕斯可一句，却停下来思考毕斯可的问题，平淡地回答：

“那是我老爸的鱼叉。他是这一带最优秀的渔夫，也是这里的领袖。但因为反抗忌滨的军队，落得了脑袋搬家的下场。我是为了提醒自己不要忘记这件事才把鱼叉挂在这里的。”

那兹原本紧张的声音逐渐染上了悲壮的情绪。

“那是一对出色的鱼叉。只有这个……只有这个跟我的愤怒，我不想让它们被锈蚀掉。”

那兹说最后一句话的声音因为千丝万缕的情感交缠而颤抖，甚至有些哽咽。在戴着田螺帽子，以尴尬的表情看着领袖的康介旁边，毕斯可像个坏孩子一样咧嘴而笑。

“我不在乎你的回忆，但那对鱼叉很棒，让给我如何？”

“你、你说什么？”

“我说把鱼叉给我。毕竟拿来当装饰品没有意义……就算想用，像你这样的小不点，也只会被牵着鼻子走。给我用才是最好的。”

“你、你这家伙——！”

就在那兹怒发冲冠地举起步枪的瞬间。

“那兹！那兹！”

洋溢着喜悦的声音从楼下传来，一大群孩子闹哄哄地闯进那兹房里，甚至推开了家具。纳兹一脸不解地回头问：

“你、你们干吗？很吵啊！监视白熊猫的工作怎么了？”

“我就是要说这个，那兹你看！我的手！右手臂长出了正常皮肉，也可以动了！你看，还有耳朵！右脚！”

“我的眼睛也是，那兹，你看看我的眼睛！我看得见了，能像之前那样看得一清二楚！你可以再派我去站监视岗了，就算是之前没做过的工作，我一定也可以完成！”

“你、你们到底是……”

小孩们分别开心地述说着，说自己身上原因不明的病症都治好了。仔细一看，他们原本泛白干硬的皮肤确实恢复了润泽，变得正常了起来。

“那个白熊猫是神仙啊！他用了好厉害的药，一瞬间就把我们全部治好了！那兹啊，你也让他帮你治治嘴巴嘛！”

“你们胡说什么！别说傻话了！他一定是要了什么小把戏骗你们开心。我去看看！喂，带我去白熊猫那里！”

那兹边呵斥其他小孩，边走下楼梯，并对着打算行动的康介说：

“康介，你看好赤星！小心点，他不知道会做些什么！”

丢下这句话，那兹就奔下了楼梯。

“咦？怎、怎么只留下我啊……那兹，你好过分！”

尽管不满地大叫也得不到回应，康介一副觉得很没意思的样子低下头，一时之间也不知该做什么好，后来才从口袋掏出一张折好的纸，一脸疼惜地看着。

“那是铁路路线图吗？”

康介的身体颤了一下。

“你、你一看就知道这个是……什么了吗？”

“看得懂一些啦。我跟贾维……我师父在旅途中要穿过关隘的时候也坐过地铁。从奈良穿到三重的……好像是叫京炙红桥线吧。”

“竟、竟然启动了废、废弃线路吗……好、好厉害呀！”

康介此时东张西望，观察楼下的状况，确定没有人过来之后，才亲密地走到毕斯可身边。

“大、大哥哥，你是蕈菇守护者对吧？真、真的去很多地方旅行过吧？好、好厉害，我好羡慕你哦。”

“怎么？原来你跟那个蝾螺小子截然不同啊。你不怕蕈菇守护者吗？”

“我、我爸爸说过，以、以前蕈菇守护者治好了因、因为生病而差点丧命的我。所、所以，从那之后，他就、就变得最喜欢蕈菇守护者了！”

康介这时用手指搓了搓可爱鼻子上的雀斑。

“所、所以，我也一直想跟蕈菇守护者说、说说话。毕、毕竟是我的救命恩人啊！大、大哥哥，你打算去哪里？”

“往北边去。秋田有一种我无论如何都想采到的蕈菇，所以我才会踏上旅程。途中芥川……我的螃蟹肚子饿了，就是因为这样，我才会绕路来到这边。”

“既然如此！”康介的脸上满脸喜色，闪闪发光，“这、这张地图给你！我常常跟爸爸一起看，想着总有一天要跟大家一起旅行……这张地图记、记载了东北地区所有地方的地铁。但、但因为是很久很久之前的地图，所以我觉得有很多路线应该都荒、荒废了，但、但是，我想一定还有可以行驶的列车！”

“我说你啊，我可是囚犯，你真的不适合做这份工作啊。”

毕斯可面对眼前孩子这样的天真不禁傻眼，但仍在无可奈何之下将他塞过来的地图收进怀里。

“你要多学着怀疑别人。我跟你一样大的时候都觉得别人说的话有九成都是谎言了。”

“没、没问题！我、我已经看过太多次了，那张图我、我都记下来了。”

康介说着莫名其妙的话，也不知道是不是该当成回答，他重新戴好了田螺帽子，并以闪闪发光的双眼凝视着毕斯可。

“爸、爸爸一直告诉我，总有一天，总有一天他要报答蕈菇守护者的救命之恩。我、我爸爸虽然死了，但、但是我替他报答了恩情！”

康介说完就像想起什么一般冲上了通往屋顶的楼梯。看他这么毛躁的样子，反而是被关在牢房里的毕斯可担心起来了。

“喂！你不用监视我吗？你会被老大揍的哦！”

“一、一下就好了，我去尿尿！”

听到声音从楼下传来，毕斯可也失去了以往的锐气，呆坐了下来，然后瞥了一眼收在怀里的破烂地图，发出“嘻嘻”的声音笑了。

“竟然把地图交给牢里的囚犯，这算什么啊……”

毕斯可感慨着康介这番可爱的举动，缓缓地在被五花大绑的手上，像老虎钳那样灌注力气。

“这、这究竟是……”

取下鲨鱼面具的那兹摸了摸自己的嘴角，感受到那里的皮肤已经恢复正常，嘴唇也有了润泽。他一副不敢置信的样子，看了好几遍镜子。

“你们在忌滨买的药是假的。”

美禄温柔的声音里混杂着对忌滨的怒气，他从行李中取出几个黄色药瓶，接着在纸上写了一些注意事项就轻轻招手示意普拉姆过来，并交给她。

“普拉姆，你来一下。这个是治疗贝皮症的特效药。若有症状特别严重的孩子，就不要吝啬，尽管用到治好为止。我想这些药足够你们用上一段时间，若是用完了，我这边还写了制药方法。我想这里面用的材料都可以在这一带采集到，但采集的时候一定要小心哦。”

“你是天使吗？好厉害……居然真的治好了大家的病。”

“那兹，他把镇上的病患都治好了，我们好歹该答谢他吧。大人们不都说卡尔贝罗的渔民最重情重义吗？”

“就是啊，那兹！要是没有他，我们迟早会整个身体变得硬邦邦的，然后死掉啊！我们应该想办法跟他道谢！”

“……”

那兹听着身边的声音，双手抱胸，绷着脸呆站了一会儿，终于承受不住沉默，开口道：

“你有没有什么想要的？我们这里也没什么了不起的东西就是了。”

“有哦，只有一样。”美禄原本温柔的眼神立刻染上策士之色，他轻描淡写地说，“释放我的搭档赤星毕斯可，把他交给我。”

“……”

“啊！”“对哦！”“把赤星……”

这下周围戴着贝类帽子的孩子们面面相觑，一同骚动了起来。他们完全忘了这位有如疗愈使者的温柔男子其实是那个大坏蛋赤星的伙伴。话虽如此——

“如果赤星可以乖乖的，倒是可以考虑……”

“毕竟是恩人说的话。”

看孩子们这个反应，他们已经完全站在美禄这一边了，在场的大多数人都倾向于表示同意。

普拉姆悄悄走到双手抱胸的那兹身边，开口对他说：

“那就……”

“这可不行。”

“那兹！”

“我不可能释放赤星！熊猫，选别的！”

——哎呀？居然是这个反应……我是不是看错了？

相信小孩们本性为善的美禄听到这个答案，流下了些许冷汗。虽然在治疗过程中，他有感受到那兹凶恶面貌下藏着老实且重情义的一面，但现在的那兹似乎受某种使命感影响，完全封闭了内心。

“那兹，赤星是这个医生的伙伴，一定也不是坏人。赤星对这个人来说是重要的伙伴，放了他吧！”

“这两件事没关系！我是着眼在钱这方面！”

他像是要强行摆脱普拉姆的声音般粗暴地甩头。

“八十万日币可是足以翻新整座城镇武装配备的金额。我们的枪几乎锈光，也没子弹了。如果在冬天来之前没有新武器，整座城镇就要被飞河豚吃掉了，难道你们觉得这样也好吗？”

那兹一声呵斥，所有人都闭嘴了。

他当然比一般人更重情义，只不过他想要保护伙伴性命的单纯想法在强迫他做出残忍的决定。

“如果话说完了，那我就先走了……我们已经喂饱螃蟹了，你尽快离开吧。”

那兹刻意不看美禄的脸，转身离去。美禄则以拇指指甲抠着嘴唇，思考下一步该怎么做。

就在那兹的脚踏上楼梯的瞬间——

“是河豚！河豚出现了！”

“康介！上面吗？”

康介的惨叫声传遍整座铁人城镇，让孩子们再度骚动起来。那兹冲上通往厨房的楼梯，来到从铁人胸口处向外突出的广场。

抬头一看，在铁人头部那边，张着大口，仿佛准备吞噬一切的飞河豚的身体在膨胀，正以特写形式出现在那兹眼前。

“为什么会在盛夏出现？是一只离群的河豚吗？”

“那、那兹……”普拉姆颤抖的声音传进举起枪的那兹耳中，“不是一只……是一大群。比、比去年还多好几倍！”

大吃一惊的那兹顺着普拉姆的视线看过去，就看到许多圆滚滚的飞河豚正从低矮的云层间钻出来。姑且不论这是不是气候变化导致它们的食物减少所致，总之方才为止的和平状态转眼就发生了大转变，铁人城镇陷入了前所未有的毁灭危机。

“哇、哇啊啊，那兹！一口气来了好多！比我们的枪还多！”

“子弹！子弹射不出来！可恶，偏偏在这种时候坏掉！”

听到伙伴们的哀号，那兹整张脸都扭曲了。平常的他会怒斥大家冷静下来，但在这种状况这等于是叫大家乖乖等死。侵袭那兹的烦恼，终于迫使他说出“唔唔，该如何是好”这样的软弱话语。

“有一个很简单的方法可以救助所有人。”

这个不合时宜的稳重声音让那兹和普拉姆同时回头看向美禄。美禄正神情严肃地直视着那兹的双眼。

“那，那是什么？有什么方法？”

“我知道有个人可以像吃饭一样轻松撂倒一两百只这种动

物，只要交给他处理就好了。这么一点数量，他不用十分钟就可以杀光。”

“那、那个人是谁？哪里有这种人！”

“不就关在你房间里吗？”美禄先对不安的普拉姆微微一笑，随即贴近那兹，稍稍加重了语气，“那兹，放了毕斯可！只有他能够打破这个困境。你想为了八十万日币，害所有伙伴都被河豚吃了吗？”

那兹的额头冒出犹豫的汗水。在这一瞬间之后——

随着“砰咚”一声巨响，铁人头部的某些部位已经被啃破了。抬头一看碎片四散的天空，能发现河豚厚厚的嘴唇上叼着一个小小的人影。

“哇！那兹！”

康介的惨叫声从高空贯穿所有人的耳膜。他因为外套下摆被河豚的嘴钩住，无法扯开而挂在空中，眼看就要被河豚吞下。

“康介！”即使用枪瞄准了，那兹的手也在因担心射中挚友而不住颤抖。他的手指无法扣下扳机，不禁闭上了双眼。就在此时——

一道红色影了飞跃于晴朗的空中，如流星般刺中了叼着康介的飞河豚。在与目标接触的同时，他把手中所握的类似长枪的物体刺进其眉心，接着以强大臂力一举贯穿到尾部。

贯穿飞河豚的，正是那兹珍藏的“鱼叉”。

“哦哦哦哦哦哦！”

飞河豚的身体随着憨傻的咆哮而缩水，红色影子迅速背起康介，踩着飞河豚背部跳起，再次落在铁人头顶。

“蝾螺，这下你懂鱼叉要怎么用了吗？”毕斯可的眼光强悍却温柔地贯穿那兹，将手中的鱼叉抛给了他，“如果这是你老爸的遗物，就更该如此。别因为仇恨将它高高挂在墙上，而是应该好好用到它损毁为止，送去给在另一个世界的老爸啊。”

“赤、赤星！”接下鱼叉后脚步踉跄的那兹震惊极了，“你的枷锁怎么了？牢房呢！只有我有钥匙啊！”

“你如果真的想困住我，这种玩意儿派不上用场啦。”被扯断的铁链挂在毕斯可手臂上，在阳光照耀下摇晃着，“还有那间生锈的牢房也一样。不过以小朋友过家家的角度来看，还是蛮可爱的。”

“你、你说什么！”

“美禄，弓！”

“拿去！”

美禄不管在一旁悔恨得咬牙切齿的那兹，将翡翠弓与箭筒抛给毕斯可。毕斯可猛一拉弓，一头红发飞舞空中，有如一面飘荡的战旗。

“康介，我看了你的地图，但上面有些缺漏。”

“咦？应、应该没有吧！”

随后毕斯可有些难以启齿，好像要掩饰自己的害臊般不悦地回应康介：

“车站名称没有标音，我看不懂汉字啊。这样好了，用我的弓交换你的情报，你每告诉我一个冻武白桦线的车站名，我就射一箭。”

“咦咦咦？”

毕斯可朝紧紧抓住自己脖子的康介露出一个坏小孩的笑容说道：

“喂，所以呢？再磨蹭下去，你朋友就要被吃掉喽。按顺序说，你应该全部记得吧？”

“我、我知道了！白桦线的起、起点站是，呃……”

眼见同伴之死，飞河豚一举改变了目标，径直朝着毕斯可

扑过来。

“哇哦！怎么办？要被吃掉了，这样下去会被吃掉的啊！”

“我、我想起来了！第一个是狐坂！”

“念‘狐坂’啊，原来如此。”

下一瞬间，毕斯可射出的箭如闪光般划破了天际，贯穿了飞河豚的身体。

飞河豚抽搐一下便停止动作，接着身体各处开出深灰色的蕈菇，倒栽葱似的落到地上。

那是拥有可怕重量的蕈菇——“锚菇”的毒素造成的。

“喂，你就想起一站？还有很多飞河豚哦！”

“呃、呃呃！第二站是镜星，第三站是杖冲！”

两道闪光飞出，锚菇绽放，飞河豚应声坠落。

“飞成山、龟越、生姜岩、兜桥！”

毕斯可的强弓呼应康介的话语，接连击落了飞河豚。原本数量多到令人绝望的飞河豚转眼便悉数倒下，终于只剩下最后一只。

“好了，就剩最后一只了。”

“正、正好是最后一站了……终点站是——子哭幽谷！”

毕斯可顺着康介的声音放箭。最后一箭开出的锚菇让河豚整只砸在地上，镇上欢声四起，赞叹毕斯可的技术。毕斯可本人只是显得有些无聊地动了动脖子，发出“喀啦喀啦”的声响，然后对着站在他旁边，双眼熠熠生辉的康介露出了一个促狭的笑容。

“嗯。康介，我学到了很多……反正我会丢给美禄看啦。”

“我、我一辈子都不会忘记今，今天发生的事！大哥哥，你，你好厉害！”

“如果之后还有其他蕈菇守护者需要你的帮助——”毕斯可

将目光对着因为兴奋而双颊泛红的康介说，“你就像今天这样帮助那个人吧。所谓缘分就是这样延续下去的……我师父也是这样讲的。”

康介因为太感动而说不出话，只能点点头回应，毕斯可将他放在铁人的喉咙处，任凭干爽的风吹动自己的红色头发。

“芥川！”

接着他大喊一声，一蹬铁人头部，就这样跃入空中。孩子们倒抽一口气看着毕斯可，此时从地面高高跃起的螃蟹抱住了他，落在贝沙上打了好几个滚。

“美禄！绕路到此为止！我们走！”

“嗯！”

当美禄准备跑过去时，一只小小的手抓住了他的衣服下摆。一回头就看到普拉姆的视线正紧紧追着美禄不放。

“拜托你留下来，这座城镇需要你。大家都很尊敬你，就、就连我……也一样！所以……请你留下来吧，多教导我们药学知识……”

美禄用温柔的眼神看了看普拉姆，牵起她的手。

“普拉姆，这座城镇需要的不是我，是你。在这么凄惨的世界里，还拥有体恤他人的温柔……先不提医术资质，其实有这样的心就够了。”

“拜托，告诉我你的名字……我们还有机会见面吗？”

“美禄，我是猫柳美禄。”美禄说完，静静地摸了摸普拉姆的脸颊，“你一定还会遇到……比我更棒的人。再见了，普拉姆，保重……”

美禄就这样跟毕斯可一样，一蹬铁人的下巴跃入空中，然后被再次跳起的芥川接住落地。两人总算一如既往地坐到了芥川背部的两个鞍上。

“噗哈！今天真是充实啊，毕斯可！还填饱了肚子，情势大逆转呢！”

“我一开始就说过了吧，我要做的事情就没有失手过。”

“真厉害！还有啊，呵呵！你果然是爱护小孩的类型呢。”

“什么叫‘果然’啊，这很正常吧，我没有特别爱护啊。”

“真的就跟超级老套的不良少年漫画一样哦。像蹲下来对上小朋友的视线啊，说如果之后还有其他蕈菇守护者需要你的帮助……啊！好痛好痛，我又不是在批评你！”

“赤星——！”

一把尖锐的鱼叉刺在迈步前冲的芥川身边，那正是装饰在那兹房间里的其中一把。

“喂，干吗？你要送给我吗？”

毕斯可回头，就看到那兹一脸不甘地瞪着自己。

“别搞错了，我只是觉得这一击可以杀死你啦，白痴！”那兹高亢的声音响遍了晴朗的贝沙海，“我绝不会忘记这份屈辱！赤星，在我抓到你之前，你不准死！”

“为什么就不能老实地感谢我拯救了城镇呢？”

毕斯可捡起鱼叉，看起来凶猛强悍的那玩意儿正被阳光照得闪闪发亮。

“这小鬼真不可爱，我看他不会长命。”

“啊哈哈哈！真不坦率啊。”

“就是说啊……嗯？喂，你是在说谁？”

填饱肚子的芥川听着饲主更胜以往的吵闹对话，以强而有力的腿精神饱满地在贝沙海上奔驰。

9

“喂，芥川，让我帮你洗澡啦！都长一大堆藤壶了！”

毕斯可正坐在闹着脾气的芥川身上煞费苦心地劝说。要去除附着在壳上的贝沙，就必须先卸下鞍和行李。但芥川讨厌身上的东西被拿走，正一反常态地坚决抵抗。

“毕斯可，都说不能这样了。你硬来只会让芥川害怕啊。”

“害怕？这家伙会怕？”

看不下去的美禄来到芥川身边，轻轻跳上了鞍，一边抚摸着芥川的背部，一边说着“乖哦乖哦”。

“鞍跟包包对芥川来说都是穿着打扮的一环啊。就算是兄弟，你也不喜欢突然被扒光衣服吧？”

“你这比喻倒是挺新奇的。”

“芥川，别担心，我们不会拿走你的东西，只是要帮你清理身体……”

虽然芥川不一定能听懂美禄说的话，但接触到他那有如平静水面的体贴之情，原本闹个不停的它也渐渐平静下来，最终弯起腿乖乖地坐了下来。

“好！很乖很棒！”

“唔哦……”

毕斯可一边悔恨地抬头看着美禄那张笑得开怀的脸，一边卸下芥川身上的鞍。虽说原本都是贾维在照顾芥川，但对于自认跟芥川情同手足的毕斯可来说，芥川如此信赖才刚认识没多久的美禄，让他心里有些不是滋味，同时又不得不佩服美禄这么快就能掌握人心（蟹心？）。

“有没有什么……诀窍之类的……”

毕斯可一面擦芥川的壳，一面不甘心地向美禄问道。

“咦？毕斯可，你这是怎么了？这么乖巧？感冒了吗？”

“小心我打烂你的鼻子！”

“没什么诀窍啦！做你自己就好了。螃蟹跟我们人类不一样，很纯真的。如果你紧张，芥川也会跟着紧张哦。”

“紧张？我吗？”

“是啊，因为你满脑子想的都是‘食锈’吧。”

毕斯可不由得注视平静地抚摸芥川硬壳的美禄。

“芥川很清楚你很温柔，不过它一定很害怕——现在这个被逼上绝路，像一把出鞘的刀一样的你。因为毕斯可你好像变成了另一个人……”

“害怕我吗……”

“刀一直裸露在外，总有一天会被折断的。”美禄靠着芥川腹部对毕斯可说，“我知道你没时间，也知道你很强大。但就是因为这样，我更不希望你陷入孤独。虽然我还很弱，但至少可以为你分担一半烦恼。就像贾维至今不曾抛下你一样。”

“……”

“既然我们是搭档，你就多依赖我一点嘛。尽管艰苦，但只要我们一起努力就可以了。我想这样芥川也不会再怕你了。”

“……我知道了。”

“咦，你怎么这么听话？！一定是发烧了对吧？把额头露出来给我检查一下！”

“啰唆！不要碰我！”

帮芥川装好鞍之后，毕斯可就回营地去了，他似乎在生气。美禄看着他，露出了无声的笑意。

给毕斯可一把弓，他就是横扫天下的无敌疯狗。但每每看到他稚嫩的一面，美禄心中就会涌出一股认为不能离开他，混杂了担心与信任的复杂情绪。他目送着毕斯可离去，确认了自己的想法，接着回头看了看已经平静下来的芥川，才快步追上搭档。

两人一蟹发现由一座巨大的瞭望塔横倒在地形成的废墟，便在这里设置了今晚的营地。建筑物原有的强化玻璃已被锈蚀之风摧毁，只剩下骨架，所以没办法挡风，但至少落脚处不会浸泡在海水中了。

“来！这是飞河豚肝煮斑玉蕈汤哦！”

把意外获得的飞河豚肉交给美禄，他很快就利落地处理好了。在营火上煮得滚滚冒泡的清爽白汤散发出浓郁香气，刺激了毕斯可的食欲。

“哇！这好喝得要命啊！”

“喂！‘我开动了’呢？”

毕斯可像个孩子一样埋头猛吃，先是啜了口汤，又马上舀起来狼吞虎咽。看着他这么开心地吃着自己做的东西，美禄当然也很开心，但又想到自己的份被他吃光就不好了，便也抢着舀汤。

贝沙海的晴朗夜晚有着与白天不同的情趣，而且同样是令人赞叹的美景。夜空倒映在寂静水面上，犹如繁星寄宿于水中。肚子里塞满了河豚肉的两人，让自己暂时沉浸在这仿佛飘荡于宇宙之中的奇妙思绪里。现在只听得到芥川捞着剩下的河豚吃的声音，有一种和平的感觉。

“终于可以走出这片烦死人的贝沙海了。虽然只要有弓，不管什么怪物我都可以一箭干掉，但这海风跟饿肚子的感觉实在太难受了。”

“才不只是难受而已！我不久前还在墙壁里面生活呢。”美禄大叹一口气，很感慨地低声说道，“我完全不知道墙壁外的世界是怎样的……没见过那样庞大的生物，没看过自然景观，也不知道有像是文明残骸的东西。我这样的人，只要被锈蚀之风一吹，很快就会没了……”

“你说得太夸张啦。别担心，只要能治好你姐姐，就能回到原本的都市生活……”

“毕斯可，不是这样的！”美禄在黑暗中探出身子，触碰毕斯可的腿，“不是这样的。我觉得很开心……这个世界真的很美丽！景色、空气、水，甚至那座大寺院的蛇蛊都让我觉得……该怎么说……充满了生命的力量！这些跟忌滨那种弱肉强食的沉闷气氛完全不一样……”

“你……”

“我一直待在那座封闭的城镇里……究竟都看了些什么啊？我被城市庇护着，之前那些小孩却被黑革知事压榨，有着悲惨的遭遇……”

“笨蛋，你想太多了。你身为一个医生，已经尽全力了吧？每个人都有极限，顶多也就能强行突破一两次吧。”

“呼呼……啊哈哈哈！你有资格这样说吗？！”

美禄原本忧愁的脸庞瞬间展露笑容，还笑得很开心。毕斯可不知道搭档在笑什么，只能在黑暗中稍稍歪头。

“不管怎么说，我们才来到半路，再过不久就看不到美景了。穿过这里就是霜吹县，不好好想想如何御寒，可是会被冻死的。”

“毕斯可，我刚刚看了一下，康介的地图应该是真的。确实，白桦线里还有可以运行的列车也不奇怪，如果能顺利找到车站，或许能一下子节省不少时间！”

“嗯……那样最好，但那毕竟是个小孩说的。我最担心因为期望太高，反而浪费太多时间。我不打算专注寻找地铁，就打算走地面路线。比起赌一把，我更想把力气用在更现实的方案上。只要我这条命还在……”

“毕斯可，贾维他……”美禄沉默了一会儿便用清澈的声音询问毕斯可，“是你的师父，还是你的父亲？”

在一片黑暗之中，美禄看不清毕斯可的表情。面对美禄的问题，毕斯可就像在回忆过去一样一点一滴地说了出来。

“该怎么说呢？是我师父，也是我老爸……但贾维就是贾维。”夜色之中，绿色的双眸眨了眨，“他教了我很多……包括箭术、求生技术等等。现在虽然是个虚弱的糟老头，但以前非常严厉，我好几次都差点死了。”

“那个贾维吗？”

“你不相信？”毕斯可笑了，“我想过好几次，要是我变得比他更强了，第一件事情就是要海扁他一顿。不过现在我已经没有这样的念头了。那老头真的很卑鄙，等我变强了，他就一副完成任务的样子，缩水成那样小小一个了……”

此时毕斯可停了下来，静静地凝视着深蓝色天空。

一旁的美禄也能感受到毕斯可的心跳，他仿佛正在内心深处回忆什么。

“毕斯可……我觉得贾维他其实是很爱……好痛！”

一道影子忽地伸过来，在美禄额头上赏了一记漂亮的弹指。

“别说这么恶心的话，白痴！”毕斯可在痛得呻吟的美禄旁边笑道，“唉，那样一个臭老头，对我来说是唯一的……”

他又停了一下。

“我想救他。”

美禄被毕斯可这沉静稳重的声音打动。

这是迄今为止全身充满坚定意志，只会专心致志地朝目标前进的毕斯可首次表现出来的软弱。虽然美禄觉得不管说什么都只会坏了气氛，但还是忍不住鼓励搭档：

“会得救的……毕斯可，贾维一定会得救的。你是蕈菇守护者的第一把交椅，而我是医生，只要我们携手合作，一定可以。”

“没想到你会这么说啊。”毕斯可找回一贯的坏孩子气势，放声大笑，接着在黑暗中面向美禄，以绿色的双眼注视他，“那是肯定的，一定会得救。无论贾维还是你姐姐，都一样。”

“毕斯可……”

“睡吧，明天要早起哦。”

毕斯可就这样披上外套，翻身背对美禄，再也不说话。但在满天星空之下，美禄迟迟无法入眠，只是一直看着毕斯可的后背。

10

对在都市里出生，并在高墙中死去的现代日本人而言，忌滨就是一般认知里的现代文明的最北端了。再上方的北方地区也就只有位于岩手的万灵寺总本山比较有名，除此之外几乎都被认为是未开化之地。

不仅是因为贝沙海、腐姬沼、大蛇林道等难以突破的地区彼此接壤，穿过这些地方后抵达的霜吹县本身也是一个主因。

过去人们曾为净化锈蚀之风着手开发划时代的新技术——冰净回路，但实验设施才运转不到三天就发生了重大事故，在福岛县南端留下一份大礼——大规模的永冻土。这个地区后来变成了霜吹县。

霜吹县与周边其他县完全没有交流，别说是关隘了，甚至没有一个统管整个县的单位。不过因为夏天也有风雪不断吹送，此地不易受锈蚀之风影响，所以也有不少人在风雪之中过着相对原始的生活。

“不行，不能用日币。”

“真的不能用吗？”

“不能。”

一辆大大的货车停在风雪之中，两头巨大强壮的绵牛将红黑色的舌头伸到几乎盖住整张脸的毛前面，舔掉了附着在脸上的雪花，发出“噜噜”的叫声。

美禄在货车前面用霜吹语跟老板沟通，拿着日币回头看向毕斯可，困扰地缩了缩脖子。

“他说日币不能用。然后说想要东京爆炸前的酒或罐头，以及棉被之类的东西。”

“哼，怎可能有那种东西啊，我们又不是做打捞的。”毕斯可说完就为藏起眼神中对美禄的尊敬之情而别过脸，“话说你竟然会说霜吹语？听起来像熊在低吼。”

“我治疗过从霜吹来的患者，多接触几个人之后，就学到不少了。”

“哦……这样就会了吗？”

“而且学校也有教。”

“你只告诉我是跟患者学的就好了！”

跟美禄交谈的霜吹旅行商人看起来圆滚滚的，他穿着蓬松的保暖衣，头部也套着某种保暖头套，外面又戴了一顶牛毛兜帽，那模样就像很怕冷的航天员，看在旁人眼里是很可爱，但他本身与外观相反，实则非常贪婪。

“那螃蟹，螃蟹给我，这些给你。”

“咦咦？不、不行啦！”

“喂，他说什么？”

“他说想要螃蟹……如果把芥川给他，他可以用整辆车跟我们交换。”

“这家伙怎么这么坏心眼？”

大概是觉得这样下去没完没了，毕斯可粗暴地翻找起了芥川身上的行李，取出几块珍藏的大鳝鱼干，丢在商人面前。

“这是我为了这趟旅途猎来保存的肉。这些就是全部了！要是还不够，那就算了。”

商人完全不受毕斯可的气势影响，端详了一下摆在雪上的鳝鱼肉，接着站起来点了点头。

“这个可以。”

他说罢便从货车里面接连翻出商品。

“真的吗？太好了！”

“好个屁啦，白痴。”毕斯可显得不太高兴，“居然敢乘人之危……我们又得重新打猎了。”

两人穿上从商人那里换来的霜吹熊大外套，在霜吹县向北前进。

对于不太习惯冰雪与寒冷天气的毕斯可来说，这不是一个想要久留的地方。毕斯可放任芥川不断前行，一直看着从田螺少年康介手中获得的地图。

“这附近应该有地铁。是冻武白桦线对吧？呃……可恶，放眼望去都是雪，根本搞不清楚啊……”毕斯可眯起眼睛，用手指抚过地图，“如果废弃线路可以运转，确实可以节省好几天的时间。但没有地标很麻烦啊。”

他往旁边一看，发现美禄正拉满弓，瞄准远处的雪地。他的神情威风凛凛，姿势也很有气势。瞄准的似乎是一只中等大小的霜兔。

“咻！”射出的箭命中正在挖雪的霜兔——旁边一点点的位置，插进了雪里。

“嘻嘻嘻……熊猫医生，真可惜啊。”毕斯可笑得格外开心，顶了一下美禄的侧腹，“你太在意风的影响了。听好了，在风雪里射箭要……”

正当毕斯可打算半挖苦半讲解的时候，一团像白色棉花的东西“啵”的一声以插在兔子旁边的箭为中心炸开，撒在周围的地上。撒落的棉花层层叠在打算逃跑的霜兔身上，使它无法动弹，当场跌倒。

“我用制药机将爆破姑跟钢蜘蛛的毒调和在一起了。”

美禄瞥了瞥傻眼的毕斯可，得意地说，脸上还有藏不住的笑意。

“就算箭射不中，我也可以用别的方法达到目的！你懂了吗，毕斯可同学？”

“我不认同！”

“啊，为什么？”

美禄刚开始旅行时还是个都市菜鸟，现在已经飞快成长，甚至可以展现出让毕斯可吃惊的一面了。

制作药品和调配独特蕈菇毒自然不在话下，之前穿过大蛇林道时，美禄甚至将医疗机器的电流冲击传导到蜘蛛网上，以此击退了来袭的大群钢蜘蛛。面对跟人差不多大的杀人蜻蜓攻击之际也毫不畏惧地站在毕斯可身边，以有了十足长进的箭术从毕斯可手中抢下了最终的致命一箭。

毕斯可给予了美禄勇气，让他与生俱来的独特智慧泉涌而出，促使他独一无二的蕈菇守护者才华崭露头角。

——嗯，确实是很厉害的毒……

当毕斯可想拎起被蜘蛛网缠住而挣扎不已的兔子时——

“嘎喵！”

随着一股出乎意料的沉重手感，毕斯可从雪堆里拎起了一个很大的东西。

两人都有印象的粉红色头发随之露出，原来是他们在浮游藻原见过的水母头少女，那个小个子女商人。

“啊啊！是她！”

金色的双眼气愤地看着惊讶的两位少年。每当上下颠倒的头发摇晃一下，堆积在上面的雪就会“哗啦哗啦”地落下，其中一团直接命中少女小巧的鼻子，让她打了一个大大的喷嚏。

“不好了，她冻僵了！为、为什么会埋在雪地里啊？”

“躲避霜豹追杀的方法之一就是埋在雪堆里面，因为那些家伙鼻子不太灵敏。不过她应该是运气不好，碰到霜豹赖着不走，就没机会出来了吧。”

“毕、毕斯可，你要拎她拎到什么时候啊？快放她下……哇，不要甩啊！”

虽然是一趟跟时间赛跑的旅程，但也不能放着眼前快冻死的少女不管。毕斯可不情不愿地抱起僵硬得跟冰雕没两样的少女，驱策着芥川找起了可以遮风避雪的洞穴。

“哼，为什么我们要做这种事……不论上次还是这次，这女人真会走狗屎运。”

“真的，只能说这是命运的安排了。要是再晚个十分钟就不妙了。”

美禄在纵深有限的洞穴里折断几根骨炭暖炉棒，将这些散发着橙色光芒的棒子塞进了少女衣服底下。少女原本冻僵的身体随之渐渐恢复应有的体温，虽然仍在不断发抖，但她总算放松下来，悔恨地“哼”了一声，从探头看过来的毕斯可身上别开日光。

“又是你们？怎么老是这样多管闲事……阿嚏！你们真的很闲啊。”

“你看看她，这什么态度啊？好不容易捡回一条命，就不会低头向救命恩人道个谢吗？你该不会有那种一向人道谢，心脏就会停止跳动的体质吧？”

“谁要道谢啊，不管是自己说还是听别人说都只会碍事，只会换到人情、缘分这种没用的东西……阿嚏！”

“你还好吗？这是蜜火酒，你慢慢喝吧，对……应该马上就会起效了……我们很想尽快赶路，所以想知道你是怎么过来这里的。”

对上美禄诚挚的目光，少女没有余力装模作样，只是低下头去，用下巴努了努远处的雪地。可以看到一些冒着黑烟的小型直升机残骸就插在那里。

“我修好了附着在那个寺院生物上的直升机，原本想飞去宫城……”这时少女又打了个大大的喷嚏，并吸了吸鼻子，“但被霜吹驻扎地的高射炮打了下来，成了这副惨状，行李也全都烧光了……啧，这运气真是够背。”

“你就是因为用招摇撞骗的方式过活才会遭到这样的报应的吧？”

“那你倒是说说看啊，我该怎么生存下去？”平常奸巧的金色眼眸这时狠狠地瞪向了毕斯可，“为求生存，我什么都干了，肮脏的事情、没出息的事情，很多你们这种小孩无法想象的事情都干过！谁想主动背负这些罪恶啊？我只是做了能做的事情而已……”

她的声音打着战，以往的狡诈彻底不见了踪影。毕斯可收起差点脱口而出的抱怨，凝视低着头的少女。美禄也在毕斯可旁边等待少女继续说下去。

“不过我累了……如果今后也只能骗人、被骗，然后拖着越来越沉重的自己而活……我也差不多受够这无聊的人生了……所以才说你们多管闲事。要是没有你们，我就可以在这里好好告一个段落了……”

不知是不是因为寒冷，那娇小的身体在发颤。善良的美禄正想把自己的外套披到她身上，毕斯可就从他背后走过去……将火热的骨炭暖炉前端按到了她的后颈上。

“好*烫烫烫烫*——！”甩着麻花辫弹起来的水母头少女在一脸呆愣的美禄身边绕着圈圈跑，接着来到贼笑的毕斯可面前放声怒骂：

“你这混蛋是想杀了我吗？哪有人这样对待柔弱女生的！”

“总之，我看你现在还不想死吧？”毕斯可咯咯笑着，“你刚说的那些话实在不像是用一股蛮力死抓着我，大喊着不想死的人会说的。我还以为你被什么附身了。”

少女听到毕斯可这番话就倒抽了一口气，回顾完自身的软弱便红了脸，一把从毕斯可手中抢下新的暖炉，用金色双眼居高临下地瞪着他说：

“哼！我只是希望熊猫弟弟多关心我而已！你走开啦！”

“听到了吗？”

毕斯可皱着眉回头，就看到美禄回以微笑，将从芥川身上卸下的一个皮囊放在少女眼前。

“我们也没有什么储备……但这里面有雪具和食物，往南边走就能看到商人营地，你可以拿这些去那边交换所需物品。”

美禄见少女睁大眼睛摸索口袋便微笑着出手制止。

“我们不需要钱！你不是说过吗？世道如此艰辛，一定要珍惜礼义人情啊！”

总之这件事算是解决了。毕斯可对回过头来的美禄点点头，往雪中的芥川走去。这时一张折叠好的旧纸从他怀里飘到了白色的积雪上。

“等等！有东西掉了！”

循声回头看去，就看见少女带着“沙沙”的踏雪声不悦地走了过来。她仔细地看了看沾满雪花的老旧纸张才将它塞回给毕斯可。

“这是白桦线的路线图吧。你们打算利用地铁去北方吗？”

“算是吧。不过我们没时间去找车站，已经决定放弃搜索，直接从地面……”

"我知道在哪里哦。"

"什么？"

"我说，我知道白桦线的废弃车站在哪里啦！"

毕斯可和美禄惊讶地看向少女。少女显得有些不好意思，闹别扭似的看向别处。

"只靠螃蟹在这么大的风雪里前进也太乱来了！真拿你们没办法。如果放着你们不管，害你们死了，我可是会做噩梦的……"少女边把玩麻花辫边嘀咕，"如、如果你们相信我，我倒也可以……给你们带路……"

两人在少女的指引下前进了大约一公里，拨开看似什么也没有的积雪路，接着让芥川砸碎厚厚的一层冰，就看见了一段通往地下的石砌楼梯。

"这里是狐坂站。以前有段时间旅行商人都在口口相传，好像很多人用过。"

"怎么，你没用过啊？你的伙伴应该在这里赚钱吧？"

"谁知道呢？那之后我都没有收到消息，他们说不定已经在里头化为白骨了。"

听着少女的说辞，两位面面相觑的少年走在前面，踩着楼梯往下走，进入黑暗。风雪吹不到这里，但刺骨的寒冷还是充满了整个空间。湿气很重，某种类似青苔的气味刺激着鼻腔。

"这么黑的话，芥川可能会害怕，不肯进来。"

"嗯——虽说点亮这里也不太好，但……"

毕斯可从怀里掏出装满某种细腻金粉的袋子，随意倒进嘴里含住，又像喷雾一样将它们吐到正上方。没过多久，会发光的橙色小蕈菇丛生，很快就长满一整片天花板，将之覆盖。

"哇啊……好漂亮！"

天花板的小蕈菇散发的光亮照亮了车站的月台。虽然到处都是破碎的地板和带有歪七扭八的时刻表的柱子残骸，但没想到这里保存得还算不错。

“这是灯火菇，不是很亮就是了。”

毕斯可又吹了两三下，以一副吃了很难吃的东西似的神情吐出了口中残留的粉末。

“这孢子会附着在墙壁上生长啊，你嘴巴里面没问题吗？”

“这有诀窍的啦，你以为我是谁……唔！”

散发着淡淡光亮的灯火菇从咳嗽了几下的毕斯可嘴巴里掉了出来，照亮了车站地板。

“这不是长出来了吗？”

“快走！”

“你没有掌握到诀窍对吧？”

“你真的很啰唆耶！闭上嘴跟我来！”

美禄一边笑，一边对门口的芥川招手，让它进地铁站。水母头少女也战战兢兢地靠着芥川，来到地下，朝两人跑去。

“在、在发光……你们真的可以靠蕈菇做到任何事情呢。”

“也不是万能的，我顶多只能做到这样。”毕斯可在回答少女的同时拉下头上的护目镜，窥探洞穴深处，“蕈菇守护者也有各自擅长的领域，尤其是在菌术这方面。我家老头的菌术很不得了哦，地藏菇就是他的杰作。”

“贾维的杰作？那是怎样的蕈菇？”

“正如其名，就是很像地藏菩萨的蕈菇，很精致。而且每一个的表情都不一样，大家都惊讶得不得了！”

“好、好厉害……可是那有什么用吗？”

“咦？”

毕斯可好像完全没料到美禄会这样问，发出了傻气的声音。

他将耳朵贴在地下铁的铁轨上，一边观察有没有动静，一边沉思了一会儿。

“就是中元节这种要拜神的时候……马上就可以长出地藏菩萨，这很方便吧？”

毕斯可像要逃避美禄的追问似的站起身来，迅速往前走。

“真搞不懂……蕈菇守护者是贤者还是笨蛋啊？”

“啊哈哈！说得也是，就我对贾维和毕斯可的观察……我想一定两者皆是。”

“熊猫弟弟，我问你。”水母头少女微微低下头向美禄问道，“他那个老头应该活不了多久了吧？你的姐姐也是，一旦开始锈蚀，她肯定会死吧？为什么要为他人做到这种地步……甚至赌上自己的性命呢？”

“你问我为什么……”少女的疑问让美禄大感意外地沉思了一会儿，“我想，我们都爱着他们……是理由之一。第二个理由大概是……我们都非常笨拙吧！”

他有些难为情地说。

“你们啊，真的很笨呢……”

美禄笑着牵起少女的手，追着一边吹出灯火菇一边前进的毕斯可而去。

“毕斯可，你看！有好多列车！”

顺着约有七八条铁轨并排的宽敞路线往前走，就走到了一个可以说是列车墓场的可怕地方。或许是经历过强烈的地震，眼前的列车都弯折了，还彼此重叠、压溃，俨然被痛哭流涕的小孩彻底破坏的玩具。

“兴号、俊通、震风……都是华北制铁的列车。”美禄看着扭曲变形的列车上面的字样嘀咕道，“这类型的列车应该能用自助服务的方式启动，但前提是它们还能动……”

“喂，美禄，康介的地图确实是指这条线，这列车看起来还能动吗？”

洞穴深处传来了毕斯可的声音。美禄循声跑去，就看到一辆外观比较完整的粗犷货车停在铁轨上。

“好厉害，这个或许可以动！我试试看……呃，将把手扳到规定位置……这样吗？打出运转灯号，投入行车费三百日元，按下红色按钮……”

“好贵，不过也没办……等等，日元？”毕斯可把手伸进兜里，问了美禄一句，“怎么可能会有日元啊？！又不是古币商。”

“啊——行了！让开让开！真让人看不下去！”

就算在一片漆黑之中也非常醒目的粉红色头发少女跳上列车，推开两位少年，抽出怀里的撬棍敲了收费箱一下便取下凹陷的上盖，看了看里面。

“哎呀，结构很简单嘛。感觉只要能动就好了。这样我也比较好处理，很轻松啦。”

“你看得懂这么古老的机械构造啊？你真的只是一个旅行商人？”

“现在是啊，只是前一份工作是机械工程师罢了。”

少女迅速剪断盒子内的排线，把像是绝缘胶布的黑色东西咬烂，将它延展开来，缠在替换的排线上。看着她精准熟练的手法，两个少年惊讶得说不出话来。

“这技术绝对是专家级的！你说前一份工作，难道你之前在哪家企业高就过？”

“当时虽然跟奴隶差不多，但薪水还不错。可是某天突然接到了修复出土铁人的工作……”

“铁人……是那个铁人吗？在东京井出一个大洞的元凶？”

少女没有回头，直接颔首表示肯定，边进行手上的工作边回答毕斯可：

“我也不确定那是不是真的，总之接到了要修复它的命令。天下第一的的场制铁难道想毁掉哪个县吗？只会让人觉得有毛病吧，但他们是认真的。施工人员一个个因为锈蚀病死亡，等到地位最低的我当上施工负责人的时候……我拼了老命，偷走公司的一台蜗牛轰炸机逃了出来……这已经是很久之前的事了。”

她嘀咕着完成工作，顶着一张满是灰的脸伸了个懒腰便重新扳好美禄刚刚动过的把手，往收费箱中间用力一踹。

轰隆隆隆隆！

整辆列车震动起来，燃料库的骨炭熊熊燃烧，发出“扑哧扑哧”的声音。

“启、启动了！毕斯可，这个好厉害哦！”

“喂，芥川，快过来！我们可以一口气冲到秋田了！”

原本在一旁好奇地拿着列车残骸玩耍的芥川听到毕斯可的呼唤就“咚咚咚”地跑了过来。只见它渐渐加速，跳上列车，恰好将自己塞进了庞大的货台里。

美禄从欣喜的毕斯可身边穿过，抓住想静静地下车的那个人的手臂。

“我想跟你道谢，但我还没问你叫什么名字。”美禄与惊讶地瞪大眼睛的少女对上目光，诚恳地说，“我是美禄，猫柳美禄。那边那个凶巴巴的是赤星毕斯可！要是没有你，我们的旅途说不定就要在这里结束了。把你的名字告诉我好吗？”

“叫、叫我水母就好了。我、我一向不说自己的名字，因为每次都会被嘲笑……”

“我们的名字不也很奇怪吗？别担心！我绝对不会笑你！”

被美禄强而有力的目光盯着，水母头少女倒抽了一口气，她低下头抬眼看了看美禄才低声嘀咕：

“滋……滋露……大，大茶釜滋露……已经很久没人叫我的名字了，但既然熊猫弟弟……美禄你想知道……”

“谢啦，滋露。多亏有你的帮忙。”

开口致谢的是毕斯可，这让滋露更是吃惊。

“确实，既然我们这么有缘，应该早点问清楚你的名字才是。不然在旅途中看到你挂了也不知道该在墓碑上帮你刻什么名字才好。”

“去你的！先死的一定是你们啦！要是被我发现你们死了，我就把你们倒插进地里！”

“滋露，我们一定会再见的！”美禄朝跳下列车的滋露大喊，“我们一定会常常聊到你，会一直想朋友现在在哪里做什么！你一定要保重！下次再会！滋露，谢谢你，再见！”

“你、你说朋友……”

滋露在远处目送对自己大喊的美禄，以及凝视着自己的毕斯可离去，像被什么控制了似的往前走出一步，大声回应美禄——这个举动把她自己也吓了一跳。

“赤……赤星！美禄！谢……

“谢谢你们！”

两人听不到这句话，滋露便像从上锁的盒子里取出宝贝般地般嘀咕了一遍，又像在确认自己真的有说出口一样紧紧地揪住了胸口。

然后……

一时间失去了光彩的金色眼眸总算在黑暗之中发出了亮光。滋露背起行囊，回头看了地铁线路一眼，便如野兔一般以极快速度原路返回。

“焦红头伯劳……应该不是。干虫、鬼茴香……这边的也不一样。”

“你在念什么？从霜吹商人手上买来的吗？”

一朵大大的灯火菇正以刚才用蜘蛛网抓到的兔子为苗床散发光芒。美禄正在它旁边翻阅一本破破烂烂的书。

“这好像是子哭幽谷的生态图鉴。你看，全部是手写的……内容也很粗略。比如这里，‘体长’这一项旁边只写了‘很大’两个字。”

这是之前交易的霜吹商人见美禄有兴趣就塞给他的，还说他自己留着还要想办法扔掉。从美禄的角度来看，这是了解食锈原生地生态系统的宝贵资料，内容看着却像是小孩写的暑假作业，使他不得不怀疑其可信度。

“不，我想可以采信。这是蕈菇守护者写的。”

“咦，真的吗？但为什么……”

“贾维也会画那种图，形式是一样的。而且这张图……你不觉得有种特殊的风格吗？明明是在画图鉴，却往里面融入了艺术感。蕈菇守护者画的图基本上都是这样。”

在为蕈菇守护者的奇妙特质困惑之余，美禄也意外地觉得这番话很有说服力，便仔细地观察起了蕈菇守护者所画的富有趣味的动物图画。

“可能是东北地区的蕈菇守护者画的，上面有没有提到蕈菇的种类？这类图鉴基本上会写到哪种动物身上有什么基因，例如斑玉蕈或木耳之类的。”

“啊，有、有！右下角还有盖章！如果是这样，呃……”

美禄迅速翻到方才就有些在意的某种动物的页面。右下角画着一个可爱的角色，旁边则写上了蕈菇的名称。

“食锈……竟然是用注音写的？”

“因为食锈两个字很难写吧……你那表情是什么意思？我跟你说，大部分的蕈菇守护者啊——”

“如果是这样，那果然是这个！筒蛇……俗称竹轮虫，是一种超级巨大的双头蛇，会飞，只对大型食物有反应，经常会吃掉直升机或者战斗机……”

“嗯，真要谢谢这本图鉴了。因为贾维只说过那是那一带最大的家伙。如果有当地蕈菇守护者画的图，就完全不一样了。”

美禄在行进的列车上点头同意毕斯可的发言，正打算再从这些粗略的资料之中找出有用的内容时——

滴答！

“哇啊！”美禄发出大叫，某种像是呕吐物的黑色液体滴落在书页上，把整个页面涂黑了。这时有个软体动物伸展着触手，扑到了情急之下护住美禄的毕斯可脸上。

“哇啊！”

“毕斯可！”

黑色飞沫随即往四周散开。毕斯可掏出腰际的短刀，往自己的脸部一挥。

“该死的家伙！”

接着他一甩短刀，那玩意儿就被砸在货车板上，黏答答地扭动着。它身上有好几个在黑暗中散发出黄色光芒的眼球，都在不停眨巴。

“呸！是重油章鱼。”毕斯可低声说，“我们应该是在哪里经过它们的巢了，估计它们会沿着墙壁追过来吧。”

随着隧道的宽度越来越窄，周围的墙壁也越来越亮，他们这才看到一大群重油章鱼贴附在黑暗里的墙壁上。美禄不禁感到毛骨悚然，列车在以相当快的速度前进，如果这些章鱼能追上来，那它们追杀猎物的速度确实非常了得。

“瞄准跳过来的家伙就好，没跳过来的就别管了。”

“毕斯可，我的箭术还……”

“你可以！”毕斯可擦掉沾在脸上的黑油，双眼直视美禄大声说道，“你可以射箭，而且会射中！我知道你做得到，我的背后就交给你了！”

“毕斯可……”

“回话！”

“是！”

美禄答道。重油章鱼们似乎把这当成了开战的信号，一举从岩壁上扑向两人。

两人背对背，手上的弓飞快射出箭矢，接连击落了飞扑过来的章鱼。美禄特制的蜘蛛网箭直接缠住一群章鱼，将它们打落在铁轨上，但漏网之鱼还是贴上了货车，美禄便急忙丢出腰际的火焰菇榴弹，一阵爆炸带着高温的烟卷走剩下的章鱼，使它们滑落地面。

“做得很好！”

毕斯可边笑边放开拉满的弓，射出一箭。

带着强大威力的粗箭贴着岩壁飞行，一口气扫下了几十只重油章鱼。

另一方面，芥川正毫无顾忌地在车头一带发威，它用大螯一挥就打掉了一堆章鱼，甚至还抓起来痛快享用。而那些被从它口中吐出的黏性大泡泡裹住的章鱼都摔到了列车下。

一行人卖力奋战，但重油章鱼的攻击行动不仅没有停止的迹象，反倒变本加厉，袭来的章鱼数量持续增加，甚至有的踩着同伴跳了过来。

“没完没了啊！”

“没办法，看来回程不能再走这条路了！”

毕斯可咬咬牙，下定决心，从箭筒抽出一支绑了线的银箭射出。插在墙上的箭接连在漆黑的岩壁上开出蕈菇。

这些银色蕈菇附有非常黏稠的黏液，拥有惊人的繁殖力，它们瞬间铺满了隧道的壁面，强烈的酸性气味扑面而来。

“唔——这是什么啊？”

“银酸光帽鳞伞。”毕斯可边咳嗽边吼着回复美禄，“别吸太多气！趴下！”

强酸腐蚀了一路追杀的章鱼，阻止它们继续前进。溶解后的章鱼成了普通的重油，铁轨上堆起了很多掉出来的眼珠子。原本大群扑来的重油章鱼被银酸光帽鳞伞墙阻挠，离毕斯可他们越来越远。

“太棒了！它们没有再追上来了！”

“呸！该死。这东西真的好难闻。”

毕斯可看着越来越远的洞穴舒了一口气，又突然盯住黑暗深处的某个位置。

咻咻……某种细长物体在墙上爬行，瞬间变粗抬起，接着像一条柔韧的鞭子似的卷住了松懈下来，正发着呆的美禄。

“呜哇啊啊！”

“美禄！”

毕斯可立刻拉弓朝触手放箭，但触手上的皮膜又黑又厚，箭矢刺进去了也无法顺利散播蕈菇毒，无法开出蕈菇。美禄拼命抓住货车边缘，防止自己被卷走，被捆住的肩膀和身体却不断发出“嘎吱嘎吱”的声音。

“啊，呃……”

美禄的碧蓝双眼因剧痛而睁大。毕斯可当机立断，一边用短刀砍下袭向自己的几条触手，一边将短刀插进缠住美禄的触手里，接着抓住触手，张大嘴一口咬了下去。

毕斯可让全身肌肉发挥出超出极限的力量，手臂和下颚分别使出全力，扯开触手。触手随“啪吱啪吱”的声音惨遭撕裂，终于被扯成两段，放开了差点喘不过气的美禄。

“美禄，你去找芥川，一起去子哭幽谷，懂了吧？”

“啊啊！毕斯可！”

已经被好几条触手缠住的毕斯可无法动弹，就这样像打水漂的石头一样在地上弹起几次，被拖进黑暗的洞窟深处。

毕斯可好几次撞上铁轨和墙面，头有点晕。他甩甩头让意识恢复清醒，看向黑暗深处。

生出几条巨木般粗壮的触手的中心位置有一个地狱大锅般的大洞，正一边流出黏液，一边反复收缩。里面长着一排排锯子般的牙齿，全是红黑色的重油章鱼内脏。

——这家伙就是老大了吧！

那只重油章鱼的大小和之前甩开的那些人头大小的家伙根本不是一个级别的，就是因为它实在太大，所以毕斯可只能看到它的嘴。目前整条隧道都被它的肉塞满了。触手抓着他的左脚，将他悬挂在地狱大锅前面。

大章鱼观察了毕斯可一会儿，大概是觉得一动也不动的他已经死了，便渐渐让大嘴凑近，打算将他生吞。

——如果是内脏，蕈菇毒就可以丛生！

毕斯可眼睛一亮，从背后抽弓放箭。强弓一闪，必杀的毒蝇伞箭朝大章鱼口中飞去，深深刺入内脏。毒蝇伞的毒因吸收了丰富的营养而欣喜地疯狂扩张，在大章鱼嘴里恣意绽放，啃噬它的内脏。

大章鱼大吼着，肉壁蠕动膨胀，仿佛要粉碎整座隧道。依然被倒吊着的毕斯可咯咯笑了起来。

“记得仔细挑选猎物啊，我可是很毒的！”

他吼了回去。但是大章鱼的痛觉比较迟钝，他只能赌一把自己能熬过它中毒死亡之前的这段漫长时间，顺顺利利地活下来了。

抓住毕斯可的触手胡乱，凭借一股死前蛮力将他重重砸在天花板上。他还来不及吐血就又被甩在地面、侧面墙面和天花板上。发疯般的触手不断用全力重击他，这些冲击让铁轨和岩壁出现裂痕，有如地震般持续撼动整座隧道。

即使全身肌肉受创、骨头碎裂，持续承受着足以致命的冲击，毕斯可的双眼仍在流满了血的脸上熠熠生辉，燃烧着熊熊烈火。

他像要要挤出自己的生命力似的怒吼一声，再次拉满无论如何都不会放手的弓，摆出准备射出拼死一箭的架势。这一瞬间，某种格外强大的冲击撼动了大章鱼的触手，让被抓着的毕斯可甩到洞窟地上。

状似熔矿炉的火红大铁块卷动着自身的车轮嘎吱作响，顺着铁轨径直冲向大章鱼。美禄以软弱无力的腿拼命向前奔跑，抱起浑身是血的毕斯可逃到铁轨上。

“啊啊，毕斯可，怎么会这样？好惨……”

“咳哈，美……美禄，还……还没完。”

大章鱼非常执着，它的触手再次沿着墙壁伸来，准备抓住两人。美禄估计是觉得逃不掉了，便抽出背上的弓，用颤抖的手张弓搭箭。

美禄用来撞大章鱼的，是芥川凭着一身蛮力扯下的列车骨炭炉。骨炭炉已经失控，现在也烧得火红膨胀，即将爆炸，但散热阀门正不断喷出蒸汽，勉强阻止爆炸发生。

——只要能射穿那个……

他的额头冒出了汗珠，焦躁使他肺部缩紧，呼吸变得急促。几条触手向他逼近，打算把他连毕斯可一并卷起。

这时毕斯可将手放在美禄颤抖的左手上，弓就神奇地停止了颤抖，拉紧弓弦的右手也能直接灌注力量了。

“拉弓只需要注意两点。首先，要看清楚。”

毕斯可的低语就如落在干燥沙地上的水珠一般渗进了美禄的内心。

“还有……要坚定地相信。”

尽管好几条触手逼近，紧紧缠住了美禄的身体，他也毫不动摇。

他只是静静让蓝色双眼燃起熊熊火焰，瞄准骨炭炉。

坚定地相信——他甚至开始认为“一定会射中”。

毕斯可扶着美禄的手传来的血流温度化为力量传递过来，让美禄感受到某种东西正在自己全身上下燃烧扩散。

“射得中吗？”

“嗯。”

静静地、简短地点头，然后放箭。美禄的蓝箭化为一道直线精准刺入骨炭炉阀门，并分毫不差地将其弹开。橙色光芒微微收缩了一下就开始扩散，膨胀的空气扯掉触手，两人的外套不断翻飞。后来那东西化作强烈闪光吞噬两人，随着巨响将他们炸飞了。

那是一股非常强大的冲击力。毕斯可和美禄像棒球那样被轰得远远的，就这样在地上翻滚，出了隧道。蓝天之下，他们差点就要从铁轨中断的山崖边摔下去了，幸亏芥川用大螯抓住了他们才勉强停了下来。

这是一座绿意盎然的溪谷。讨人喜爱的鸟啼声正在无比晴朗的天空间回响。

爆炸的骨炭炉、重油章鱼的油、人的血和汗，总之浑身沾满各种东西、筋疲力尽的两人就这样被芥川抱着，躺着休息了一会儿。

“唔……”

美禄突然捂住嘴，在芥川脚边吐出了黑漆漆的炭。

“嘻嘻嘻。”

“你、你笑什么？”

“我还以为你有了呢，嘻嘻……嗯？呕……”还没挖苦完美禄，毕斯可也吐出了炭，将一片美丽的绿地染成了黑色。里面有一只重油章鱼珍重地抱着毕斯可的牙齿碎片，活力十足地跳开，逃跑似的从悬崖边滑了下去。

“你才是真的生了啊。”

“未婚先育啊。”毕斯可吐掉剩下的炭，正儿八百地直视着美禄，“不对，就算结婚了我也生不出来啊！”

这下美禄终于忍不住“扑哧”一声笑出来，一边拍着毕斯可的背，一边笑到流眼泪。

芥川将不知为何大笑着的两个主人丢到自己的背上。

两人勉强在鞍上坐下，然后为从悬崖俯瞰的景色倒抽了一口气。

“毕斯可，这里就是……”

“嗯……子哭幽谷。跟我从贾维口中听说的一样，不会错。”

平原上是一片青葱的响麦，它们跟人差不多高，正在风儿吹拂下摇摆。每当有风吹过，那些麦子都会像打到海岸上的浪头一样摇荡，规律地反射阳光，让整座山谷有如宝石一般闪闪发光，格外美丽。

“美禄，我们走吧，就差最后一段路了。”

毕斯可出神地欣赏了一会儿景色便平静地说。美禄闻言便点点头，注视着手握缰绳的毕斯可的侧脸，伸手摸了摸他脖子上大大裂开的伤口。

“毕斯可，能不能请你控制一下芥川，让它走起来别这么晃？”

“哦……这样吗？”

“嗯，别动哦……”

美禄似乎早已习惯在螃蟹背上为搭档治疗伤口，他灵巧地着手消毒，用针帮毕斯可缝起了伤口。

11

子哭幽谷——

这座山谷的名称来源于几条隐藏在平原青草下的巨人爪痕般的深邃山谷，每每有风吹过都会响起一阵像是婴儿啼哭声的诡异声音，因此也有人推测这才是此处被冠上“子哭”之名的原由。

山谷偶尔会吹出淡淡的蓝烟，让整座山包裹在薄薄的蓝色雾气之中，这样的景色更让两人觉得这里充满了神秘气息。

“这里虽然很漂亮，却有种寂寥感呢。”

“是吗？喂，你看看山谷。”

毕斯可拉着芥川的缰绳，灵巧地探头窥视山谷深处。

悬崖绝壁上到处都有散发着蓝色光芒的蕈菇丛，它们微微照亮了深不见底的山谷。

“啊啊，是、是蕈菇！那这些蓝烟是……”

“是孢子吧。蕈菇守护者们来过，然后采到了食锈……在十五年前。”

“是贾维他们吗？”

“如果那个老头没有因为好面子说谎，那就是。”

毕斯可回头露出一如既往的坏小孩笑容说。他看起来精神，脸色却微微发青，美禄没有忽略这点。

美禄尽可能不让他察觉自己的心情，回给他一个微笑。

毕斯可伤得很重。

突破章鱼的威胁，穿过隧道之后，美禄虽极尽所能地为他进行了治疗，但毕竟他断了很多根骨头，别说肌肉，连内脏都受了相当严重的伤。

如果是普通人，这样的伤早已致命，绝对不是可以正常活动身体的状态。

“听说食锈基因十分强大，不管植入怎样蕈菇毒都只会长出食锈，所以剩下要做的就是钓鱼，毕竟我们已经弄到图鉴上所说的‘大饵’了。”

“我们今天真的要打猎吗？是不是该等你的伤好点……”

“别说傻话，饵会腐烂的。好，芥川，到那边去。”

毕斯可说着，从芥川身上卸下一路拖过来的巨大烤章鱼（两人一度折返，将之前打倒的重油章鱼老大带了出来）。烤章鱼香气就这样突兀地在青葱的草木香气之中缓缓飘散。

“接下来就是等了。如果过了十五分钟还没反应，就换个地方。”

“毕斯可，我还是很担心。不管怎么看，你都出现贫血症状了。”美禄不想挫了毕斯可的志气，但他还是难掩担忧，拉了拉毕斯可的外套，“我至少也得帮你输血。如果血型吻合还可以用我的血……毕斯可，你是什么血型？”

“血型是什么？血不就是血吗？”

“别开玩笑了！好歹也得知道自己的血型啊……”

美禄说到这里就想起在忌滨帮贾维治疗时的状况，陷入沉思。当时是用塞在白袍里的浓缩血液输血的，但贾维的血很神奇，不论给他输哪种血型的血都没有产生排斥反应。他自己似乎也完全没有血型的概念。

——所有蕈菇守护者都是这样的吗？莫非他们的血液本身就是……

“美禄，后面！”

毕斯可为了保护大意的美禄而扑向旁边。一只有着黑色斑点的红色巨鸟从谷底一举展翅升天，爪子堪堪掠过两人。

“呜哇！好大啊，这是鸟？”

“不妙，章鱼会被它抢走的。”

若自己是巨鸟，主要目标想必不会是两个豆粒般大小的人，而应该是那边的大章鱼。面对以强有力的爪子一把抓住猎物便一飞冲天的巨鸟，就算是芥川也无可奈何。

“可恶，哪能放你走！”

毕斯可两眼放光，架起抽出的弓箭，紧紧拉满沉重的弓弦。必杀的一箭正要瞄准巨鸟脑门的瞬间——

一阵强劲的风卷起，某种白色长条物体从谷底往上钻，冲到遥远的天际，露出腹部。泛着湿润光泽的皮肤上面长了无数只人类手指似的脚，在身体侧面蠕动着。那个白色长条物体就这样在天上绕了一圈，“哗”一下张开长满白色柱状牙齿的大嘴咬向巨鸟。巨鸟无从抵抗，被咬碎吞下，烤章鱼也顺便被那东西收进肚子里了。

它在傻眼的两人面前“嗷”地吼了一声便扭动身体，带着巨响往另一座山谷飞去。

刚才卷起的风吹得两人头发倒竖，让他们发了好一会儿呆。紧接着毕斯可连忙甩头，伸手指向它钻进去的山谷。

“就是它，筒蛇！”

“也、也太大……了吧！”

确实，那东西的外观就如在隧道里翻阅的蕈菇守护者图鉴所示，是巨大、双头、没有眼睛也没有鼻子的蛇。然而亲眼看过之后，光是那个超乎常规的大小就和小孩子涂鸦般的图画相去甚远，有着足以使人全身虚脱的震慑力。

“那、那不是蛇吧，根本就是龙啊！”

“我管它是龙还是虎，只要箭能插进去就一样。我们追！”

毕斯可驱策芥川冲向筒蛇飞入的山谷，从腰际拿出钢索箭搭在弦上，朝山谷对岸射出。

“咦咦，毕斯可，你打算怎么办？”

“还不知道对方会怎样行动，那我就先从对岸下手！你跟芥川从这边追！”

毕斯可还没把话说完，钢索就已经钩住对岸，他整个人跳了过去。

就在美禄打算向对岸大声抗议的瞬间，那副巨大的白色身躯“唰”的一下窜出山谷，刚好遮住了毕斯可，还让美禄的外套随风翻飞。

美禄说得没错，它大得可以与龙媲美。它身体两旁的触手胡乱摆动，挖开了山谷的土地，过了好一阵子才再次钻回山谷下方。

顿感压抑的美禄紧紧抱着自己因为恐惧而畏缩的身体，将自己紧紧拥入怀中的姐姐的眼神，以及回忆贾维时的毕斯可的侧脸从他脑海中闪过。

——可以击败它的。只要是毕斯可，只要是我们，不管什么事都做得到！

美禄温柔的双眼涌现出力量，可能是他带着决心挥下的鞭子感染了芥川，只见大螃蟹一鼓作气地为猎捕大型猎物拔腿奔跑，直冲筒蛇而去。

“怎么会这么大啊？！”

毕斯可有不少捕猎大型生物的经验，但在他目前的猎人生涯里，眼前这筒蛇的体形已经是最大的了。刚才他抓住擦身而过的机会朝对方背部射了两箭，但蕈菇毒只在上面开出了几朵小蕈菇，与筒蛇的庞大躯体相比，那甚至算不上是伤口。

“鳞片很厚，下不了毒。看来只能往嘴里或者肚子上……可恶，该怎么做？”

嘎哩嘎哩……毕斯可的耳朵忽然听见了某种像是在挖掘地面的声音。

为了避免背面受敌，他紧贴着岩壁站着，应该没有视线上的死角才对，但那“嘎哩嘎哩”声伴随着猛兽般的低吼一路逼近，看样子已经来到附近了。

——这是什么？不是筒蛇。这是……摩托的声音？

想到这里，毕斯可不禁冷汗直流，回头看向背后的山崖。

“赤——星——”

女修罗的怒吼贯穿了他的耳膜。

白色摩托紧贴着几近垂直的岩壁而来，以强劲的气势飞速扑向毕斯可。从银色金属护额下伸出的黑发在空中画出了一条直直的黑线。

抽出的铁棍闪烁着杀意的光芒，来人正是忌滨自卫团团长帕乌。

“给我去死！”

“你是从哪里冒出来的？！”

白色摩托像陨石一样朝毕斯可落下，卷起草堆，扬起沙土。对方还一挥铁棍就击落了他在危急之际躲开后射出的一箭，摩托瞬息之间便钻过沙土现出身形，车上的帕乌以充满杀意的眼光紧盯着毕斯可。

她继续以华丽的棍法击落毕斯可射出的第二、第三箭，随后挥出必杀的一击。毕斯可以弓代盾，在摩托往返之际接下两三招，更在拨开第三招棍击时，以手中的弓狠狠地打中了帕乌美丽的脸庞。

即使如此，帕乌的身体还是紧紧抓在摩托上。她擦掉嘴角的血，在风呼啸而过的草原上与毕斯可对峙。

“你的动作比之前更刁钻了呢。”毕斯可说道。这不是挖苦，他额头冒着汗水，很不像平常的他，“长途跋涉应该很累才对，真亏你还能打成这样。你是从哪里骑车过来的？为什么知道我们在哪里？”

“我在美禄的戒指上装了追踪器。从他十四岁开始，我就一直叮咛他不可以拿掉。”

帕乌以悦耳的声音堂而皇之地说出毕斯可听了都吃惊的事实。她挥动铁棍，对准毕斯可。

“食人赤星，你到此为止了，把我弟弟还来。”

“我说你啊，深爱家人是没什么不好啦，但美禄是自愿跟着我一起来的。”毕斯可一边抽搐着眼角，一边尽自己最大的努力说服这个跟烙铁没两样的女人，“这一切都是为了拯救你那锈蚀的身体和性命。这不是佳话一桩吗？为什么想帮助他实现愿望的我要被你用铁棍招呼啊？”

“别胡说！不就是你用‘食锈’之类的流言诱惑了我纯真的弟弟吗？！”帕乌丢下这番话表示多说无益，架起铁棍，“我才是弟弟的护盾，绝对不能颠倒。赤星，废话少说，快摆好架势！”

“你确实需要治疗啊！你说的那些才不是什么护盾，而是牢笼！你稍微认同他一下好吗？你没听过亲子之间都需要对彼此放手吗？！”

“我们是姐弟！”

“啊，也对……不过这是你不好，谁让你长得老，我还以为你是他老妈呢。”

“我宰了你！”

摩托引擎发出怒吼，准备朝毕斯可冲去的瞬间——

一个白色的巨大筒状物从两人身旁的深邃山谷里面钻了出

来，在空中扭动——是筒蛇。它用体侧的无数触手挖削着山谷土壤，朝二人逼近。

“这、这是……什么？”

“笨蛋！快扔掉摩托趴下，这家伙是——”

筒蛇的触手打中了走神的帕乌。强大的威力让她在发出惨叫之前就失去了意识，筒蛇便连人带车地将她卷走，逃之夭夭。

“可恶，都怪你不会挑时间找麻烦！”

毕斯可见状便急忙架弓，但是巨大的橙色甲壳抢在他前面，从他头顶飞了过去。

“美禄！”

那是美禄驾驭的芥川。美禄锁定被掳走的姐姐，让芥川高高跳起，踩着峭壁来了一个三角跳，紧紧抓住筒蛇身体侧面。

“毕斯可，我会让芥川将帕乌打下来！你在下面接好！”

毕斯可朝凌乱的天蓝色头发回了一声：

“知道了！”

美禄控制着缰绳，让挥动巨斧般的大螯砍下触手，昏厥过去的帕乌与摩托摆脱束缚，径直坠向长满了草的地面。

如天狗般一跃而起的毕斯可接住帕乌与摩托便在山谷深渊落地，呼喊美禄。

“美禄，你快放开！再往上飞会下不来的！”

“嗯！”

在呼啸的风中，美禄打算让芥川用腿踢蹬筒蛇，以此落地，但这时某种带有黏性的巨大粉红色物体袭向了他。

“芥川！”

芥川迅速做出反应，猛地伸出斧头似的大螯，但只能砍到筒蛇的舌头中间。还留有力量的舌头一举捆住了芥川。

“美禄！”

筒蛇一眨眼就飞上空中，带着毕斯可的搭档和大螃蟹一路冲上了他的呼喊传不到的高空。

“啊，啊啊啊！怎么会……美禄，美禄！”

刚清醒过来的帕乌在咬牙切齿的毕斯可眼前茫然自失，不住颤抖。看到比自己性命更重要的人陷入危机，她陷入了混乱，无法正常思考。

“混蛋，快点扶起你的摩托，要是它钻进山谷里就晚了！”

“你能怎么办？对手……对手可是那样的怪物啊！”

“不管怎样的怪物，我们都一路打过来了。这次也一样。”

毕斯可瞪大双眼怒斥帕乌。

“动作快！还是说你想对弟弟见死不救？”

帕乌根本没时间生气或怀疑。

她在毕斯可的催促下发动引擎，等毕斯可上车就在一瞬之间开出最快速度。她堪堪闪开偶尔像陷阱般掉落的岩石，找回原有的钢铁般的专注力，以骇人的速度追赶天上的筒蛇。

“我会射出锚箭牵引！你要以跟筒蛇同样的速度和它并行，做得到吗？”

“还说什么做不做得到，只要能让锚稳定下来就行了吧！”

“你很懂嘛……危险！前面是山谷啊！”

“小菜一碟！”

帕乌在山谷深渊前方用铁棍重重地敲击了地面。应用了撑杆跳原理的摩托像被弹飞一样高高跃起，转了一圈就带着车上的两人顺利在对岸落地了。

“嘿，技术真好啊！”

“闭嘴！从这边可以瞄准到吗？”

毕斯可看着筒蛇逐渐进入锚箭射程，做了一个深呼吸。

瞄准在空中扭来扭去的筒蛇时，毕斯可有些迟疑。

射出像刚才那种半吊子的箭只会被鳞片弹开。他难掩焦躁，往拉弓的手上施加了不必要的力量。

“赤星！”

“干吗？”

“拜托你了……”

他这才首次跟回过头来的帕乌四目相接。那噙着泪水，无力地颤抖的双眼，仿佛能跟当时只能紧抓着他不住发抖的美禄重叠起来。

果然很像啊——毕斯可不禁这样心想，放松了架势。神奇的是，他发现自己的专注力因此默默地，但以令人讶异的速度大大提升了。

——既然箭射不穿，那么……

他呼出一口气，伸手摸向背上的武器。他想到的点子可谓是乾坤一掷的大赌注，但其实他一直以来都是这样，也一直相信自己会获胜。

在强风中几度差点失去意识的美禄仍拼死抓着筒蛇的侧面不放。

筒蛇的舌头缠着芥川，美禄便急忙将手边的麻痹菇箭射进筒蛇的舌头里，但他没想到的是筒蛇非常坚持，仍然用麻痹了的舌头卷着大螯，不肯放开。

美禄紧紧攀附着筒蛇的体表，将手中的短刀猛地插进它缠着芥川的舌头里。

但厚实的筒蛇舌头非常坚固，短刀根本刺不进去。

——再这样下去，芥川会被吞掉……

危急之际，美禄脑中灵光一闪，从腰际取出闪烁着银光的药管，先吞了口唾沫，跟芥川说道：

“芥川，对不起……我想你应该会很害怕，但你愿不愿意相信我？”

芥川是螃蟹，根本看不出它的表情。

但它就像平常抱紧美禄时那样吐了一个泡泡。

美禄点点头，吸了一口气，一举将银色药管捅进了芥川钢铁甲壳之间的缝隙内。没过多久，那个位置就咻咻地冒出白烟，溶解了大螯的根部。

这是银酸光帽鳞伞搭配重油章鱼的黏液调制而成的，提升了酸性威力的溶解剂。美禄立刻拉满弓，瞄准渐渐溶解的大螯根部射出铁箭。

大螯“啪吱”一声跟芥川的身体分离，芥川因此摆脱了筒蛇舌头的纠缠，就这样打了好几个转往下掉，灵巧地控制身体在草原上平安落地。

——太好了……

与因为安心而放松了表情的美禄相反，筒蛇的舌头渐渐从麻痹中恢复过来，将依旧缠着的大螯吞进了圆筒状的身体里。完成一项工作的长舌头再次带着黏液逼近美禄。

美禄拼命压抑因颤抖而嘎吱作响的牙齿，搭起下一支箭。

即使会恐惧，也不能被恐惧吞噬。美禄的表情已不见以往的天真，换上了凛然的战士风范。

——毕斯可他……

美禄紧紧拉满弓。打算射出在这既短暂又漫长的旅途中射过好几次的箭。

——直到射出最后一箭为止，他都绝对不会放弃！

巨大的舌头往上一扬，直朝美禄扑来。就在美禄即将射出这一箭时——

一股铁桩贯穿板甲般的强烈冲击袭来，将粗壮的舌头钉死在筒蛇的身体上。美禄呆在原地，看到铁叉一并贯穿了舌头和厚重的鳞片，钻进筒蛇体内，最终贯穿了整条巨大的筒蛇。

“啊……啊……”

原本拉满弓的美禄彻底僵住，承受冲击的手和脸颊仍在发麻。一个美禄最想听见的声音随即从地上传进他的耳中。

“美禄！我射了鱼叉！顺着钢索滑下来！”

毕斯可搭在弓上射出去的不是箭，而是那兹给的鱼叉。箭无法承载毕斯可的臂力，只会被筒蛇的鳞片挡下，但鱼叉的重量和穿透力可以让毕斯可将自己所有的力量灌注进去，这真的是超乎常理的强力一击。

“那、那把弓是怎么回事……”帕乌灵巧地控制着摩托，但仍无法掩饰惊讶，她盯着贯穿筒蛇的鱼叉说，“居然能射出鱼叉？为什么可以用弓射出鱼叉啊？！”

“因为我觉得可以射啊，老顽固。”毕斯可轻松地说完就将连着鱼叉的钢索缠在自己身上，“美禄，要是让它钻进山谷里就完蛋了，快过来！”

“我知道了，马上过去！”

美禄抓着钢索，在强风吹打之下迅速滑了下来。

“啊啊，美禄……”就在帕乌稍稍安下心来的那一刻——

其中一个脑袋被钉死的筒蛇突然在空中猛甩身体，改变了姿势。接着它张开了空洞般的大嘴，准备咬住仍在空中的美禄。那过于庞大的体形让人无计可施，美禄只能在空中任凭它甩来甩去。

“美禄！你千万别放手！”

钢索被筒蛇扭动身体的动作牵扯，毕斯可的身体也被甩离了摩托。筒蛇的舌头就如鞭子一般扑向像玩具一样在空中甩来甩去的美禄与毕斯可。

为了保护两人，帕乌也跳上了空中。她手中的铁棍命中了筒蛇的舌头，却反被强行缠住。她力气不敌，刚一松手，铁棍就被巨大的嘴吞了下去。筒蛇一甩头打飞了她，还顺势一回头吞下了在空中飞舞的两位少年。

“咳……啊！”

帕乌整个人被砸在地上，痛苦地咳嗽了起来。她仰头望向正在天上悠然遨游的筒蛇，又从它身上挪开目光，发出不成声的呜咽。

就在此时——

“唔噢噢噢……”

巨大的咆哮声响起。帕乌发现这似乎是筒蛇的哀号。

紧接着，从空中飞舞的筒蛇身体各处长出的巨大蕈菇贯穿了它。它在空中痛苦地扭动，渐渐降低高度，在空中滑行。

某个长长的物体从筒蛇头顶突出，割开了它的皮肤。

那是帕乌的铁棍。

“美禄！”

切开筒蛇皮肤，跟着湿滑黏液一起流出来的正是毕斯可与美禄。两人抓着穿破筒蛇腹部的铁棍，彼此支撑着站在那里齐声呼喊：

“芥川——！”

大螃蟹如回应他们的呼唤一般从山谷间冲出，猛力冲刺。两人几乎在筒蛇力尽坠地的同时跃入空中，高高跳起的芥川则抱住了在空中坠落的两人。它转了好几圈才成功在山谷前刹停，摆脱如追杀般崩塌落下的山谷边缘岩石后更是像用尽力气似的当场倒地。

“美禄！”

帕乌因受伤而脚步蹒跚，但还是拼命冲到大螃蟹身边抱起了心爱的弟弟。美禄虽然全身沾满了筒蛇的黏液，但总算平安无事，心脏仍强而有力地跳动着。

“美禄，啊啊，美禄！幸好你没事……”

“帕乌，你看！”

美禄毫不在意自己的状况，拉着帕乌的手起身来到了看着远方的毕斯可身边。而在他视线前方，可以看到已死的巨大筒蛇依然张着大嘴，像一座桥一样搭在山谷上。

“毕斯可！这是……”

“这就是食锈？！”

筒蛇那修长的身体上出现了一团团闪烁着炫目橙色光芒的巨大蕈菇。那看起来就像是在白色地平线上升起的太阳，实在是非常庄严的景象。

三人被从未见过的景象震慑，甚至忘了身上的痛楚，当场茫然伫立了好一阵子。

12

食锈的鲜艳橙色与以蓝色为基调的子哭幽谷形成了庄严的对比。毕斯可三人接近食锈，透过皮肤感受到的一丝热量让他们得知食锈还带有些许热气。

“这就是食锈吗……据说可以吞噬各式各样锈蚀的……”

“没错，帕乌！”

美禄握住茫然仰望食锈的姐姐的手，很开心地说道：

“我们终于做到了！这么一来就可以治好帕乌了！”

“应该是这样没错，但怪怪的，不太对劲。”

毕斯可闻到飘散在空中的孢子香气就歪了下头，丝毫不顾自己伤痕累累的身体，一举跳上筒蛇的身体摘下了一把食锈。接着又跳回两人面前，仔细地观察那橙色的蕈菇，直接在菌盖上咬了一口。

“……不行，还是太弱了。”

“太弱？毕斯可，这是什么意思？”

“不管哪种蕈菇都有吞噬锈蚀的能力，而这个品种就是因为吞噬锈蚀的能力特别强大才会被称为‘食锈’，但这玩意儿无论是吞噬锈蚀的能力还是味道……都跟一般的松茸没两样。”

毕斯可将这一把食锈交给美禄，接着瞪向在筒蛇身上绽放的食锈森林。

“怎……怎么这样……我们明明这么辛苦……”

美禄握着食锈，表情一沉。花了那么大的功夫，结果却做了大白工，也难免会觉得灰心丧气。另一方面，他看着毕斯可，发现他神情十分严肃，担心贾维死期将近的焦躁之火燃烧得更加旺盛，明显可以看出他现在非常焦虑。

“既然错了，那也只能这样。离太阳下山还有一点时间，我们快点寻找下一只猎物吧。”

“赤星，你别说傻话了！我们没有人可以正常活动，你满身都是血啊。”

“没时间了。我不会逼浑身是伤的你们做什么，我自己一个人去……”

“毕斯可，伤势最严重的不就是你吗？！”

美禄揪住准备离开的毕斯可的衣领，强行逼他转过来。

“凭你这样的身体状况，碰上那种对手绝对会死的！你总是让我这么担心……过度自信也要有点节制吧！”

“都来到这里了，怎么可以白跑一趟？！混账东西，放开我！”

美禄的手摸到毕斯可的血就打滑了，还因为太过用力，整个人摔进了草丛里。他咬唇仰望毕斯可，手上突然传来一股火热的脉动，让他整个人弹跳起来。

“毕……毕斯可！等等！食锈它……”

本来已经回过头去的毕斯可也惊讶地停下了脚步，直直盯着美禄手中那簇正像火焰团块一样发光的橙色蕈菇看。

“这是什么？是刚刚的蕈菇吧？”

“嗯……对……毕斯可，借我一点血。”

美禄说完就抹下一点从毕斯可脖子上流出的血，滴了几滴在食锈的菌盖上。

“果然……毕斯可，你看！”

他手中的食锈只有菌盖沾到了毕斯可的血液，上面的橙色部分正像燃烧一般闪闪发光，花纹也在逐渐变成旋涡状。

即使是外行人也能一眼看出这蕈菇“变质”了。

“什么啊……是吸收了我的血吗？！美禄，你变的这是什么魔术啊！”

“等等再解释，我们先到那边的洞穴避难吧。我得先帮毕斯可你治疗……你被筒蛇的牙齿咬伤背部了吧，还能站着真的是个奇迹。”

“你说什么梦话啊，白痴！我们的目标就在眼前……”

“先治疗。你要是不听话，我就把这个扔了。”

“好啦好啦，知道了知道了！哇啊，你这家伙别真的想丢掉啊！”

帕乌看着他们，松了一口气，向笑着招手的弟弟回以一个笑容。

那个笑容混杂着确认弟弟成长的安心感，以及对弟弟身边那个红发小混混的一点嫉妒，是连帕乌自己都难以说明的复杂表情。

“离开忌滨的时候，贾维有跟我说过。食锈若只是绽放，并不会成为食锈。”

“什么？我没听说过这种事哦……”

“喂，你不准动啦！”在美禄的斥责下，毕斯可乖得像条训练有素的杜宾犬，“他说以前出发采集食锈的时候，有几位蕈菇守护者因此身亡。平常应该是要风葬的，但因为这些人受伤太严重，就试着把他们当成食锈的苗床，将食锈种在他们身边了。过了几天，去见他们最后一面时……”

“就发现食锈变质了？”

美禄对帕乌点点头，帮毕斯可包扎好。

“这就是贾维告诉我的食锈的故事。在蕈菇守护者之间，据说认为这是英雄死亡之际的祈祷生出灵药来……”

“真没想到这里面的关键是加入血液。也难怪会这样想，毕竟事实就是如此。”

“而且不能是我们的血。蕈菇守护者的血液里有特殊因子……毕斯可和贾维都是。你们的血跟我们的不一样，可以输给任何人，也可以接受任何一种血液。”

美禄强行压下心痛的感觉，将针筒插进毕斯可的脖子，抽出了他的血。毕斯可的血缓缓注入针筒内，就如在夸耀其生命力量一般闪着红光。

“原来如此，道理我懂了。但贾维为什么不告诉我真相？明明我们一起旅行了这么久，他竟不让我知道要采集的东西的真面目。”

“因为蕈菇守护者血液的秘密是我发现的啊。如果真的要照着传说的发展去做，你应该会去绑架一个人，然后杀了他当祭品吧。”

“什么？我才不会……”

“你就是会，才叫食人赤星吧？”

“母猩猩，你说话记得在语尾加上‘呼呼’！”

美禄没管这两个喜欢靠拳头说话的人之间的冲突，慎重地将从毕斯可身上抽出的血液注射到新长出来的食锈上。没过多久，食锈就喷出火花似的孢子，像燃烧的柴火般全身发出红光，菌盖上的大理石花纹像银河那样打起转来，瞬间让原本昏暗的洞穴变得跟正午一样。

“好，好厉害！”

不光是美禄，在场一行都咽下口水看着食锈的威容。这种感觉，就像是亲眼看见隐藏于世界的秘密、秘宝一样。

美禄急忙振奋起陷入茫然的精神，将熊熊燃烧的食锈放进制药机里面。食锈很快就在强化玻璃内溶解，渐渐变成闪耀着橙色光芒的液体。

“这解谜似的食锈药剂制造法……我想肯定是刻意安排成这样的。虽然不可思议，却是很有效果的技术和药学。蕈菇守护者果然不是世间所说的野蛮人，甚至说他们是救世的科学之徒都不为过。”帕乌用拇指的指甲刮刮干裂的嘴唇，缓缓低语，并把目光转向毕斯可说，“要是没有这只红猴子到处乱窜，也不至于让不必要的误解广为流传。”

“你说什么？！你自己冥顽不灵的脑袋又怎么说？！”

美禄见毕斯可因痛楚绷起了脸，急忙出面调解。

“喂！不准吵架！你们两个都身受重伤啊！”

“你也别废话了，快点抽血啦！多做几管药不吃亏吧！”

“笨蛋！再抽下去你真的会死的！这样不就本末倒置了！”

“每个人都说我血气方刚，多抽一管不会怎样啦。”

“绝对不可以！”

弟弟跟毕斯可斗着嘴的样子和他一直以来在自己面前露出的表情完全不同，显得活力十足，盈满光辉。美禄看毕斯可的眼神，就像少年仰望着雄壮威武的父亲，同时也像担心儿子太好动的母亲。

——美禄真的挺喜欢他的。

帕乌没有说出口。她觉得有些寂寞，但莫名觉得安心。

她重新看了看毕斯可，他确实长了一张疯狗般的脸庞，再加上右眼周围的红色刺青，怎么看都不像是个正经人，却充满了活跃的生命力。方才在与筒蛇一战中射出的神威一箭象征着这位少年无论遇上什么阻挠都能将其贯穿的坚强意志。

“食人蕈菇赤星啊……”

帕乌在口中嘀咕，接着站了起来。

“帕乌，你要去哪里？晚上还是很危险哦。”

“我去保养摩托。虽然损伤得很严重，但还可以骑。”

“真没想到母猩猩会保养摩托，不愧是大都会忌滨，养了珍奇异兽呢。”

“哈！那还是会射箭的猴子厉害点。”

“你很敢说啊！”

“别这样！哇，你看，血都喷出来了！”

就在帕乌笑着走出洞穴的瞬间，一道强光撕裂了夜空，照亮了巨大筒蛇的尸骸。接着一阵强风扫倒草皮，使它们不断强烈甩动，几乎要被扯断。

“怎么回事？你是自卫团派来的吗？！”

“怎么可能？！那是军用生物重型机械，还这么大……”

帕乌眯起眼睛回应冲来的毕斯可。仔细一看，那是在人工培育的巨大虾夷鮟鱇鱼上加装各式装甲、武器，俗称“飞胖”的大型鱼型航空重型机械。

“是宫城军事基地的武器吗？那种东西为什么会来这里？”

“赤星，这是我们第一次见面啊。”

大型机械的扩音器里传来了帕乌熟悉的声音。

“虽然一路上都在追踪你的动向，但实在找不到理想的下手时机啊。我真的很头疼，毕竟你不是我正面挑战可以赢过的对手。就在我犹豫着该怎么办的时候……”

飞胖的上部舱门开启，双眼漆黑的男子随之现身。他拼命按住差点就要被风吹走的帽子，拿着扩音器继续说道：

“哎呀，优柔寡断有时候也会带来好结果，真没想到竟然可以亲眼看到传说中的灵药食锈。真的要谢谢你还活着啊，食人赤星。”

“你是谁啊……”

毕斯可的翡翠色双眼和黑革的漆黑双眼互相瞪视碰撞，彼此较劲。

“刚想说好像在哪里见过，你是忌滨的知事吧？为什么知道我在这里？是不是偷偷派手下跟踪了我们啊？”

“别说傻话了，要跟踪你们就跟要赤裸登上八甲田山一样难。而且我们这边人手也很不够。”黑革一边说，一边看着自己的帽子终于被风吹走而发出惨叫，并显得很遗憾地接着说，“你们搭乘列车了吧？行车记录传送到县政府这边来了。毕竟是一条荒废了几十年的线路突然传送信号过来，当然会怀疑是你干的好事啊。”

“毕斯可、帕乌！”美禄冲过来拉了拉毕斯可的袖子，“我们先躲进洞穴里吧。对手可是特务部队，只靠我们三个人应付不了的！”

“可是那些家伙打算夺走食锈！”

“没错没错，你们最好乖乖躲进去哦——”黑革拉长的声音响彻子哭幽谷，“我这个人就是主张鱼与熊掌不可兼得。更何况有这么多灵药，应该可以拿去好好跟中央政府献下殷勤了。”

黑革说完的同时，飞胖身上射出几只粗壮的锚，刺进筒蛇体内，已经化为食锈森林的筒蛇就这样慢慢被拉上天空。

“可恶！混账东西，哪能让你得逞！”

“毕斯可，太危险了！”

飞胖的机枪锁定忍不住冲出来的毕斯可。

但毕斯可以野狗般轻巧的动作左跳右闪躲过机枪扫射，拉满弓弦朝飞胖的眉心射出了一箭。飞箭命中巨大鱼类的眉心，接着在那里开出大量蕈菇……本来应该是这样才对。

“嗯？毒素无效？！”

飞胖的眉心长出了几朵红色蕈菇，但这些蕈菇很快就变成黑色，枯萎腐烂。本来毕斯可的蕈菇毒对任何东西都有效果，这还是第一次出现对人造物不管用的状况。

“呜哇，做了那么严密的抗菌加工，还是差点让你开成了，这样看来也撑不了几箭。赤星，你太危险了……你果然很可怕。找你当对手，我会止不住颤抖啊。”

黑革抖了抖，朝驾驶座的兔子头套男说道：

“喂，想打到什么时候啊？该撤退了。这样食锈会一直掉下去的。”

“知事！赤星现在状态很差，只要在这里收拾掉他，我们就没有后顾之忧了！”

“要是像你这样小看蕈菇守护者……”黑革话还没说完，一支火红的箭就带着强大的威力刺穿强化玻璃，擦过兔子头套男的脸颊，插在驾驶座的座椅上。发芽的蕈菇瞬间弹飞兔子头套男，让他从破裂的玻璃窗摔到了深邃的山谷底下。

“就会有这种下场啊……笨蛋。”

黑革看完手下坠崖便拍掉座位上的蕈菇，自己握住操纵杆，一边用机枪胡乱扫射，一边让飞胖猛地掉头。

“赤星，有缘再会啦！这是我对你宣誓的戒指！”

离去之际，黑革手中的手枪打出一发硫黄色的子弹，袭向毕斯可。这发子弹深深钻进了因为身受重伤，光是闪躲机枪扫射就已经费尽全力的毕斯可的侧腹部。

“咕……咳！”

“毕斯可！”

美禄甩开姐姐的制止冲了出去，悔恨地咬牙切齿。毕斯可睁大了眼睛，他的侧腹不仅大量失血，还染上了某种带着黏性的硫黄色毒素。

“那家伙……竟然用了锈蚀弹！”毕斯可咳出血来。锈蚀弹顾名思义，就是浓缩了锈蚀的有毒子弹，会从中弹部位扩散锈蚀，是一种非常可怕的子弹。

“啊啊，又受了这么重的伤……毕斯可……”

毕斯可被泪眼汪汪的美禄紧抓着不放，被夺走的食锈和黑革那黑漆漆的双眼都很让他挂心，但他只能一直瞪着渐渐远离的大型机械。

“你真的不先注射吗？”

美禄担心地看着跨上摩托，发动引擎的帕乌。

黑革离去后，美禄收集残余的食锈残渣，勉强做出了两管食锈针剂。这是贾维和帕乌的份……本来他们至此已经达成目的了。

然后，要赶在贾维寿命结束之前将针剂送达，就只能行经忌滨自卫团管理的高速公途，也就是说只有帕乌能够完成这项任务。

“我想自卫团里面也有黑革的眼线，他们现在想必正因为发现食锈没有传说中的效果而着急。如果让他们看到我痊愈了，不知道他们会为了解开个中秘密干出什么好事。”

朝阳使帕乌的美貌更加耀眼，她浅浅地露出笑容。

“美禄，我没事。一旦治好贾维老爹，我也会注射药剂。我们兵分两路，当黑革把注意力都放在我身上的时候，你们就乘虚而入，这种做法应该比较有效吧。”帕乌说完，转而面向板着一张臭脸看向其他地方的毕斯可，“赤星，如果你真的要对抗黑革，就不要小看他。那家伙非常胆小……也因此是个不会大意的人。无论自卫团还是其他县，都不敢对他出手。他的手法既狠毒又难缠。”

“一旦食锈的秘密被揭穿，他一定会想要蕈菇守护者的血液。不管怎样，我都只能和他对峙。”毕斯可动动脖子发出“喀啦”声，满不在乎地答道，“比起一一保护好族人、贾维，或者你们，还是直接杀掉那家伙更省事。”

“虽然我不想承认，但现在让美禄待在你身边才是最安全的。美禄是我的一切，我相信你，将他交付给你。拜托你，一定要好好保护他。”

“你是要嫁女儿的一家之主吗？”毕斯可莫名被帕乌的话吓到，勉强回嘴道，“唉，你也要小心……好不容易才有机会治好，要是死在这种地方就太没意思了。”

帕乌直直盯着眼前这个有着一张疯狗脸的人，趁美禄在照顾闹别扭的芥川偷偷对他招手。

“这个给你。”

她交给毕斯可的，是她刚从弟弟手中收下的闪耀着光芒的食锈针剂。

“干吗？这不是给你的吗？这是美禄为了你……”

“能保护那孩子的已经不再是我，而是你了，赤星。如果今后你们要跟黑革一决高下，就更不用说了。你腹部的伤——”

帕乌看了看毕斯可那缠着厚实绷带的腹部。

“虽然现在看起来只有些许锈蚀，但我想会比自然罹患的要早发病。一旦觉得苗头不对就用了吧。”

“帕乌，你……”

“你终于肯叫我的名字了。”战士帕乌罕见地露出伶俐笑容，在晨曦之下闪闪发亮，“只要你们尽快打倒黑革，再来治好我就可以了。我相信你的强大，仅此而已。”

“好，既然你都说到这分上了，我就收下吧。”毕斯可点点头，迅速将针剂收进怀里，以免被回来的美禄看到，“不过我马上就会获胜，只是稍微改变一下顺序罢了。如果你这样就想施恩于我，那可不能算数。”

帕乌凝视着毕斯可，露出一个甚至有点令人发毛的艳丽微笑，用手抬起毕斯可僵住的下巴，把脸凑了过去。

“你还记得第一次跟我交手时的情景吗？”她低语的声音里混杂着一丝吐息，“看到满身锈蚀的我，还说是美女的人……赤星，只有你了。”

毕斯可被这突如其来的状况吓傻，甚至无法别开目光。

“仔细看看，你确实很精悍……还长着一张可爱的脸。”

“啊？”

毕斯可忍不住跳开，接着就听见了一阵清亮的笑声。随后帕乌发动摩托，往朝阳下的子哭幽谷驶去。

“不过跟我的喜好相比，你还太嫩了！”

帕乌离去时丢下的这句话让完全被将了一军的毕斯可听得咬牙切齿。他想回嘴，但舌头还在发麻，说不出话，最终只能目送帕乌消失在地平线的另一头。

毕斯可发现身边的美禄似乎在窃笑，便心想绝对不要转过头去看，但美禄竟主动绕过来窥探他的脸了。

“喂！你干吗？！有意见吗？！”

“哈哈——毕斯可，你有女朋友吗？没有吧？你觉得我家的帕乌怎么样？”

“我才不要跟母猩猩交往。”

“你刚刚不是小鹿乱撞了？”

“没有。”

“她有E-cup哦。”

“少啰唆，你干吗突然这么热心？！”

看到芥川百无聊赖地在散步，毕斯可把脸转了过去，以免被它看到自己满脸通红的样子，并强行转移话题。

“听帕乌说，那条会飞的鮟鱇鱼好像被收容在霜吹驻扎地。虽然要绕点远路，但我们就穿过沼地前往霜吹吧，去那里夺回食锈。”

“嗯，我知道了！”

毕斯可对美禄说完便点点头，一如往常地以轻巧动作往上一跳，坐到芥川的鞍上——

却在这时滑了一跤。

他脚一软，整个人摔在了草地上。他露出无法理解自己身上出了什么状况的表情，咳嗽了好几下，还吐了好几次血。

“毕斯……可……”

在疑惑地探头看来的芥川跟前，毕斯可的双眼因为惊愕和失望而睁得老大。他没办法骑上芥川。这微小的差错明确体现了他自身体能的衰弱，让他切实体会到自己的身体已遭到毒素侵蚀。

看不下去的美禄跑过来扶起毕斯可，毕斯可先是笑了笑，然后抹掉了嘴角的血。

“嘻嘻，抱歉啦，还要你帮忙。”

“别这样说……”

“看我这糟糕的样子，也没资格吼你了。”

“才……不会！”

美禄看着快要哭出来了。为了给他打气，毕斯可拨开他的手臂，成功跳上芥川的鞍之后就把紧跟过来的他拉了上去，低声对他说：

“美禄，我没事，我很强。就跟不管受了多少伤都还是很强的熊一样。就算身体中毒了，我的灵魂依然毫发无伤。我还能感受到灵魂在我的体内脉动。”

“……”

“我们走吧。”

在迈步奔跑的芥川背上，美禄静静地倚着毕斯可，心想：

——要是说出这种话，毕斯可会不会生气呢？你替我受过多少伤，我就会成为你的护盾多少次。我会成为你的枪。就算要赌上我渺小的身体，以及内心的一切，我都会从路上的一切阻碍之中保护你……我一定会好好地保护你……

子哭幽谷的朝阳如此耀眼，让芥川身上散发出橙色的光。在阳光照耀下，两位少年脸上虽布满伤痕，却有着想要贯彻一切的崇高决心，无比美丽。

13

阳光从云间洒落，照亮了巧克力色的鲜艳泥土。

放眼望去，沼泽四处可见长满苔藓的岩石，上头铺满蕨类植物，还低调地开了几朵小花。

北霜吹湿地带避开了从霜吹中央向外吹袭的风雪磁场，保有相对稳定的气候。据说逃出永远都是冬季的霜吹的旅行商人们看到这一大片有虫子在飞的沼泽都会安心下来。有些人喜欢听人讲这类故事，觉得很有意思。

而这里——

地上有一具旅人的尸体，尸体大部分都埋进泥沼里了，无法得知此人脸上是什么表情。时而吹起的风更是微微掀动着他的外套。

一只沼猪游过泥泞，接近尸体。这只猪很谨慎，让一半身体泡在泥沼里，忙不迭地动着鼻子闻尸体的气味。过了一会儿，另一只沼猪拨开泥泞钻了出来，两者互相牵制，开始绕着猎物的周围走。

一只沼猪的尖牙不小心勾到尸体的手臂，轻轻划开了尸体的肌肉，与沼泽不甚合衬的血液香气瞬间飘出。

饥渴的沼猪们一举张开大嘴，准备扑向尸体。

突然，泥浆飞溅。

原本不动的尸体突然抓住扑过来的沼猪的利牙，一跃而起。

理应相当沉重的沼猪身体竟如棉絮一般飞舞到空中，顺势勾出一道弧线，像铁锤一样重重砸在附近的岩石上，并因头部受到重创而昏厥过去。

沼猪“噗吱”一声发出哀号，疯狂地仓皇逃窜。假扮成尸体的少年立刻伸手探向背部，抽出短弓。柔韧而强力地拉满的弓弦后面是一对散发着光芒的蓝色眼眸。

“呼！”

少年轻轻呼气，随后射出一箭。天蓝色的箭抓准沼猪跳起钻入泥沼的瞬间如闪光一般刺进其腹部，沼猪就在泥沼上打了好几个滚，身体随“啵”的声音出现裂痕。少年射出的是蕈菇毒箭，毒素瞬间扩散到沼猪全身，并以其肉体为苗床，绽放出红色的蕈菇。

少年保持着放箭的姿势稍稍静止了一会儿，接着吸了一下鼻子，用袖子擦了擦满是泥泞的脸，在那张熊猫脸上露出活力十足的笑容。

“很好！猎到两只！”

离开子哭幽谷后数日，尽管还看不出这趟旅程会有什么结局，但已经能感受到结束之日逐渐临近。

与刚开始旅行时相比，美禄明显成长了许多。不论是使弓、骑螃蟹还是自然术，他本来都具备相关的天赋，且直觉敏锐。再加上本身拥有的医术才能，就让他摇身一变，成了蕈菇守护者中的一流战士。

“这样就能好好补充营养了。毕竟最近都在吃素……”

美禄用绳子捆好打到的沼猪，将它们拖回目前当据点用的旅人小屋。从子哭幽谷回来的路上都只能吃一些植物，都没有补充到什么营养。这下总算能帮搭档好好补一补了，而这也是美禄现在最开心的事。

毕斯可的伤势不容乐观。

虽然外表看来没什么问题，但那是拜毕斯可强大的意志力所赐。他在跟重油章鱼大战一场之后就身受重伤，又为了保护美禄而被筒蛇撕裂背部，并因此感染了筒蛇带有的迟发性毒素，现在毒素仍在侵蚀他的身体。

还有黑革离去前打出的那发锈蚀弹，锈蚀正从伤口处持续扩散。连跟着毕斯可一起旅行的美禄都能够切身体会，他每动一下都会被难以承受的强烈痛楚折磨。

毕斯可一向都会心满意足地吃光美禄准备的餐点，如今他却会在半夜为了不被美禄发觉而偷偷起身吐出混了血水的饭菜。不幸的是，美禄的知觉在毕斯可的锻炼下变得很敏锐，所以他再怎么不愿意也会察觉到毕斯可的举动，并每次都为此心痛不已，充分体认到自己身为医生是多么无力。

——他会不会无聊啊？只希望他不要又乱跑就好。

离开子哭幽谷之后，美禄一直不让毕斯可做任何会造成身体负担的事，包括打猎、确保营地安全、照顾芥川等等，都由美禄自己完成，还不忘一天替毕斯可治疗四次。

但美禄也知道让毕斯可这样无所事事只会让他积聚压力，于是便把自己带来的制药机交给他，并教他贾维已经放弃指导的药剂调配的基本知识。起初毕斯可还像要上数学课的小学生一样表现得很不情愿，但一听到美禄用一副高高在上的样子说“听说所有一流的蕈菇守护者都会制药”，他就闹起了脾气，开始学习制药了。美禄确实懂得怎么掌控毕斯可的心。

事实上，毕斯可确实是菌术高手，但都表现在毒素方面了。

只要他认真学习美禄发现的调配方式（几乎都是用注音写的），他应该也能做出简单的食锈药剂。

“毕斯可，我回来了。今天我猎到两只猪了！晚上可以做烤猪哦。”

美禄强颜欢笑着往小屋里面探头，却没有看到搭档的身影。就算去洗手间或储藏室，也没有找到他。

——该不会是趁我不在的时候……

美禄顿时觉得自己血气尽失。

他丢下捆着沼猪的绳索，正打算飞奔出去的时候，背后传来了声音。

“喂喂，你还要出去吗？猎到两只已经够了吧。”

“毕斯可！”

毕斯可坐在芥川背上，一副勉强打起精神的样子。

芥川则一反冷静的常态，好像在闹别扭（虽说是螃蟹，但相处久了还是能够感觉到它表现出来的情绪差异）。

“这家伙啊，看到母的沼螃蟹就自己跑过去了。”毕斯可一副觉得很好笑的样子咯咯笑着，拍了一下芥川的头，“但因为最自豪的大螯没了，结果被甩啦。曾经风光无限的芥川大人也有这一天啊……呵呵，光靠着短小的螯，实在没办法吸引雌性青睐吧。”

芥川似乎听懂了毕斯可的嘲笑，用重生的大（中？）螯揪住毕斯可，把他扔进了美禄身后的泥泞里头。而毕斯可一边笑一边抹掉泥巴，随后回头看向脸上完全没有笑容，只是直直凝视着自己的美禄。

“我一直叮嘱你不能乱动，你为什么就是不肯听话？”

“你，你干吗啊？我有什么办法，是芥川自己乱跑的啊。你要不要也来试试连续做三四个小时的理化实验？在身体腐败之前，脑袋会先烂光的。”

“毕斯可，我很担心你。”美禄抬眼丢给毕斯可一个略带怨恨的眼神，“我还以为你自己走掉了……”

“啊——嗯？”

这时看起来有些不满的芥川跨着大步往前走，毕斯可连忙追了过去。

“等等，毕斯可，你该不会想去打猎吧？”

“芥川一旦生起气来，不让它吃饱，它就不会善罢甘休。我带它去沼泽让它抓点虾虎吃吃！”

“不可以！笨蛋！快点回来！”

“去一趟要不了十分钟啦，晚餐不是吃烤猪吗？我懒得去皮，交给你喽。”

毕斯可好像完全不在意美禄的担心，灵巧地控制着气冲冲的大螃蟹，往沼泽方向过去了。

“那个笨蛋……”

美禄咬紧嘴唇，眼角噙着泪水，目送毕斯可离去。他在心里默默决定，就算毕斯可回来，也暂时不跟他说话，然后一边盘算怎么跟他冷战，一边把沼猪拖进旅人小屋里。

旅人小屋里没有其他人，等于被美禄和毕斯可包场了。小屋角落里的电视发着光，放着东北地区唯一一个频道的影像。

美禄灵巧地用短刀剥下猪皮，茫然地用余光看着屏幕。上面在播放灰色猫咪追赶小老鼠的卡通节目，但可怜的猫咪被老鼠的奸计陷害，被捕鼠夹夹住了尾巴，发出凄厉的惨叫声。

爱猫的美禄看到这里不禁绷起脸，把手伸向电源开关，就在这时——

影像突然随着杂音闪过阵阵噪声切换了。

“呃——试音试音。喂，你入镜了，给我往后退。啊，过曝了，笨蛋，调成自动曝光……没错，外行人用自动就好。呃——抱歉，这里是忌滨县政府的官方播报，我是知事黑革。”

美禄瞬间停下手上的动作。那是他听过的声音，虽然稳重，却会让人心底发毛。

“这是给通缉犯赤星毕斯可和猫柳美禄的定时劝降通告。我想你们肯定还在收视范围内，只能祈祷你们能看到了。”

黑革边说，边站到画面中央，先干咳了一下，接着整理好领带。

“猫柳小弟，你姐姐虽然是个美女，但很笨，看样子完全没想过我会盯死赤星老头……虽然她大闹了一场，但一旦人质被枪指着，她强悍的棍法也没有用武之地了。”

黑革把上头绑了人，形似十字架的物体拉到镜头前面。美禄看到那上面的轮廓，无法别开目光，甚至在喉咙深处发出了不成声的悲鸣。

“虽说笨蛋的特征之一就是很会打架，但这女人应该就是太笨了，所以才这么强。要是她真的想，她应该可以轻松打烂我的头……但神奇的是，她好像很在意蕈菇守护者老头的性命，你们本来是敌对关系吧……喂，你应该有话想说吧？”

麦克风送到帕乌面前，她却别过了脸。她的嘴角淌着血，手指看上去也受了刑，肿到了惨不忍睹的程度。她全身上下都有让人不忍直视的拷问痕迹。

“怎么，没有吗？真奇怪，不应该是这样啊……”

黑革边说边抓起放在熊熊燃烧的骨炭火炉中的烙铁，毫不犹豫、毫无预警地直接隔着内衣将它按在了帕乌的侧腹上。

“啊啊啊啊啊——”传来的凄惨叫声狠狠冲击了美禄的心。黑革脸上没有任何表情，只是淡漠地问帕乌：

“我说，你真的不想说什么吗？应该有吧，快想一想啊。”

“美……禄……”

“哦哦，太好了，果然有嘛。”

“跟赤星一起逃走……我一定会让贾维老爹顺利逃脱！别管

我，如果是赤星，如果是他，一定能让你……啊啊啊啊——”

“出现啦，临时发挥。你不照剧本演，我会很伤脑筋的。”

“黑革是人渣！忌滨是腐败的坩埚，不是你们应该生活的地方！”

“你真的很烦啊。拜托你照剧本写的来做好吗？我也不想毁了美女的脸啊。”

黑革说着，把烧焦的烙铁凑近帕乌没有被锈蚀，仍光滑细嫩的半边脸颊。帕乌重重呼了两三口气，低垂着头，接着扭起嘴角，低声笑了出来。

“照剧本来？哈哈，你真的觉得赤星会照你的剧本死掉吗？你连我这个锈得这么严重的女人都搞不定……”

“你再说试试……”

“该逃走的其实是你啊，黑革。”

浑身是伤的帕乌用充满挑衅意味的眼神直直盯着黑革。

“赤星很强。他会毁了你的那些小算盘，并且杀了你。”

“闭嘴，臭女人！生锈的母猪，给我去死，去死！”

阵阵拳头声传来。

声音持续了很久，直到帕乌连闷哼都发不出来的时候才总算停了下来。

黑革重重喘气，一边发抖，一边抓起桌上的药瓶，胡乱将药丸倒进嘴里咬碎，喝水吞咽，才总算恢复平静。

“呼……呼。这女人也太夸张了，竟然这么轻松地说出会让我无法安眠的话……啊，喂，你看我的袖子，沾到血了……唉，这件可是阿玛尼的啊。算了，这女人就是这样，真的不得了，不论是你们的所在之处，还是‘食锈’的真面目，她都没有说。”

随后黑革在镜头前面取出闪耀着橙色光芒的针剂，用指甲“叮”地弹了一下。

“这东西真的很棒。猫柳，你知道食锈真正的秘密吧？毕竟那点微弱的效力，实在称不上梦幻蕈菇啊……”

这时黑革压低声调，将黑色双眼贴近镜头，低声嘀咕：

“这个月底的星期天，哦哦，竟然是个大吉大利的日子。我会在那天杀了这个女人。你懂的吧？交换条件是……一，食锈药效的真面目；二，你身边那个红发小混混。你就拿这两样来换姐姐吧……哦哦，对了，把我珍藏的漫画也送你吧！有《火之鸟》，还有《灌篮高手》。啊，不过这个只到第九本哦……什么，要结束了？真没意思。事情就是这样，麻烦你跟搭档下次来忌滨自卫团的霜吹驻扎地约下会喽。拜托你们快点来吧，我都特地来这个一点娱乐都没有的霜吹出差了。在你来之前，我会插播好几次特别节目哦，记得要快点来啊。就先这样吧。”

14

“美禄！抱歉，芥川一直吃鳝鱼吃个不停，不过它现在心情可好了。我也想分一点猪肉给它吃，可以吗？”

“毕斯可，你回来啦。”冷静沉着到不自然的声音从旅人小屋里传来，“当然可以，我会顺便弄好芥川的份。”

“嗯？”

毕斯可原本想跟心情不好的美禄道歉，但美禄这样的态度让他觉得有点奇怪。从小屋飘出来的炖猪肉的香味让他暂时忘记了身体的不适，整个人被吸进旅人小屋里。

“哦哦，你弄了炖猪肉啊。”

“嗯，因为沼猪油脂丰富，对你的胃负担太重了，我就尽量只挑了瘦肉来炖。”

“猪肉就是要肥才好吃啊，何必顾虑这个……”

毕斯可满脸笑容地看向美禄，这才发现他的异状。

美禄脸色苍白。

“咦，怎么了？”

美禄强行装出来的笑容非常别扭。他原本白皙的肤色变得无比铁青，甚至到了白里透蓝的程度，看上去就要止不住地发抖了。

毕斯可稍微眯了眯眼，用碗盛了一点炖煮的汤汁含在嘴里，接着往地上吐了出来。

“你放了眠菇吧？”毕斯可的严厉目光射穿了美禄，却无法完全隐藏眼底深处对美禄的担忧，“你这是怎么了，为什么要做这种事？”

“毕斯可，拜托你，听我……”

“是帕乌吧。”

在这种时候，美禄真忍不住想要咒骂毕斯可的野性直觉。

“他应该是做了什么让你脸色发白的事情……以此引诱我们出去吧？”

毕斯可看到美禄低着头不回话，就确定自己推论正确，抓起外套准备出去。

“如果在附近，应该就是霜吹驻扎地了吧，我知道在哪里。我会让黑革彻底后悔，好好见识一下自己对谁做出了怎样的挑衅。他在帕乌身上留下多少伤，我就往他那多话的舌头上插多少支箭。”

“毕斯可！不可以，拜托你等等！”

“美禄，你到底是怎么了？她是你姐姐啊！还有闲工夫让你怕成这样吗？！”

“我是……在叫你不要去！”

两人站在旅人小屋前，一阵风吹过，掀起了他们的外套。

美禄低着头，对双眼睁得老大、说不出话的毕斯可说：

“我是医生啊……你以为我不知道这段时间你有多痛苦吗？我知道你的伤势因为毒素影响一直在恶化，也知道你为了保护锈蚀掉的腹部没法全力踢腿，还知道你的视野已经模糊不清，现在根本就是凭直觉在射箭。这些我全都知道。”

“……”

“跟帕乌和贾维相比，你才是更严重的病患啊！你真的只是凭着一股意志力站在这里而已。你用这样的身体去赌命，怎么可能回得来？！”

“那又怎样！不管怎样，那都是我的命，你有什么理由这么关心我？”

“当然是因为我们是朋友啊！”

美禄那足以叫破喉咙的大喊如一阵强风般袭来，直击毕斯可的心。

“理由什么的，当然有吧。我跟你之间怎么可能没有？！”

美禄止不住的泪水不断滴落在鞋子上，他以颤抖的声音继续说：

“我不想让你……不想让我最重要的朋友死掉，这不是……理所当然的事情吗？！”

又有一阵风吹来。

毕斯可先闭上眼，静静舒了一口气，转而毅然决然地面对美禄。

“这句话……”翡翠色双眼凝视着仿佛在求救的美禄，温柔又残酷地说，“我要一字一句地奉还给你，美禄……我也是因为这样才不能让你死掉。”

“毕斯可！”

“你比我更有才华……是大家所需要的人，今后一直都是。”毕斯可最后瞥了美禄一眼，甩动外套并转身，“就算要死也是我先死。你待在这里……我很快回来。”

“毕斯可。”

一股不寒而栗的感觉抚过毕斯可的脖颈，他不改锐利的眼神，缓缓回过身去。

美禄已拉满了弓。

蓝色双眼带着坚决的意志盯着毕斯可。

那里面没有怯懦，没有恐惧，是已然赌上自身性命的战士架势。

“美禄，你是认真的吗……”

“毕斯可，即使要赌上我的一切，我也不会让你走。”

“你明明是——”毕斯可缓缓说着，转身面向美禄。他的双眼渐渐填满闪耀的战士之光，换上了“食人菇赤星”的眼神。

“美禄，你是最清楚我的实力的人，应该也知道对着我拉弓代表着什么吧。”

“我知道。”美禄没有被化身恶鬼的毕斯可的霸气压制，甚至露出有些压抑的眼神说道，“但是你没有教我，要怎么败给一个快死的病人……”

毕斯可先闭上眼，接着倏地张开。以此为信号——

咻！咻！

两支箭在两人之间彼此碰撞，粉碎了彼此的箭镞。两人边跳跃边放出的第二、第三箭，箭从相对角度飞行碰撞，被弹到左右两边。

两人瞬间冲进短刀能砍中对方的距离，交手两回合后，毕斯可将弓当成棍棒高举挥下，美禄则闪身到他眼前，以手中的弓往上一挑，顶端直接命中毕斯可的心窝。

“咳！”

——接着用麻痹菇……

美禄用抹了麻痹菇毒的短刀袭向瞬间无法动弹的毕斯可，但毕斯可在飞快转身躲开的同时用额头重重撞上了美禄的脸。

“啊！”

“你还早了十年！知道了就乖乖地……咳！”

美禄右拳一挥，重重打在喘着粗气，话说到一半的毕斯可的嘴上。

毕斯可惊愕地睁大双眼，视野中的美禄即使嘴角被鼻血染成了一片红也直勾勾地瞪着自己。

“该乖乖听话的是你啊，毕斯可！”

“有本事就来啊！”

毕斯可一记猛拳揍在美禄脸上，美禄死命让昏沉的脑袋振作起来，用尽全力回敬在毕斯可的鼻梁上。两人用拳头殴打对方的脸庞，纠缠在一起滚倒在地，尽管浑身泥泞，仍不忘持续对打。

毕斯可一脚踹开骑在自己身上挥拳的美禄，美禄轻盈的身体就这样在沼泽上打了好几个滚。

两人摇摇晃晃地在泥地上起身，凝视着彼此已经满是鲜血的面孔。看着不管怎样痛殴，仍燃烧战意扑向自己的美禄，毕斯可感觉到自己内心涌上了一股热意。

“我绝对不会让你跑掉！”

“你这家伙！”

美禄捡起麻痹菇短刀，让蓝色眼睛绽放出光芒，带着一声怒吼如子弹般朝毕斯可冲去。

毕斯可知道自己应该无法手下留情，但他的脑袋被揍得昏沉，比起理性，还是条件反射动作更胜一筹。他转身闪开，以令人根本看不出他身受重伤的敏捷动作使出了一记旋风般的回旋踢。他这必杀一踢重重打在已杀到眼前的美禄侧腹上，把他砸在地上。

“嘎啊！咳哈！”

——糟了！

肋骨骨折的感觉传来，毕斯可瞬间血色尽失地回过神来，迅速冲到痛苦的美禄身边。

“美禄！”

“对、对不起，毕斯可。”

“别道歉……刚刚那几招很猛啊。来，我们一起走吧……”

“毕斯可，对不……起，抱歉……”

那时某种东西刺进脖子里的触感。

在毕斯可理解发生什么事情之前，他的膝盖直接颓软了下来，无法抗拒的强烈睡意瞬间向他袭来。

“美……禄……”

眼前的美禄手握针筒，血流如注的美丽脸庞因为痛哭而扭曲了。

他在说话，但毕斯可已经听不见他在说些什么了。

——别露出这种表情啊。

毕斯可想这样对美禄说，却没能顺利发出声音。不久他就像被涌来的黑暗吞噬一样失去了意识。

15

作为忌滨支援霜吹县开发计划的一环（当然是单方面强推），霜吹驻扎地是由忌滨派遣自卫团出差驻扎的据点，每年都会从自卫团里选出几人派遣过来，任期三至五年。当然，团员不可能自愿来这种冰天雪地执行任务，因此这里在自卫团内部也被戏称为流放岛。

这里有两栋以水泥随意打造的兵舍，约有二十个房间，除此以外还有武器库、粮食仓库，还有中间一栋规模略大的综合办公大楼，旁边则有两座只能算是摆设的高射炮。驻扎地的规模大概就是这样了。

在办公大楼的某个房间，在骨炭暖炉发出的橙色火光之中，两个人隔着桌子面对面坐着，玩着手中的卡牌。

“好，我出这张‘烈焰铁鎚’，然后直接攻击你的生命值。呵呵，怎么样，你要怎么防御啊？”

“是我输了。”

“喂，喂喂，不该是这样的吧。我看看……你不是有‘黄铜盾牌’吗？可以用这个防御啊，之后再用这张‘深绿新木’把我的……”

“是我输了。”

“够了，没意思。”

黑革丢开卡片，往前伸脚踹倒了对面的黑西装男人。

那个黑西装男人有着奇异的外貌，他的头皮、眼珠、耳孔都长着无数细细长长，在往上方伸展的蕈菇。他身上没有一丝生气，只是呆呆地张着嘴，等黑革下达命令。

“这家伙已经不行了，一个人要是没有幽默感就完了……喂，有没有其他人可以陪我？除了叠叠乐以外我都可以玩，我最不会玩那个了。”

暖炉的火光晃了晃，一道人影从窗户伸了进来。

黑革坐在椅子上看了那道人影一眼便满面喜色地说：

“哎呀，哎呀呀，我等你好久了。你会玩‘灾难宝石’吗？这些家伙都太没意思了。别担心，我会帮你准备好卡组，就用我的……”

“你把帕乌藏到哪里去了！”

那人有着天蓝色头发和遮住左眼的黑色胎记。

美丽的蓝色眼眸熊熊燃烧着复仇之火，拉满的弓没有丝毫颤抖，直直瞄准了黑革的脑门。

——哦？

眼前的美禄毫无破绽，让人无法把他和过去的他联想在一起，黑革不禁露出佩服的神情，愉快地勾起嘴角。

“猫柳，看来你被那个小混混调教得很不错嘛，现在很像样了哦。”

“敢小看我，我一定会让你后悔！”

“啊，喂，等等、等等，别射。我当然也不想死啊，但你不觉得不公平吗？你先拿出你的筹码，然后我再带你姐姐出来，这样才有诚意吧？”

美禄没有大意，保持原来的姿势瞄准黑革，接着压低声音说道：

“……如果你想知道食锈的秘密，却没有现成的食锈，就没什么好说的。”

“医生所言甚是。喂，拿过来。”

黑革一声令下，黑西装男人就拿了一把食锈过来。那自然是还没有因蕈菇守护者的血液产生变化的原生食锈。

美禄谨慎地环顾了周围一圈，走近食锈，然后从怀中掏出装满白色孢子的试管，缓缓将红色药水加入试管之中。

“食锈本身的这个状态就跟睡着了一样，必须与其他素材混合之后，才会真正觉醒……并发挥效果。”

“原来如此，真不愧是忌滨的首席名医。所以说……那粉末是什么？”

美禄没有回答。他往粉末倒进药水之后过了四五秒，一股肉类烧焦的气味便突然从眼前的试管里猛地扩散开来。

“这是……菌术！杀了他！”

瞬间白烟升起，填满了房间。美禄从想要抓住自己的黑西装男人们头顶上跃过，迅速以弓箭收拾了三四个人。

“不过就是个医生小鬼，什么时候当起蕈菇守护者来了！”

“黑革，你太小看我了……我会在这里收拾你！”

这是让麻痹菇的孢子直接在空气中发芽的必杀菌术。

美禄已事先调配出这种麻痹菇的抗体成分，并将其用在自己身上。这是具备了菌术与医术两种技术的他才能运用的舍命战法。

吸入烟的人撑不过几秒，鼻子或耳朵里就长出了白色蕈菇，最终颤抖着倒在地上。勉强挺过毒素影响的几个人也被美禄用弓柄打飞，再也无法动弹。

“你这家伙，我只是对你好一点，你就造反了？”

“这是把欠你的还给你……包括帕乌的份、普拉姆的份，还有毕斯可的份！”

美禄用麻痹菇短刀打落黑革打着战举起的手枪，接着迅速回刀两下，连西装一起割开了黑革的胸膛。

鲜血溅到美禄白皙的脸上，黑革怒吼般的惨叫响彻房内。

美禄一个转身，砍倒想要保护黑革而从背后杀过来的两个黑西装男人，确认过这是最后两个便调匀紊乱的呼吸，对身后的黑革说道：

“麻痹菇的毒素马上就会让你的心脏停止跳动，只有我能够治疗。如果你不释放帕乌和贾维——”

咚！一道声音突然响起。

一个坚硬的物体随着某种沉重的触感穿过美禄背部，深深贯入他的右胸。

某种火热的东西从喉咙深处窜出。

那东西不断在美禄口中积聚，最终满溢出来，将跪倒在地的他的膝盖染成一片红。

——是……箭吗？

一支细箭的箭镞从美禄右胸突出。

剧烈的痛楚打乱了他的思绪。每当他急促地呼出一口气，血就从喉咙飞散溅出，洒在地板上。

“给麻痹菇增添爆破菇的发芽特性，使之爆炸。应该每个人都想过这一步，不过没有人会这么做。因为不戴上防毒面具就没法防范这种毒气了。”

“咳……”

“你做了疫苗对吧？哎呀，猫柳，你真的很了不起。我以前也想过同样的事……假设我没有像你这样预先做好麻痹菇的疫苗，那该怎么办呢？我光是想想就浑身发毛了。如果是那样，不用等赤星出手，我就要先被你干掉了。”

黑革大步来到美禄面前，慎重地戒备着，稍稍与他保持距离。

他从怀里掏出紫色针剂，将它插在自己的脖子上，短短低吟了一声。被美禄割开的伤口瞬间止血，并慢慢地开始重生。

“为……什么……你会用菌术……”

美禄努力挤出力气抬头，看到黑革手中握着漆黑短弓。黑革摸索着箭筒，搭上另一支箭，瞄准美禄。

“为什么？这还用问？”黑革的黑色眼睛和嘴角都扭曲了，勾出一个邪佞的笑，“因为我是蕈菇守护者啊。”

黑革边说边放出的箭被美禄的短刀“铿”一声击落，美禄顺势一蹬地板跃起，如一阵旋风一般用手中的短刀袭向黑革的喉咙。

然而他的右手在黑革的喉咙跟前停下，就好像整只手臂瞬间被冻僵了一样。瀑布般的汗水和从口中溢出的血不断从他的下巴滴落，他将全身的力量灌注在手臂上，但短刀还是在差一步的距离停下，无法刺中黑革的喉咙。

——他下了毒！

“有一种蕈菇……叫纺纱菇。”黑革以略显冷漠的眼神凝视着美禄睁大的双眼，平淡地说道，“这种蕈菇毒诚如其名，能通过植入我脑内的芯片向生长在你的肌肉上的蕈菇传送电子信号，让你按我的想法做……就像个玩具那样。”

黑革把玩着随意取出的小型终端机，美禄的右手便缓缓放下，最后将刀尖顶在自己的喉咙上，扎出了些许血滴。

“唔……啊！”

“这技术很不得了吧？虽然都没有人欣赏……我那些倒在地上的棋子也都是用这种方式打造的。那些蕈菇守护者却说这么方便的技术不人道，不愿意认同我。”

黑革朝美禄甩了甩终端机，然后像在思考什么似的绕着房间打转。只有暖炉内燃烧骨炭的声音，以及美禄小小的喘息声在房内回荡。

“猫柳。”黑革缓缓端起美禄的下巴，直直地看着他的脸庞说，“我很尊敬你，那我也把我的盘算告诉你吧。首先，老实说，我对食锈的药效并没有兴趣。我只是想要独占它……你知道现在日本所有行政机关都在拿什么收入来源来安排财务预算吗？”

“……”

“没错，就是政府配给的锈蚀病针剂……世界与金钱，都是围绕着锈蚀病人想要延续生命的需求转动的。要是这时你一手打造的梦幻新药横空出世，拯救了可悲的人们，那像我这种靠捞油水过活的坏人会怎样？当然会觉得头疼吧？”

“你这……人渣！”

“哦——很好很好，你恢复活力了嘛。不这样就不好玩了。”黑革看着渐渐找回怒气，正压抑着痛楚挣扎的美禄，开心地笑了，“只要真正的食锈针剂掌握在我手中，我就不再只是中央政府的棋子，也不是方便好用的坏蛋知事了。忌滨将因为坐拥食锈，获得跟中央政府同等，甚至在那之上的交涉实力……哎呀，抱歉，说工作的事情很无聊对吧？也罢，既然都这样了，我也不要赤星的首级了……你交出一个筹码就好。告诉我，食锈要怎样才会发生变化？”

“你是想彻底猎光吧……”

“你只要回答我的问题就好！不然我就让猪生吞你！猫柳，给我说！”

美禄拼命咬着牙，压抑不住颤抖的身体，灌注所有意志力狠狠瞪向黑革。他脸色微微发青，但态度依然坚决，充满即使奉献生命也在所不惜的傲气。

这样的态度惹怒了黑革。

“你竟然跟你老姐一个态度……”

直到目前为止都表现得游刃有余的黑革竟因烦躁扭曲了嘴角。他举起自己的弓，朝美禄的头用力拉满弦。

“那就让你变成我的玩偶吧。只要往你脑内注入毒素，或许你就会乖乖交代了。”

美禄紧紧抿嘴，直勾勾地盯着箭。他不认为自己做错了什么，但唯独……只能用这种方式和最重要的朋友道别，令他感到无比遗憾。

——毕斯可……

美禄闭上双眼，希望能在最后尽量记起毕斯可的身影。

轰！

这时一道巨响传来，某种东西冲破墙壁，径直冲进了房里。

那玩意儿从侧面将黑革射出的箭折弯，给墙上的暖炉开出一个大洞，让外头的风雪吹入房内。

是一记猛箭。

而不论美禄还是黑革，都只认知一个可以射出这样刚猛的箭的人。

“在你再朝美禄射一箭之前……”红发男子踹开崩塌的墙壁钻进来，他身上的外套被风雪吹得不停翻飞，“我就能把你射成刺猬。但你要是愿意现在交出美禄，我可以网开一面，只打断你所有的牙齿。”

“毕斯可！”

“夜礼服假面出现啦——”

黑革带着美禄从未见过的，夹杂着兴奋、喜悦和恐怖的表情介入美禄与毕斯可之间。

“赤星，你的脸色比之前还糟糕啊。我远远一看就知道你中毒了哦。”

“那又怎样？难道你想说沙丁鱼可以战胜受伤的鲨鱼吗？”

毕斯可显得毫不在乎地扭动脖子。

虽然他的脸色确实有些发青，但眼神绝对没有萎靡，仍闪耀着翡翠色光芒。从旁人的角度看，实在很难相信他的身体正被毒素侵蚀。

黑革黑色的双眼因兴奋而扭曲。

“现在，如果是现在的你，我或许可以打赢……可以正面挑战最强的蕈菇守护者……”

“你那黑眼圈是怎么回事啊？你就这么讨厌我，讨厌到都没法好好睡觉了吗？”毕斯可傲慢地笑了，“我才不管你有什么理由，要恨就尽量恨。但我很快就会忘了你。”

“你这家伙……

尽管搭档成了人质，毕斯可仍显得游刃有余，这种态度让黑革不禁呻吟。无法掌握主导权的焦躁，差点成了对食人赤星的恐惧，并且膨胀壮大。黑革只能紧紧咬牙，强行将它压下。

“如果我说这十年来，蕈菇守护者遭到迫害的原因都出在我身上，你会怎样？”

尽管浑身流满汗水，但黑革还是勾出一个笑容，丢出最有杀伤力的发言。

“如果我说，将蕈菇会散布锈蚀的谣言流传到全日本的人就是我，把蕈菇守护者出卖给国家，践踏没有任何罪过的你们，借此吃着美味餐点的元凶就是我，你会怎样？这样我还不足以被你放在眼里吗，赤星！”

美禄感到心脏被紧紧掐住，旁观两人较劲，接着将目光移到毕斯可身上。

毕斯可的表情没有任何变化。

过了好一会儿，毕斯可才摆出一副因吹进来的风受凉的样子吸了吸鼻子，带着些许鼻音满不在乎地说：

“这样啊，多谢你告诉我喽。”他抬起下巴，嘲笑似的张嘴，露出尖锐的犬齿，“我差点就在不知情的状况下，顺便报仇雪恨了呢。”

“赤星——我要把你的头做成标本！挂在墙上当装饰！”

黑革没等毕斯可说完就举起了弓，即使如此，毕斯可还是快了一步。毕斯可的箭就像真空钻头一样挖开空气一路前进，一举从肩膀位置打断了黑革的整只左手臂，然后直接贯穿房间的墙壁。

“啊啊……啊啊！”

“你满意了没？黑革，你这样还觉得可以赢过我吗，啊？怎样啊，喂！”

“毕斯可，快躲开！”

沉重的触感袭向毕斯可的右腿。

毕斯可一听到美禄的提醒就躲开了，但这一箭是猜到他会这样做才射出的。

“啊，啊……啊啊啊啊——！”

美禄颤抖着大叫，仿佛世上所有恐惧都降临到他身上的。

贯穿毕斯可腿部的，是他自己射出的箭。

是纺纱菇在搞鬼！

毕斯可本来就不是会因为一箭而退缩的男人，他迅速调整姿势打算重新起身，却因为右腿上的不适感而失去平衡，跪倒在地。

此时另一支箭插在了他另一条腿上。

美禄凄惨的呐喊响彻被风雪吹袭的房内。哭得稀里哗啦的他就这样摇摇晃晃地起身，站到黑革跟前，挡住毕斯可，令他无法攻击。

“你射出的箭……真是了得。”黑革气喘如牛，倚靠着美禄，按着他的肩头说，“还好是已经断过一次的手臂……如果这不是义肢，我就死定了。”

“你这家伙，让美禄射了什么箭！”

“赤星，你之前不也中过了吗？”黑革偷偷摸摸地躲到美禄背后，“锈蚀箭啊……浓缩了锈蚀之风毒性的箭。虽然它的价钱跟子弹一样贵，但也没办法，因为我不觉得纺纱菇会对你有用。”

正如黑革所说，毕斯可的大腿和膝盖已连长裤一起被龟裂的锈蚀覆盖僵化，夺走了他的行动力。就算想射箭，也因为美禄挡在眼前而无法出手。

“唔哦哦……天啊，好可怕……你看看他的眼神，真不知道他还有什么秘密招数……猫柳，再给他一箭……我想想，这次就打在……肚子上好了……”

“唔哇啊啊啊啊！住手，住手，别让我伤害他！不要，不要不要啊啊啊，住手，拜托你，不要让我……不要让我射箭啊啊啊——”

黑革动了动终端机，美禄便以毕斯可教导的标准姿势拉满弓，指向毕斯可。黑漆漆的锈蚀团块在箭的尖端蠢动，散发出令人反胃的臭气。

“喂喂，猫柳啊，你说不要让你射箭？你又不是小孩子了，这是求人的态度吗？而且是求我这种高官哦。该怎么说才对？”

“黑革先生……求您不要让我放箭……”

“你该学着动画里的人，说‘黑革大大，拜托不要让我射啦，啾咪’才对。”

“呜……呜呜……黑……”

“时间到。”

“咻”一声射出的箭就这样刺穿了毕斯可的侧腹，那是他原本就受了重伤的位置。鲜血从毕斯可口中喷出，溅到远处的美禄脸上，与他的泪水混在一起。

“呜啊啊！啊啊！”

“怎么，你很伤心吗？又没法咬舌自尽？这是当然，因为我就是刻意这样打造的……猫柳，自杀很愚蠢哦。你看赤星，不也卖力地活着吗？”

“拜托了，不要攻击毕斯可。你要怎么对我都没关系，就算把我大卸八块拿去喂猪也可以，但请你放过毕斯可……我、我求你了……”

“既然这样……猫柳啊，你不是有王牌吗……告诉我食锈的秘密。”

“美禄……不能说！”

“猫柳，快说！不然我让你下一箭就射穿搭档的脑门！”

美禄拉满了手中的弓。

他已经哭得惨兮兮的脸上又滑过一道新的泪痕。

“是蕈菇守护者的……血液。”

“美禄！”

“把纯正蕈菇守护者的血液跟食锈混合之后……食锈就会恢复应有的药效，变成能够溶解锈蚀的蕈菇……”

“你做得很好。”

看着毕斯可咬紧嘴唇低下头，美禄又不断流泪。

和刚才因为恐惧流的眼泪不一样，这是充满惭愧与悔恨的泪水。在这短短的几分钟内，美禄已经把他平稳温柔的内心所能承受的泪水都流光了。

“然后呢……猫柳啊。”黑革站到美禄身旁，窥探他的脸庞，然后才用有些愧疚的语气说，“你……应该明白吧？我不可能就这样让你们两个活着回去……这也是正常的吧？因为你们这么危险……要是放了你们，总有一天我会被反杀的。我怎么可能放这种人活着呢？”

“呜……”

“那就好。猫柳，这是我给你的礼物。我会经你的手干净利

落地杀死赤星，不让他感受到丝毫痛苦。这真是美好又悲伤的电影场景。来，拉满弓……”

美禄以朦胧的泪眼凝视着毕斯可。

黑色箭矢对准毕斯可的脑门，紧紧拉满了弓。

但毕斯可的眼神——即使全身遭到锈蚀，仍没有丝毫畏缩的绿色光芒缓缓在坠入绝望深渊的美禄心底点起了温暖的火。

——美禄。

那双眼睛仿佛如此诉说着。

——射吧。

美禄的心原本已经几乎因为黑革的陷阱而彻底绝望，此时突然灵光一闪。黑革感受到覆盖美禄全身的些许生气，不由得露出狐疑的神情。

“喂……你等……”

箭矢朝毕斯可的脑门射出，但就在命中的前一秒——

与美禄心灵相通的毕斯可一个转身，用牙齿咬住飞来的箭镞，然后顺势扭转身体，像扔回旋镖那样用嘴将锈蚀箭甩了回去，将黑革的右眼连太阳穴一并贯穿。

“嘎啊啊……啊啊啊——”

黑革按住不断喷着血的右眼痛苦大叫，但他内心的偏执还是没有让他放下手中的终端机。

他一边从喉咙挤出怒吼声，一边以几乎要捍碎终端机的力道按下上头的开关，美禄随之放下手中的弓，抽出短刀，准备割开自己的喉咙，让刀尖刺进皮肤。

“美禄！”

铿！金属碰撞的声音响起，黑革手中的终端机被一道闪光弹开了。

之后又连续亮起两三道闪光，它们追着转身逃跑的黑革而去，刺在地面上。白色蕈菇像气球一样从中生出，遮住了黑革的视线。

“这箭是……”

“毕斯可，快逃！这里已经被那家伙的手下包围了！”

“贾维！”

毕斯可看见甩着外套冲进房内的师父身影，不禁大叫。

贾维迅速将小小的药箭射到美禄身上，美禄的身体就像断线一样瞬间虚脱，总算摆脱了有如噩梦的纺纱菇诅咒。

“啊！哈啊！呼……贾，贾维，谢谢你！”

“黑革这家伙，尽是研究这种不人道的技术……但还是比不上老夫的菌术呢，哟呵呵。”

美禄抓着露齿而笑的贾维问道：

“贾维！我姐姐……帕乌！她不见了，也没有任何线索。”

“那是当然，因为老夫已经救出她了。以为老夫解不了纺纱菇毒，这黑革也是太嫩了。”

贾维说罢，看到刺在毕斯可膝盖上的锈蚀箭伤痕，忍不住深深锁眉。

“不过，锈蚀箭真的无计可施。膝盖是毕斯可的翅膀，小子，你一定要治好它，让它复活啊。”

“是！”

“叫我们快逃……那你呢？贾维，你想干什么！”

贾维搭起箭，骨碌碌地转着那圆滚滚的大眼睛，对两人咧嘴笑道：

“没人殿后怎么成？老夫留到最后再走。而且呀……”

房间不知不觉间已被从通风口和地板下涌出的一群黑西装男人占据，渐渐缩短与戒备着的三人之间的距离。

“我还得跟黑革好好道个谢呢。看到自己的小孩伤成这样，有哪个父母会默不作声？”

“贾维！”

“快走！”白须老人一声喝令，以猴子般轻巧的身手在房内跳来跳去，射出必中之箭，清除不断涌出的人。

美禄抱着不断大叫的毕斯可冲出建筑物，在风雪之中卖力狂奔。

贾维没能收拾掉的人纷纷架起弩箭，对准跑远了的美禄一齐放箭。其中一支箭命中毕斯可，贯穿了他的肩膀。伤口很快发出清脆的声音，化为锈蚀。

美禄重新抱好毕斯可，拼命奔逃，就算感觉到自己的背部中了一两支箭也完全不觉得痛。他一边流着血，一边咬紧牙根，踏破雪地不断向前奔驰。

此时巨大的橙色甲壳冲破雪地冲出来，并把一对大螯当成铁鎚挥舞，用力打在雪地上。上气不接下气的美禄趁着敌人被冲击打飞把毕斯可放到鞍上，自己也挤出最后的力气抓住鞍。感到两位主人来到背上，芥川便抓准时机扫除抓着自己的敌人，在雪地上飞奔而去。

“……毕斯……可……你的手臂……中箭了……”

“混蛋，你比我惨多了。别说话……我现在就帮你提提神。”

虽然毕斯可的伤势很严重，但美禄的背部也跟针山没两样。幸好由弩射出的箭本身威力不大，但这些锈蚀会缓缓侵蚀美禄白皙的皮肤，毫无疑问会将其变成一片锈蚀。

“喏，这是薄荷菇，不能直接吞哦，要细细嚼碎……”

“毕斯可……”

“怎么了……痛吗？”

毕斯可拍了拍在风雪之中因为堆积了白雪而晃动的天蓝色头发。

美禄勉强动起冻僵的嘴唇：

“不要死……”

毕斯可在奔跑的芥川身上轻轻笑了，不明来由的泪水稍稍从眼角涌出。夜晚黑暗而漫长，太阳应该还得花上一段时间才能从地平线升起。

16

柴火燃烧的“啪吱啪吱”声传进耳里，闪烁的亮光照进眼皮底下。美禄一个翻身想要更贴近营火，再浅睡了一会儿才整个人吓得弹了起来。

“哦——喂喂，别起来啊！我才刚帮你包好绷带。”

“毕……毕斯可，你在哪里？在那边吗？啊、啊，我的……眼睛……”

美禄睁开眼后，因眼前一片白的景象而战栗，颤抖着捂住脸。这时粗糙的手掌按住他的肩膀，让他再次躺下，美禄则以稍稍颤抖的手紧紧回握对方。

“对、对不起，毕斯可，我看不见，眼前一片白……”

“笨蛋，别因为这点小事就抖成这样。你只是眼睛被锈蚀伤到了，但只要药剂生效，很快就会恢复。”

“是指……针剂？”

毕斯可握起美禄白皙的手臂，确认他的脉搏已经平稳下来便将食锈针剂注射到他的血管之中。滚烫的药剂混入血液的感觉令美禄发出呻吟，后来才总算颓软下来，倚着毕斯可，平静地呼吸。

“在跟黑革对峙的时候，我尽量多捡了一些散落的食锈回来。既然连我都有办法调配成功，就代表你的课没有白上了。”

“原来是你调配的……毕斯可……毕斯可，那你有注射针剂吗？不行，应该是你要先注射才对啊……”

“我早就打过了，轮不到你操心。”

“真的吗？”

毕斯可抓住美禄在空中乱挥的手，让他摸摸自己的脖子。

手上传来血液流经肉身的触感，美禄便把积存在肺部的气息全部呼出来，总算稍微冷静了一点。

毕斯可就这样让美禄摸着自己的脖子，静静等他平静下来，然后留意着不让他碰到一旁已经锈蚀的肩膀，轻轻放开手。

其实根本没有什么新调配的针剂。

成功回收的食锈全都成了锈蚀箭的肥料，收在芥川行李里的干牌制药机也被弩箭彻底毁了。唯一留在手边的，只有帕乌托付给毕斯可的那一支针剂，而这一剂也刚刚经毕斯可之手注射给了他的搭档。

毕斯可想添些柴火，正准备起身就被美禄出人意料的强大力量拉住了。他傻眼地回头，就看到美禄一脸不悦地用双手抓着自己的手臂。

“你的搭档这么虚弱，就不能对我好一点吗？”

“还要怎么对你好啊？我都帮你拔掉箭，还包好绷带了。”

“陪在我身边。”

可能是眼睛看不见真的让美禄相当不安，他以前所未有的强硬态度拉住毕斯可，两个人一起倚靠在粗糙的岩石上，只有柴火燃烧的声响在洞窟内回荡。

“你在生气吗？”

“气什么？”

“你一定是在生气吧。如果我不擅自行动……就不会输得那么惨了……”

“没错，你这笨蛋。如果两个人一起去就是能随便应付的对手了……但我没有因为这样就生气。”

“你没有生气？”

“如果我跟你立场对调，我也会这样做……既然我们两个都还活着，就只是两败俱伤，我们还没输。”

“……”

“……”

“不知道贾维……在那之后怎样了……”

“那老头就是运气好，应该能顺利逃走吧……我猜啦。”

“他说他救了帕乌呢。”

“嗯，你姐也是够扯的，只要给她一根棍子，就不可能再被抓回去了吧。”

“这样啊……”

“……”

“毕斯可，你真的不打算跟帕乌交往看看吗？”

“啥？”

“她那么漂亮……而且你应该喜欢那种身材的女性吧？”

“那家伙全身都是肌肉吧，总之我才不要跟母夜叉交往。”

“毕斯可，你误会了，她可是很顾家，很有奉献精神的哦……是因为你没什么交往经验，才不懂她的好吧？”

“哦？说得你经验好像丰富似的！”

“是很丰富啊。”

“呃……”

“不过我想帕乌应该没什么经验。毕竟是那种性格，她的爱很沉重。之前的男友也是……”

“因为劈腿被杀了吗？”

“怎么可能？我可是亲自帮他动了手术呢。”

“一点也笑不出来……”

“不过你不会劈腿，所以不会挨揍的。”

“你跟你姐说这话试试，肯定会被痛扁一顿。”

“啊哈哈！不会啦，帕乌很喜欢你哦。”

“你真爱说笑。”

“这我还是看得出来的，毕竟我们是姐弟啊。”

“……”

“我刚刚……”

“……”

“我刚刚做了一个梦，如果大家能够一起生活……应该会很快乐吧。有贾维、毕斯可和帕乌，大家一起旅行，找到一个不错的地方就在那里住一段时间……要是腻了，就骑在芥川身上，继续踏上旅程……”

“……”

“这样一定很棒……”

“……”

“不过，你要去吧？”

“……”

“要去跟黑革一决胜负，对吧？”

“嗯，是啊。”

“我会……变得更强。我会让自己成长得真的可以与你并肩作战，当一个可以让你托付后背的伙伴……虽然我现在还很不中用，但我一定会变强……”

“你已经够强了，不需要这样勉强自己。”

“我想变强到让你说不出这种客套话。”

“哈！”

“呵呵……”

“……”

“我们是搭档吧，只要两个人联手，哪里都去得了……什么敌人都能战胜。是这样的双人搭档。”

“对啊。”

“搭档会一直在一起吗？死的时候也是？”

“没错。”

“……”

“……”

“毕斯可，你在吗？”

“我在你身边。”

“可以……握住我的手吗？”

“嗯。”

“……”

“……”

“毕斯可。”

“嗯。”

“你还在吗？”

“在啊。”

“……”

“……”

“嗯……唔……”

“睡吧，你的身体要承受不住了……睡一觉才是最好的。”

“毕斯可，不要走……”

“我哪里也不会去。”

“毕斯可……”

“嗯。”

“我醒来之后，你还会在这里吗？”

“会啊。”

“……”

“……美禄？”

“……”

“贾维养育我的时候，或许也是这种心情吧……我现在懂了。原本我只会像烟花一样冲上天就爆炸消逝，或是像野狗一样死去。但是，你为我这样的生命增添了意义……培育你，保护你，光是做到这些，我的生命就有了意义。我不会因绝望或踏上修罗之路而死，而会梦想着你的未来，踏上终结之路。这是一件幸福的事……对我来说甚至太过奢侈……”

“……”

“再会了。”

毕斯可轻轻放开美禄的手，静静让他躺下。

美禄正像被父亲保护着的小孩那样平稳地呼吸着。毕斯可看着他那张熊猫脸，心想真该在他脸上涂鸦一次看看，却因为害怕自己陷入感伤而急忙移开视线，拖着脚走出洞窟。

风雪已经停了，毕斯可轻吹一声口哨，厚重的雪堆随之抬起，大螃蟹的橙色身躯从中出现。

“嗨，抱歉啦，小孩子闹别扭不肯乖乖睡觉。”

毕斯可拖着自己的身子，倚在芥川的肚子上。

大螃蟹虽然也受了许多箭伤，但因为它有坚固的甲壳和对锈蚀抗性较强的兵器生物特性，所以看起来比濒临死亡的两个主人健康许多。

“其实……我很想留下你，但我现在是这副惨样，只能请你送我一程了……而且……”毕斯可往前探身，拍掉芥川眼睛上的积雪，“我要去救我们的老爸……如果把你留在这里，你也会生气吧。”

毕斯可把脸贴在芥川冰凉的肚子上，稍稍闭目养神。芥川一动也不动，任由兄弟做想做的事情，但后来还是抬起了大螯，拎住毕斯可的衣领，将他放在自己的鞍上，塞了进去。

“啊哈哈哈！不好意思。不论是我，还是你，都不会死啦！”毕斯可抽了一鞭，受伤的大螃蟹勇猛果敢地拨开积雪冲了出去。毕斯可凝视着渐行渐远，点亮火光的洞穴入口处，将脸颊贴在芥川的背上。

“以前就没有试过带着这么平静的心情去赌命……芥川，我交到朋友了。朋友……”

毕斯可闭上眼，将自己严重锈蚀的身体托付给芥川行走产生的晃动。朝阳随之稍稍在地平线另一头露脸，开始照亮一大片雪地。

17

往东北穿过霜吹的雪原地带之后，就是一大片荒野。

这片“北宫城大干原”据说是一座湖泊干涸之后形成的，旅行商人们直接称这片地带为“干渴原”，避而远之。

理由之一是此处没有任何作物，也没有任何文明，实属不毛之地，但旅行商人之所以不愿经过这片相对好走的地区，主要还是因为这边设置了隶属于日本政府的军事基地。商人们基本上都知道，一旦靠近，军人们会因为无聊而随意射杀来者。

而现在，在那座军事基地里——

一辆吉普车卷起沙土开进设施，在前面停车。

车门打开，一个矮小的老人被踢了出来，老人的额头重重地磕在地面上。

“喂喂，白痴，别这样啊，你们这些人都不懂得什么叫敬老尊贤是吗……”

稍后下车的黑革一边留意右眼染血绷带的状况，一边走近老人，将他扶起。老人甩开黑革的手，一个转身跳起，用圆滚滚的大眼瞪了过去。

“别碰老夫，人渣的孢子会传染的。”

“呵呵。”

黑革笑着单手制止了准备攻击贾维的黑西装男人。理应被毕斯可打飞的那条手臂，已经换上新的义肢，散发着银色光芒。

“这老头还真是有精神，但就得是这样才好作为伴手礼送给冥王啊。”

贾维抬头看着迈步而出的黑革，发现前方尽是由棱角分明的建筑构成的军事设施，里面有一座异常巨大的巨蛋型建筑物，而黑革似乎就是准备去那里。

——他在想什么？

贾维被推了一把，思考就此中断。黑西装男人们或许是想遮掩那有如冬虫夏草的恶心脑袋才戴着青蛙或者绵羊之类的诡异头套的，贾维走在踹飞自己的黑西装男人跟前，转身一脚踹在那人的两腿之间，便不管对方痛苦打滚，径自跟上了黑革。

“你态度这么大剌剌的，我们反而更好做事，所谓人质都该像你这样才对。”

黑革在贾维旁边愉快地说道。黑漆漆的设施内部散发着格外强烈的热气，机械不停运转发出的“嗡嗡”声让人听不太清楚说话的声音。

“你没兴趣知道吗？就是……我为什么没有杀了你。”

“因为今天是敬老日吧。”

“哈哈哈……这个老爷爷真的很了不起。”

黑革原本就愉快的心情变得更好，抢过手下递出的葡萄口味芬达，大喝了四口之后就扔开了。

“这么一来，我明天就必须把你给杀了。直接让你看看比较快吧。”

一行人搭乘只有鹰架的升降机前往上方楼层，随着电梯上升，视野也跟着开阔起来，一大片烧得火红的岩浆之海随之映入眼帘。

是熔矿炉吗？贾维凝神观察，看到眼下景色的全貌后不禁惊愕得颤抖。

——这是……

“多亏有迫害你们蕈菇守护者弄到的锈蚀病针剂，锈蚀病患的人数确实减少了。”黑革像要盖住贾维一样从他身后贴近，在他耳边低语，“但这么一来……供需就会失衡。一旦药变多了……就必须要增加病患才对吧？”

“怎么可能……竟然……”

“这是在炖煮锈蚀。”

黑革扬起嘴角，勾出一个邪佞的笑。

熔矿炉里面是正以高温熬煮的人工“锈蚀”。这座巨蛋建筑用于人为生产锈蚀，是彻底背离了人道的设施。就连贾维都忍不住因为厌恶而全身汗毛直竖。

“自然产生的锈蚀之风这种东西早在很久之前就大幅减弱了影响力，病患人数只会一直减少。这样该怎么办才好呢？贾维，你觉得丰臣秀吉会怎么说？既然风不吹……”

“就量产锈蚀……以人为方式吹送锈蚀之风吗？怎么可能？到底是怎么办到的？！”

“老爷爷，你叫得挺不错嘛。”

黑革打从心底觉得愉悦，他“咯咯咯”地笑着，轻巧地从贾维身边离开了。

“那是因为过去把整个日本变成大片锈蚀的巨大兵器体内设置了锈蚀炉，可以在自身体内无穷无尽地产出锈蚀啊……”

“……”

“睡在那边的玩意儿就是在东京开了一个大洞，让整个日本没入锈蚀之海的元凶。”

贾维将目光转回熔矿炉那边，发现火红的锈蚀之海里浸泡着一个巨大人形遗骨般的物体。它有薄薄一层的类似皮肤的东西，心脏正有规律地跳动，那无疑就是产生这些锈蚀的母体。

“铁人！”

“目前日本仅有的五个沽的……也有一说是六个铁人之一，

就是它。”

贾维步履蹒跚地往后退，撞到黑革身上，黑革用肚子抵住他，温柔地拍了拍他的肩膀。

“这样的刺激对老人来说太强烈了吧。我们到了，总之先坐一下吧，我们走。”

朝巨蛋突出的管理室里面有一排蒙面人，贾维被黑革拖到窗边坐下，一杯咖啡重重地摆到他眼前。

“我们并没有打算启动铁人，只是它的心脏还活着，我们就把在这里煮出来的锈块灌进炮弹里，用这座巨蛋旁边的象神炮打出去了而已。‘砰’的一声，就会吹起锈蚀之风了。”

从管理室的玻璃窗往外看，可以清楚看到横躺的巨人骨头，以及煮得火红的锈蚀之海。

“总之现在有必要朝子哭幽谷还是什么东西所在的方向打一发，彻底灭绝筒蛇这种可以生出食锈的生物。”

“太扯了……你都不觉得如此背离人道的作为很可怕吗？”

“说起来，如果我有这种观念，我就不会背叛你们了。”黑革在贾维身边坐下，把脸凑到他跟前。从绷带渗出的血液气味刺激着贾维的鼻子，“跟我搭档吧，贾维。”

“……”

“如你所知，我手中握有大量食锈。据熊猫医生所说，要让食锈的效力觉醒，似乎需要蕈菇守护者的血液……看我采集到的食锈数量，就算有一百个我都不够用吧。”黑革压低声音，有如欺凌老人般缓缓继续，“你能不能选出新鲜的年轻蕈菇守护者……将他们提供给我呢？我当然会付钱，也会其余所有蕈菇守护者食宿，而且是附带游泳池的房子哦。你可以以长老身份说服蕈菇守护者们，很简单吧？来一场慷慨激昂的演讲，就说通过崇高的牺牲可以拯救众多生命……”

“闭嘴，你这人渣毒蕈菇。你认为老夫会接受这种提议吗？”

“不对，贾维。你只能接受。我说过了，我能让日本任何地方化为锈蚀之海。我大可以在攻击子哭幽谷之前先往你们的蕈菇守护者聚落开一炮。”

见贾维说不出话，黑革露出胜券在握的笑容。

“老爷爷，你愿意说吗？说你会答应吧。你要不要……跟我搭档？”

“黑革……”

“嗯？”

“你再靠过来一点……”

黑革依贾维所说的凑近过去——

贾维的额头却“咚”的一下，用力撞在黑革的鼻梁上。

“嘻嘻嘻嘻，笨——蛋。想开炮就尽管开啊，白痴。”贾维看着鼻血直流，痛苦呻吟的黑革咯咯笑道，“就凭你那豆粒大的胆子，量你根本不敢开炮，顶多只能在这里嚣张地威胁一个老头子。”

“臭老头！”

一个戴兔子头套的黑西装男人冲到喷着鼻血，怒发冲冠的黑革跟前，使劲殴打贾维。

“喂，喂喂，笨蛋。够了，别打了，他要死了我就头大了……对了。”黑革的怒气因为手下的暴行而减弱许多，半是不耐烦地说完便从怀里掏出短刀扔在地上，“就让他无法再次拉弓吧。让他少一个荣誉勋章估计能让他更加难受。”

兔子头套男人缓缓捡起地上的短刀，将贾维的手按在地上，用刀抵住。

“贾维，你可是蕈菇守护者人尽皆知的弓圣，手指被砍断应该很可惜吧。你只要答应，我就保证你的手指安然无恙。我帮你倒数……十、九……”

“黑革，你动手啊，就切断一个糟老头的手指，让你今天好好睡一觉吧。”

“零。”

听见黑革的声音，兔子头套男人举高小刀，用力往下挥。

铿！

短刀一口气切断的，是铐在贾维双手上的手铐。这个戴兔子头套的人和贾维瞬间往不同方位跳开，袭向在墙边排排站好的黑西装男人们。

兔子头套男抓住黑革吓得畏缩的短短几秒，转眼就用自身的体术和短刀放倒了他五六个手下。贾维则以令人难以置信的腿力踢碎了三个人的下巴。

黑西装手下好不容易重整态势，伸出手想要抓人，却被戴兔子头套的人钻了过去。戴兔子头套的人使出一记回旋踢，踢飞一个为保护黑革而冲来的黑西装手下，就这样朝着黑革挥下手中短刀。

黑革以手枪枪管挡下了短刀。虽然黑革是个人渣，但他好歹也是个老练的蕈菇守护者，他迅速出腿踢踹戴兔子头套的人，并朝退开的对方连开两枪。

戴兔子头套的人拿倒地的成堆西装男当垫脚石高高跳起，躲开所有子弹，接着像一条锁定猎物的蛇一样扭动身体，把手中短刀插进黑革的脚尖。

“啊啊！”

黑革使劲甩动右手，抓住兔子头套的耳朵，一举摘下面具。

火焰般的红发从头套底下出现。

那大胆地露出犬齿的笑容、看过一次就会深深烙印在眼底的双眸紧紧揪住了黑革的心脏。

“哇！”

“赤星！”

黑革的手枪瞄准了毕斯可的脑袋，但在他扣下扳机之前，毕斯可的脚刀就直直埋进他的心窝，一鼓作气地将他的身体踢到了管理室的玻璃上。

玻璃因抵挡不住强大的威力而粉碎，黑革带着玻璃碴一起往沸腾的锈蚀熔炉坠落。

受纺纱菇控制的黑西装手下们因主人的危机不知所措，也没有好好应付贾维，就争先往搭建在熔炉上的平台跳下去，准备救出黑革。

黑革抓着平台边缘，在冲过来的一个手下的协助下勉强爬起身，随爆发的愤怒之情放声怒吼，一脚把救起自己的人踹进了熔炉里。

“哼，那家伙命真长。”毕斯可俯视着下方的状况，一边卸下穿不惯的西装和领带，一边顶着满是血迹的脸笑道，“不好意思啊，老头，揍了你那么多下！不过我小时候也常常被你痛扁，这样应该可以抵销了吧？”

“毕斯可，你……”

毕斯可虽然笑得快活，但贾维忍不住抽了一口气，原因出在毕斯可的身体上——锈蚀箭侵蚀了他的身体，从右肩到脖子，甚至连脸颊都被锈蚀覆盖了。而腹部、膝盖等其他部位虽然被衣服盖住了，但想必也是非常凄惨。

“你傻了吗？竟然，竟然这么严重……毕斯可，为何你还要为老夫过来？！”

“哈！我哪能这么轻易让你死？你还得做很多事情呢……”

毕斯可因为锈蚀侵害身体产生的痛楚而瞬间停下动作，贾维迅速帮了他一把。毕斯可轻轻推开贾维的手，勾嘴一笑。

“我会收拾黑革……会在这里做个了断。你去破坏那个什么象神炮吧。这么一来就可以保住食锈和我们的家乡了。”

“别说傻话，老夫怎能丢下你离去！”

“老头，你以为我是谁？”一双绿眼坚强且稳重地看着贾维的两眼，“我是毕斯可，是你倾注全力培育出来的人。你要相信我，就像我相信你那样。”

贾维很清楚，毕斯可就是如此凶猛而自信的人。但只有一点跟以往不同，就是他再也不那么饥渴了。到了此时，贾维才彻底领悟到名为毕斯可的饥渴容器，已经被温暖的水填满了。

“毕斯可，你恨老夫吗？”贾维低下头，用颤抖的声音问毕斯可，“老夫把你拖上修罗之路，甚至把你带到了这几乎与死亡相邻的境地。你会怨恨不做到这种地步就无法让你体会爱为何物的老夫吗……毕斯可……”

毕斯可一时愣住，凝视不断微微发着抖的贾维，接着蹲下身去，为压抑对方的颤抖而以锈蚀的双臂用力拥抱父亲。

贾维不禁睁大双眼，身体僵住，甚至忘了呼吸。但他感受到从毕斯可身上传来的体温与心跳，便渐渐放松，最后终于把积存在小小身体内的气息一举呼出。

毕斯可静静闭上眼，感觉到贾维那副瘦弱不堪的身体总算平静下来，不再发抖了，才轻巧地抱起他的身体，直接往电梯那边扔过去。

“老头！快去！”

“你可别死了，毕斯可！”

毕斯可穿上贾维临走之际扔过来的蕈菇守护者外套，从藏起来的行李内找出自己的弓。

剩下的就是尽自己所能。

被锈蚀的食人菇在死亡面前奋起，带着闪闪发光的犬齿翻越破裂的玻璃，往锈蚀熔炉跃下。

毕斯可的身体如陨石般坠落。铁网状的立足点被他的身体压得稍稍扭曲变形，发出“嘎吱嘎吱”的声响。

附近弥漫着熔炉喷出的锈蚀气息，随处可见化为锈蚀雕像的黑西装尸体，或是拖着身体爬行的人，以一个邪恶集团的大本营来说，这种状况有些出人意表。

毕斯可先“喀啦”一声动了一下脖子，朝靠着扶手急促喘气的黑革露出了一个充满狰狞气势的笑。

“喂喂，我可是拼命赶来的，你们的大本营却毁了一半，这是要怎样啊？邪恶势力的老大不拿出点像样的气势来，我打起来也不起劲啊。”

“你居然还能大剌剌地拖着那破铜烂铁似的身体出现……”黑革拼命调匀呼吸，用颤抖的手举枪对准毕斯可，“记得留下遗书，我会帮你改写。横竖你都是要死了。”

“是啊。”毕斯可用被锈蚀的手指挠了挠脸颊，露出犬齿嘲笑道，“所以说，你怕我这个已经没了半条命的破铜烂铁吗？黑革……你的腿在抖个不停。”

“赤星，我要扯烂你的四肢，送你上路！”

覆盖熔炉的圆形墙壁仿佛在呼应黑革的叫声，传出了吵闹的嗡嗡声。毕斯可敏捷地翻身躲过机枪子弹，随即看到的是腹部左右装设了机枪的军用蜂群。

“居然养了这么多蜂！”

“我是有备无患的人！”

“是胆小才对吧！”

毕斯可正准备追踪想要逃走的黑革，一群黑西装男人就朝他冲了过来，同时机枪蜂也瞄准了他。

毕斯可直接把旁边那些黑西装男人当成盾牌，挺过机枪扫射，又将其扔向蜂群，让它们一起落入燃烧的海里。

毕斯可从箭筒里挑出美禄打造的蓝光箭，射向组成编队飞来的蜂群，贯穿领头蜂。蓝白色的箭以蜂的身体为中心，朝四方散放蜘蛛丝，网罗在附近飞行的蜂群，毁了它们的翅膀，让它们一一坠落到熔炉或鹰架上。

黑西装男人源源不绝地从身后的紧急出口处涌出，毕斯可便用特别沉重的锚菇招呼他们。他的强弓直接一口气贯穿狭小通道，在他们身上炸出格外沉重又大朵的铅块蕈菇。

构造简单的鹰架无法承受突然开出的沉重锚菇，因而变形崩塌，使追上来的人全都摔进了锈蚀熔矿炉里。

“赤星！”

就在毕斯可忙着应付蜂群时，黑革的手枪从楼梯的鹰架上朝他喷出了子弹。

情急之下，毕斯可转身躲开，枪弹稍稍偏移了脑门，却击中了他的右眼。

毕斯可没有停手。他朝着得意的黑革拉满弓，必中的这一箭瞄准了黑革的脑门。尽管毕斯可失去了一只眼睛，他仍确信自己会获胜。

但在这关键时刻，“啪吱”一声响起，毕斯可生锈的左手手指应声粉碎了。

意外射出的箭无法达到必杀的效果，仅仅射中黑革的左腿。

黑革虽因痛苦而呻吟，但他逐渐露出笑容，最后放声大笑起来。

“你的手指粉碎了啊。无法拉弓了吧！赤星，事情就是这样！无论你有多强，我都会在最关键的时刻获胜！这个世界就是这样子！你这样的小混混一定会顺利死去！”

毕斯可看着自己粉碎的左手手指，闭上眼睛。

再次睁开的左眼依然熠熠生辉，嘴边的笑容丝毫不减。尽管受伤的右眼不断流血，但他还是以笑容回敬黑革：

“就算我不能再拉弓了，这又跟你能打赢我有什么关系啊，黑革？”

那是一个连人渣黑革看了都会不寒而栗的凄厉染血笑容。

黑革感觉到自己的漆黑双眼就要被毕斯可的绿色双眼压过，但仍无法移开目光。

“黑革，你快逃吧。只要我还留有一颗牙、还有一片指甲就随时都可以杀了你。”

毕斯可这番话让黑革如从噩梦中醒来般拖着右腿逃跑，没被毕斯可收拾掉的黑西装男人们接连扑向他，但都被他的铁拳打飞，坠入熔炉。

他已经使不出踢腿，也跳不起来了。他被滚滚沸腾的熔炉热气侵蚀，已经濒临崩坏边缘。即使如此，他也要拖着有如石像的身体，沿着长长的鹰架追赶黑革。

看来那里是熔炉中心，也是鹰架的终点。

“赤星，别过来，你别过来。去死，你就死在那里吧！”

黑革开枪，好几颗子弹打中了毕斯可。

然而毕斯可还是没有停下脚步，依然睁着的一只眼燃烧着熊熊怒火，死死盯着黑革。

“下地狱去吧，黑革！”

“啊啊啊啊——！”

毕斯可充满执着的右拳重重地朝着黑革的脸揍了下去。

然后马上碎成了粉末。

失去平衡的右膝落到地上，同时粉碎。毕斯可从喉咙里发出呻吟，打算用左脚起身，却在这时中了枪，往前扑倒。

黑革情急之下抓住扶手，没有掉进熔矿炉里。他浑身是汗，重重地喘着气，然后怒吼一声，把弹匣里面的子弹全部招呼到毕斯可身上。

毕斯可的身体上开了好几个洞，但他还是使尽全身力气挣扎着站起身来，仰望黑革。

黑革伸手控制几台机枪蜂包围毕斯可。

“赤星，你、你的眼神是……怎么回事……”

黑革好像喘不过气，断断续续地嘀咕着，他已经没有余力装模作样或嘲笑，只想知道眼前那有如宝石般闪耀的绿色为何那么光彩夺目。

“比克大魔王被悟空干掉的时候也留下了一只右手……但你已经没有右手了。没有四次元口袋，奶油子妹妹也不会来，你只是一块即将惨败死去的烂抹布啊！可是……可是，你为什么……还能摆出那样的表情？！”

毕斯可抿起嘴听黑革高谈阔论，但就是没有别开目光。他一想开口回应黑革，鲜血便如瀑布般汩汩流出，让他只能咯咯苦笑，放弃说话。

“赤星，你本来应该赢过我的！”黑革重新装填子弹，将枪口抵在毕斯可的额头上，“我就大发慈悲听听你死前的一个愿望吧，快说！”

“你……”

“啊？”

“该说这话的人是你吧，白痴。”

“赤星，你就安心地死在这个烂地方吧！”

激动的黑革用力扣下扳机，在这一瞬间——

有如一道闪光的一支箭击中手枪，将其连黑革的手指一起打飞。从喉咙深处挤出哀号的黑革可以清楚看到天蓝色头发的蕈菇守护者正从远处的紧急出口拉弓瞄准自己。

"黑革！放开毕斯可！"

"给我闭嘴，小鬼！你再乱动，我就把这家伙……"

毕斯可抓准这一瞬间的空当跃起，如扑向猎物的猛兽般张大嘴，深深咬进黑革的喉咙，然后顺势拖着黑革往滚烫的熔炉坠落。

"毕斯可——！"

听着搭档的惨叫从远处传来，毕斯可将黑革砸在意外坚硬、火红燃烧的锈蚀浆上，咬紧牙根给了黑革决定性的一击。

"啊！咳……啊——"

黑革受了致命伤，背部还紧贴着高温的锈蚀浆，他睁大漆黑的双眼，因强烈的痛楚放声号叫。他每次为呼吸空气而抽动喉咙都会有鲜血流出，在锈蚀之海上蒸发，冒出白烟。

"黑革，你不觉得这种死法很有电影风格吗？你最爱讲的冷笑话上哪儿去了？怎么不说'I'll be back'呢，黑革？"

毕斯可用左拳揍在苦闷呻吟的黑革脸上，黑革就这样没入燃烧的泥沼之中。

"赤星！赤星啊啊啊！我要杀了你！我要杀了蕈菇守护者，杀了你……然后尽情地睡！"

"好好在你一手打造的锈蚀之海里沉睡吧。"

毕斯可的手臂加强力道，终于把黑革的脸整个按进锈蚀之海里。

"啊啊啊啊——！"

黑革发出的沉闷惨叫给水面制造了波纹，他像发疯般胡乱挥动四肢，直到毕斯可的半只手臂埋了进去，他才似乎真的断了气，起火的裤子就这样延烧过来，最终烧成了灰烬。

毕斯可缓缓从燃烧的锈蚀之海里抽出手，看着已经报废的左手，莫名满足地笑了。双脚渐渐没入锈蚀之中，他很清楚自己即将与黑革死在同样的地方，但奇怪的是，他完全能接受眼前这副煞风景的景象，也认为这就是自己的人生终点。

这时——

无数机枪蜂摔落熔炉，天蓝色发丝正在毕斯可方才所在的地方飘荡。

美禄让蓝色眼睛盈满泪水，呆站在那边。

豆大泪珠不停落入熔炉蒸发，冒出白烟。毕斯可很想安慰搭档，却想到自己不善言辞，无可奈何之下，只能对美禄笑一笑。

“我们明明说好的，你说我是你的搭档……说我们会一直在一起！”

“……”

“我不要……毕斯可，我好寂寞，你不要丢下我……”

“美禄！”

毕斯可抽出自己背上的弓，朝美禄抛了过去。

散发着翡翠光泽的短弓完全没有被锈蚀侵袭，仍在闪闪发光，它就这样顺利收进了美禄手中。

“就算我的血肉消失，那又怎样？灵魂不会死，我一定会从地狱爬出来保护你……美禄，我们是搭档，会永远在一起。”

“……”

“所以……所以，笑一个吧。不管是害怕的时候，还是痛苦的时候，都要这样笑着。就像我一直以来做的那样。只要你笑着，我就在你身边。”

美禄闻言便强行振作，顶着已经哭花得乱七八糟的一张脸一边流泪，一边勾出一个笑容。

毕斯可稍稍眯起眼睛，凝视那张边哭边笑的熊猫脸。蔓延到衣服上的火已经他的烧伤身体，正缓缓将之烤焦。他咬牙撑住不让身体倾倒，挺过煎熬。

“毕斯可！”

“美禄，了结我的生命吧。”毕斯可喘着粗气坦露胸膛，用手指了指那里说，“别让锈蚀杀了我。由你来了结我……吸取我的生命吧。”

“……”

“你做得到吗？”

“嗯。”

美禄睁大哭肿的双眼，拉满翡翠弓。

搭在弓上的蕈菇箭，瞄准了毕斯可的心脏。

两人仿佛要把对方的身影烙印在眼底般互相凝视，在一片寂静之中你来我往，有如繁星生辉。

以毕斯可教导的架势拉满弓的美禄，美得有如神话英雄，悲壮且雄伟。尽管眼泪仍止不住，但美禄已经不再惧怕。

“我会……像你一样……”

“……”

“我会像你一样活下去。不论遇到多少次挫折，不论失败多少次，都会重新站起一笑置之。我会试着这样活下去，然后拼命生存，总有一天……当我被撕裂粉碎，只剩下灵魂的时候……”

“……”

“我还能……再见到你吗？”

“嗯。”

“……”

“一定会再见的。”

美禄眨了眨眼，珍珠般的泪珠滑过他的脸颊，从下巴滴落。

——有没有什么合适的话……我一直在寻找那种平凡无奇的话语。但是抱歉啊，我不知道这种心情到底要怎么表达才好。你是我的灵魂搭档。毕斯可，就算你不在了，你也永远是我的搭档。

啪唰！

美禄射出的箭破风前行，直接插在毕斯可的心脏上。毕斯可撑着快要倒下的身体，静静地低头看向射穿胸口的箭，感受蕈菇的菌丝在自己体内生根。

毕斯可早就失去了痛觉，无法感受到搭档这一箭带来的痛楚，让他觉得有些遗憾。相对的，能够轻盈地包容一切的睡意袭来。毕斯可想要尽量振作，但因为视野已经化为一片白，他终于撑不下去，只能将自己交付给强烈的睡意。菌丝传遍体内的感觉裹住了他，然后让他的世界缓缓染上一片橙色。

18

爆炸声接连轰然响起，整座熔炉开始剧烈摇晃。

女战士帕乌接连跳过伴随巨响崩塌的鹰架，扯破嗓子大吼着寻找自己的弟弟与毕斯可。

“美禄——赤星——你们在哪里？美禄——！”

帕乌差点因为担心弟弟的安危而发狂时，一个铁块正随着爆炸声往她头顶落下。突然，翡翠色的弓“咻”的一下射出一箭，击中了铁块。

铁块被爆发性增长的斑玉蕈弹开，卷起大量粉尘。帕乌因吸入过多粉尘而不停咳嗽，这时美禄一把抱住了她，一路跳过鹰架。

“美禄，你没事啊！”

帕乌满是伤痕的脸在弟弟的怀抱里放松了下来。美禄将她放下，她狐疑地环顾着四周，说：

“赤星呢……美禄，赤星上哪儿去了？”

“……他在这里。”

美禄低着头，紧紧地揪住了自己的胸口。看到美禄那快要流下的泪水和颤抖不已的双眼，帕乌明白了一切，感觉到胸口一阵紧缩。

“他就在这里，跟我在一起。”

帕乌说不出话来。她不知该对随时都可能崩溃痛哭、令人疼惜的弟弟说些什么，只能紧紧咬唇，一语不发。

“我跟贾维老爹破坏了象神炮，所以我们只要逃离这里就行了，你可以吗？”

“当然没问题，帕乌！”

姐弟俩先将毕斯可的死放一边，准备迅速逃离这即将毁灭的锈蚀培养炉。两人翻过钢筋，踹开墙壁，来到紧急出口。帕乌用铁棍打破变形的门板，很快就逃离了发出巨响崩塌的巨蛋建筑。两人跌跌撞撞地躲过飞来的瓦砾，总算来到了安全的地方。

帕乌回头看着背后卷起的阵阵黑烟说道：

“这样黑革的妄想就结束了……”

美禄在帕乌旁边静静地想念留在烟尘之中的搭档。

“你没事吧？”

听到美禄平静的声音，帕乌转过头去看了看弟弟。弟弟凝视着黑烟的表情如此平静，双眼却像害怕冻结的悲伤溶解溢出一般微微颤抖着。

“我只是在想，毕斯可的身体能不能安然留下。”

“嗯，我们把他的锈蚀清除干净之后……再火葬他吧。然后送他回家乡……”

“不，不用了。他常说蕈菇守护者不火葬，等他死了之后记得帮他风葬。”美禄仿佛能看到黑烟另一头的景象，以清澈的声音说道，“只是，我想见见他……大概又要被骂了。”

风吹起帕乌的长发，她凝视着弟弟了无牵挂的侧脸思考了好一会儿，正准备开口时，随着隆隆巨响崩塌的巨蛋的瓦砾袭向了两人。

“帕乌，危险！”

一条巨大钢筋就这样插在原本两人站立的位置。

两人弹开似的逃离，拉开距离，再次看向越来越浓的黑烟的另一头。

那是一条巨大的“手臂”。

巨大的锈蚀手臂如要跃出黑烟般向上伸展，随后还在空中破风挥动。被扫倒的基地监视塔就这样横倒在地面上，扬起一阵烟尘。

大风吹散黑烟，可以看到方才还是巨蛋建筑的地方出现一个巨大的人形物体，它以双脚立于大地，全身都是深沉的铁锈色，仔细一看，还能看到它身上卷着崩塌的巨蛋留下的钢铁废料，正“咕噜咕噜”地蠢动着。

“那是什么？”

美禄抱着说不出话的帕乌躲进遮蔽处。基地内的坦克组成编队出动，接连对着巨人发射主炮。尽管每一门主炮都精准命中了巨人的腹部，卷起大量烟尘，但巨人仍纹丝不动。

巨人被钢铁面具覆盖的脸上，嘴巴的部分纵向打开，接着它深吸一口气。

“吼哦哦哦哦哦哦哦哦——”

它朝坦克编队吐出粗重浑浊的气息，尽管这口气侵袭坦克编队的时间仅有几秒，但别说是坦克了，就连附近的道路和设施都覆上了一层厚厚的锈蚀。

“这……这就是铁人？！”

它仿佛凝聚了全世界的毁灭之风，简直是神一般的兵器。

铁人随意用脚踩，或用手挥开仍不断前来挑战的政府兵器，它的动作虽然缓慢，看起来却像有明确的意图，正朝着某个方位前进。

“原来那不仅是锈蚀培养炉吗？这种东西为什么还能动？”

“那家伙是……”

美禄咽下原本想说出口的“黑革”二字。

巨人前进的方向是秋田，子哭幽谷所在的方位。也不知是为什么，巨人空洞的双眼里好像还留有一丝黑革独有的邪恶而黏稠的意念。

“日本会再度毁灭吗……”

美禄从被绝望吞噬，只能茫然仰望巨人的帕乌身边冲了出去，并一把推开急忙想追上来的帕乌，迅速跨上她的摩托，转动油门。

“美禄！”

“我要去子哭幽谷。”美禄用清澈而坚定的声音回复姐姐，“它想灭绝筒蛇，灭绝食锈。我会阻止它，不会让它得逞。”

“你没看到它吐出来的锈蚀气息吗？！那家伙是神，是毁灭的化身！光是靠近它就会被锈蚀啊！”

“我不会被锈蚀，只有我注射过食锈的针剂。所以只有我能做到这件事。”美禄的手抚上快要哭出来的帕乌的脸颊，平静地说道，“我必须去。帕乌，麻烦你引导霜吹的民众逃难。”

“笑话！我也要去！我怎么可能让你一个人去？！”

“帕乌。”美禄那张熊猫脸第一次露齿而笑，“你知道的吧，我已经不是孤身一人了！”

美禄不顾姐姐的阻止，让脚下的摩托卷起沙尘，笔直地追着巨人而去。帕乌远远看着他的背影，用手按住发痛的胸口。

——那不是去赴死的表情。

帕乌犹豫了一下便毅然决然地动身前往自己必须要去的地方。这时一辆中型面包车“嘎啦嘎啦嘎啦”地用轮胎挖开地面，挡在帕乌的面前。前座的车门被粗鲁地踹开，一个小个子少女对着帕乌大喊：

“你是自卫团团长帕乌对吧！我找你好久了！快上来！自卫团已经来到附近了！”

“来到附近？你是谁？”

“大茶釜滋露！我的名字不重要啦，你想打倒黑革对吧？自卫团的人只听你指挥，很麻烦！你快上车啦，快点！”

19

巨人慵懒地用手臂打落像飞蚊般围绕在自己身边的战斗机，战斗机即便能躲开破风而来的手臂，也会被随风卷起的锈蚀瘴气缠住，失去平衡，最后撞上巨人。

巨人空虚地看着无计可施，只能渐渐没入自己带有黏性的锈蚀皮肤的战斗机，发出呻吟。

“赤……星……”

几架从基地派过来的战斗直升机一同以机枪朝巨人的背部开火。

枪弹粉碎了覆盖在巨人体表的破铜烂铁与钢筋，但绝大多数都被它锈蚀的皮肤吞没了，完全无法对它造成伤害。

“赤——星——”

巨人回头喷出锈蚀气息，散播毁灭。荒野的风与土都在瞬间染上锈蚀，直升机接连弯折，纷纷坠落，扬起烟尘。

它观察了眼前那些维持不了多久便消失的威胁一会儿，得知它们无法行动以后便再次空虚地往前走。

在红沙飞舞的荒野中，巨人往深深往下凿出的山谷探出上半身，在山谷之间缓慢前进。每当铁人踏出一步，霜吹商人贴着山谷搭建的营地都会被那巨大的身体刮落，他们只能接连发出惨叫，有些人抱着家畜，有些人则抱着小孩一举冲出去，四处逃窜。

就在这时，巨人看见了一道人影。那人站在约与巨人胸部齐平的山丘上，任凭风吹动自己的外套，他手中握着闪耀着翡翠光泽的弓，正用蓝色的双眼毫不畏惧地瞪着巨人。

巨人发现自身浑浊沉淀的心底泛起了一丝涟漪。

“获得这么大的身体，看来你挺满意的嘛，黑革。”

“唔……哦……”

“你以为我死了吗？以为我会因为那点危机就跟你这种货色一起同归于尽吗？！”美禄的天蓝色头发随风飘扬，有如摇曳的火焰，“黑革，说说我叫名字。如果你觉得自己还没死够，我每次都会把你送下地狱！”

“赤——星——！”

巨人变得有些激动，身体大幅颤抖，举高右手就往山丘挥去。岩石粉碎，粉尘飞舞，美禄的外套如同要扯开沙尘般飘荡，他高高跃起，手中的强弓放出了撕裂空气的一箭。

箭深深刺入巨人砸在地面上的一根手指，火红的蕈菇疯狂生长，将巨人的手钉在岩壁上。巨人以剩下的左手挥向仍在空中的美禄，但美禄以开出的蕈菇为立足点跳起躲开，朝着巨人的手肘、肩膀连续射出两箭。

轰！

嘭嘭嘭！接连开出的蕈菇让巨人发出呻吟，美禄一边躲过挥来的巨大手臂，不断在岩山上四处跳跃，一边拉弓射出第四、第五箭。因为被蕈菇撑爆而四处飞散的巨人碎片陆续打中美禄的身体，划开他的皮肤，但他美禄仍没有因为痛楚扭曲表情，只是凭着专注的意志力持续放箭。

带来毁灭的锈蚀被富有生命力的菌丝缠上，浑身长满蕈菇、发出呻吟的铁人半是发狂地猛搓身体，将长在身上的蕈菇连根铲除，然后又用力抖了抖身子，深吸一口气，张开巨大的嘴朝美禄呼出锈蚀气息。

强大的逆风与奔腾的锈蚀，腐朽气息正在吞噬美禄。厚重的硫黄色遮蔽了视野，那无法看清任何东西的风暴之中——

一支箭闪烁着光芒，顶着呼啸的风暴逆风而行，笔直冲向巨人的嘴，深深刺入其喉咙深处。

它的喉咙因长出蕈菇哽住，腐蚀气息也因此被阻断。失去排出管道的腐蚀气息直接穿破了巨人喉咙，如蒸汽般喷涌而出。

锈蚀风暴散去了。

美禄因晕眩有些踉跄，喘着粗气单膝跪在地上。他的眼角流出了血泪，但白皙的皮肤并没有遭到锈蚀。他亲身体现了食锈针剂的强大效力。

“你叫得真大声……被蕈菇撑开有这么疼吗？”美禄露齿而笑，摆出毕斯可面对敌人时的一贯态度，“蕈菇是生命，是想要生存下去的意志本身。它们就是为吞噬像你这种没来由的毁灭才绽放的！”

撕裂脖子和脸颊吹出的气息之中混杂着沉闷的呻吟，铁人将手伸进喉咙，挖出在里面绽放的蕈菇。美禄不等他恢复便再次拉满弓，却看到了在高台上扛着火箭炮筒，瞄准铁人的霜吹武器商人们。

兴许是想保护聚落里的女人和小孩，它们正勇敢地接连朝铁人开炮。美禄拼命向其中一个朝自己挥手的人大喊：

“不要乱来！快逃离那里——！”

铁人脖子挨了好几发卷着烟尘而来的火箭炮筒，它发出厌烦的呻吟，随一声怒吼大幅转动上半身，举高右臂一鼓作气地往商人们砸了下去。

它的手臂霍霍挥下，美禄不禁别开目光，不忍继续看下去。但白烟散去，就能看到某种橙色的巨大物体在商人们跟前扛住了手臂。

“芥川！”

“小子！射箭啊！”

听到骑在芥川身上的贾维的吼声，美禄立刻拉满强弓，朝铁人的手腕射出。箭分毫不差地命中，立刻开出了蕈菇。铁人因吃痛而稍稍退缩，芥川便抓住这个机会，以其蛮力甩开铁人的手臂。

“小子，继续攻击吧！虽然看起来被锈蚀反噬了，但菌丝确实有成功生根！只要能撑下去，就是咱们的胜利！”

贾维自己也拉满了弓，对着美禄大喊。

两位蕈菇守护者在山谷两边不断朝铁人放箭。

全身长满蕈菇的巨人边疯狂地摩擦身体，扫掉身上的蕈菇，边朝芥川吐出了累积已久的腐蚀气息。

“贾维！”

芥川在高台上东奔西窜地躲过锈蚀气息，但还是无法全部躲开。就在巨人的气息终于要命中芥川的瞬间——

“喝呀啊啊啊——！”

长长的黑发在晴朗的天空里画出了一条直线。如猎隼般从高台滑空而下的白银战士使出浑身解数，用铁棍重击了铁人的侧脸，阻止了它的锈蚀气息。

“帕乌！”

“美禄！忌滨自卫团来了，居民交给他们救助就好！”

帕乌猛地踩着铁人肩头跳起，落在美禄身边，重新架好铁棍。在弟弟搭好弓之前，她就挥舞手中的铁棍，打飞从天而降的铁人碎片。

仔细一看，喷涂了忌滨代表色的蜗牛轰炸机正从南边过来，地上也有大批美洲鬣蜥骑兵冲来，将因场面混乱而困惑的霜吹商人们带离山谷。铁人打算抬脚踩扁这些美洲鬣蜥骑兵时，空中的蜗牛发射的火箭炮接连在它身上炸开，阻止了它的行动。

这是人类集合所有的力量，齐心协力对抗单一毁灭性对象的壮大战场。在蕈菇守护者的箭与现代武器不间断的攻击之下，铁人终于为了保护自己而双手抱头，像小孩一样摆出保护自身的姿势。

“成功了吗？美禄，还差一点！”

“等等，好像……”

美禄抓住正准备冲出去的帕乌的手臂，倒抽了一口气。

他本能地感觉到，好像有某种漆黑的东西在铁人体内打转，正准备喷发。

铁人抖了抖身子，左右胸口的部分装甲板打开，粗犷的风扇状的物体从中出现。在弥漫的爆炸烟尘之中，它缓缓启动了左右胸口上的扇叶……

片刻的宁静过后，强风“轰”地卷起，足以穿透耳膜的声音响彻周围。

异常强大的锈蚀之风从铁人胸口吹出，它甚至加强力度，挖起了自身的锈蚀皮肤的表面，使其化为一阵龙卷风，粉碎周围的岩壁。

那是能锈蚀、腐化周遭一切事物的死亡风暴。

之前包围铁人，占据上风的人类力量瞬间溃不成军。蜗牛轰炸机转眼间变成锈蚀团块撞上地面，将霜吹居民送到安全地带后折返的英勇美洲鬣蜥骑兵们也在来不及发出惨叫的状况下被锈蚀，渐渐粉碎。

美禄推倒帕乌，并将整个身体压上去，尽可能地护住她。穿过锈蚀风暴，从另一边山谷跳来的芥川俯身将贾维和两人按在自己腹下，从锈蚀风暴中保护了三人。

“啊啊……美禄，振作点！”

“可恶，到此为止了吗？都只差一步了！”

两人悲痛地说着。美禄在他们跟前缓缓起身，踉跄了一下就倚着芥川笑了笑，爱怜地摸了摸它腹部的甲壳。

“美禄？”

听着姐姐的声音从背后传来，美禄从腰际的小包掏出一瓶红色的强壮针剂，注射在自己的脖子上。强力的药效渗透白皙皮肤带来的强烈刺激让他不禁发出痛苦的呻吟。

“红色药瓶……怎么可能，你注射了昆沙门菇吗？！你的身体都虚弱成这样了，不可能撑得住啊！”

“贾维，不好意思。帕乌就……拜托你照顾了。”

“你没看到这锈蚀风暴吗？小子，你现在出去真的会死！”

“如果我是毕斯可，你会阻止我吗？”

“唔……”

“我走了！”

“不要，美禄，不能去——！”

在这不断吹送的锈蚀暴风之中，除了铁梭子蟹芥川之外，的确只有打过食锈针剂的美禄能不受影响了。

“只能在这小子身上赌一把了……”

贾维按着不断挣扎的帕乌，一种要在一天内失去两个儿子的预感冻僵了他的内心，使他微微打起了战。

因为用锈蚀风暴轻易消除了之前的威胁，铁人百无聊赖地转了转脖子。

它看到远处勉强躲过暴风威胁，往风雪交加的霜吹逃去的商人们就又张开了大口。在它准备吐出锈蚀气息时——划破肆虐的风暴，逆转乾坤的一箭射穿了它的脸颊，让蓝色蕈菇在它口中绽放。

腐蚀气息被蕈菇抑制下来，铁人忍不住发出呻吟。

“你是太笨了记不住吗？”满脸是血的美禄咬牙怒吼，“黑革，我说过，你的对手是我！”

铁人高举手臂，挥向在岩山上拼命对抗强风的美禄。若是平常，美禄自然可以用天生的轻盈身段一跃而起，轻易躲过这一击，但现在一旦往上跳就会被锈蚀风暴卷走，因此这个方法不可行。锈蚀团块重重砸下，直接轰飞了美禄轻盈的身体，让其撞在岩石表面上，卷起白烟。

“美禄——！”

帕乌见状便发出惨叫。芥川拼命抓住扭着身体，打算冲进锈蚀风暴之中的她，铁人又朝它挥下了左手臂。

又响起“啵”的一声，一支蕈菇箭从依然冒着白烟的岩壁窜出，命中铁人的手腕，使之远离芥川。尽管血液如瀑布般从全身流出，但美禄蓝色的眼眸依然炯炯有神地睁着。他拖着身体朝铁人前行，对准想要盖住自己的铁人手掌射出一箭。铁人抓住、举起美禄的身体，打算捏碎他，却因为无法忍受蕈菇绽放带来的痛楚而放手。美禄在下坠的同时再射一箭，却因无法顺利落地而重重地摔在地上。

“放开我！美禄……美禄！他真的会死！”

“小子……”

眼前的景象实在太过凄惨，就连跟着芥川一起压制帕乌的贾维都险些忍不住冲出去。但满脸是血的美禄还是摇摇晃晃地站起身，写在他脸上的不是死心与自暴自弃，只有对已死搭档许下的诺言在那双蓝眸里闪耀，无比纯粹地与铁人抗衡。

贾维在美禄身上看到与他毫不相像的爱徒的影子。一种“现在放弃还太早了”的茫然预感勉强让他乖乖留在芥川身下。

——为什么我还能站起来呢？

美禄在被锈蚀风暴打倒和起身反击的几个来回中事不关己

地想。

他很清楚自己的身体已经残破不堪，早已超越了极限。但他还是无比自然地任由自己双手拉弓、双腿站起，感受从体内涌出的无尽勇气。

——原来毕斯可也是这样的心情啊。

美禄拉着弓，感受着搭档曾经有过的心情，为止欣喜。

这时他急忙往旁边一跳，躲开铁人挥下的手，做了一个深呼吸。

——如果是现在……

美禄用力拉满毕斯可的翡翠弓。

——我一定能射出像毕斯可那样的箭。

他的蓝色眼眸在沾满血的脸上熠熠生辉。

拉满的强弓“啪刷”一声放箭，贯穿铁人的胸部装甲，命中锈蚀肉身，使之当场爆出蕈菇。覆盖铁人胸部的铁板“砰”的一下被弹开，无数埋藏在扇叶附近的排线随之裸露。

美禄没有放过铁人苦闷呻吟的空当，几乎是连滚带爬地往铁人那边猛冲，一跳上去就抓着它的皮肤往胸腔爬。

“接招——！”

他一声怒吼，将从腰际抽出的短刀插在裸露在外的排线上，顺着巨大的身体往下滑，强行割断排线。

“噢噢噢——”

巨人更是大声呻吟。

不仅是配电装置，连粗大的电线都被割断好几条，使铁人胸腔的风扇发出“嘎吱嘎吱”声停止转动，迸出火花，升起黑烟。

“成功了。”

覆盖周遭的锈蚀风暴消失了，天色随之转晴。

美禄视野模糊，勉强用短刀支撑着身体。感觉只要稍稍松懈，身体就会动弹不得，不管怎样挣扎也于事无补。他仿佛忘了眨眼，让流进眼里的鲜血和眼泪混在一起，滑过脸颊。

——啊，不行，我还……

不能死的念头拼命维系着他朦胧的意识。

他光要做到这点就费尽了全力。在冲刷意识的奔流之中勉强维持住即将远去的思绪，已经是美禄的极限了。一闭上眼可能就再也醒不来了，所以他在拼命地睁大眼睛。

而在他视野的角落处，装甲剥落、暴露在外的胸腔锈蚀里有某样东西在发光。铁人锈蚀的皮肤仿佛会吸收阳光，那个东西在上面显得特别耀眼。

是护目镜！

是毕斯可最中意，从来不曾离开他额头的猫眼护目镜。护目镜有一半被埋在锈蚀皮肤里，被风吹得摇摇晃晃。

“毕斯可！”

美禄差点要沉没在死亡之中的意识瞬间觉醒，睁大了双眼。

他挤出残留在身体深处的最后力量，再次爬上铁人，握住埋没在铁锈里的护目镜，想要将其拔出来。

“毕斯可……你在那里吗？”

美禄空虚地对埋着护目镜的锈蚀墙壁说道。

他几乎已经失去所有理性，只是因为那里可能埋藏着搭档遗体的念头而发狂，他紧紧抓住护目镜，不断徒手挖掘，想要挖开厚重的锈蚀。

“不行啊，毕斯可……你怎么可以一个人待在这么冰冷的地方……我们一起回去吧。一起回到大家身边，毕斯可……”

不管怎么挖，厚实的锈蚀肉块都只会像沙砾一样剥落，迅速恢复成厚实的皮肤。即使指甲剥落、手指流血，美禄还是不愿停手。

“还给我……把毕斯可还给我！把毕斯可还给我——！”

美禄朝巨人怒吼，仿佛要从喉咙里喷出血来。巨人抓住美禄，将他扔到另一座岩山上。美禄已然无力抵抗，就这样被砸在岩石上。

他想说些什么，却只有鲜血流出，甚至发不出惨叫。

他试图拉弓，但他的手臂已经抬不起来了。他心想起码最后要注视自己的死亡，就灌注所有的力量，直勾勾地凝视铁人。直到最后，那双蓝色的眼睛仍一直瞪着粗大的手臂，看着它缓缓盖住自己。

总有种被透明、厚实且温暖的膜包裹着，在白色大海中漂荡的感觉。

就像坐在自己溶解的精神旁边，看着它溶解一样。那就是在如此神奇的宁静中随波逐流的感觉。

这里是没有任何声音的寂静世界。在那之中，和平的感觉被无限放大，“他”别扭地挣扎了一下，这个动作引起的波动也被吸收了。

这样就好——好像有人在甜腻地低语。仅存的心灵碎片里的些许犹豫也会被这一片纯白的世界吸收，成为永久安息的一部分。

没有理由抗拒，只是最后留在“他”内心深处的其中一种情感在默默抗拒在白色大海之中溶解。

最后的意志静静地，如砂砾一般滑顺地在大海中溶解。

“毕斯可。”

一切都停止了。

好像有某种很重要的，具有明确意义的声音给这份寂静带来了一丝裂痕。

为了追寻那应该很熟悉，比什么都重要的声音，“他”动了一下，然后大大挣扎。

“毕斯可！”

再次传来的声音让“他”瞬间想起那声音是在呼喊自己的名字，随即像遭到电击一样猛地睁开了在心里闭上的双眼。

力量源源不断地涌进找回名字的“他”的意志里，首先是眼睛，接着是手臂、腿部成形，取回了原本已溶解的身形，又以所有意志力对抗包容着自己的过于强大的安眠之力。

“毕斯可!!”

第三次呼喊让毕斯可想起了是谁在呼唤自己。

全身涌现力量，发出震荡空气的怒吼，白色的世界逐渐龟裂，本应是所有人梦寐以求的死亡安宁在此刻彻底瓦解，毕斯可像被弹开似的整个人跌入黑漆漆的世界之中。

“……”

他就如从深沉水底浮出水面一般喘了几口大气。

原本麻痹的全身渐渐恢复知觉，毕斯可能感觉到自己全身布满锈蚀，便咬牙鼓足力量，将包裹自己的锈蚀肉块扯开。

他发出了猛兽般的咆哮。

囚禁毕斯可的锈蚀牢笼被他非人般的强大臂力扯碎，终于让他的身体暴露于青天白日之下。

明明之前被囚禁在那样浓厚的锈蚀里，但不论是身体、身上的衣服还是外套都没有遭到锈蚀。毕斯可在自己身体的奇异热量困惑之余，也在拼命寻找呼唤自己的人。

“美禄！美禄！”

阳光如同呼应毕斯可的声音般闪耀，照亮了岩山上鲜艳的天蓝色头发。

看到上气不接下气的伙伴，毕斯可踩着铁人的身体一跃而起，如子弹般钻出并落地，让人类之躯发挥出非人的臂力，接住了铁人挥下的手臂。

“唔唔唔哦哦——！”

毕斯可怒吼着扭转身体使出回旋踢，铁人的巨大手腕竟如玩具般粉碎四散，猛地撞上远处的岩山，扬起沙尘。

“哦……哦哦……”

毕斯可无法好好控制自身体内熊熊燃烧的力量，只能在空中顺着气势不断打转，重重落地。

他边起身边看向铁人身上开出的无数蕈菇。这些蕈菇赞颂了搭档的奋斗与勇猛，让他心头一热。

“这都是……美禄做的吗？”

“毕斯……可？”

毕斯可听到颤抖的声音便回过头去，正好和因惊愕而睁大眼睛的搭档四目相接。

“嘿。”

毕斯可向他搭话。

美禄本人不会知道是他把几乎彻底溶解于死亡之中的毕斯可的意识收集了起来，并使之重生。他无法相信站在眼前的毕斯可是真的，只能睁大双眼，在对自己会再度失望的恐惧之中颤抖。

“我在去那个世界之前听到声音了。”

“啊？”

“是你在叫我对吧？”

白色犬齿闪现。

阳光照耀下，美禄从侧面看过好几次的，毕斯可像坏小孩一样狂傲的笑容就近在眼前。

他眼中立刻盈满了泪水。

美禄仿佛忘记了至今受过的所有伤，猛地起身扑向毕斯可，用双手环住他的脖子，想要紧紧抱住他，却因那烈焰般的体温而惊讶。最后他只抱了短短四秒就因为要被烫伤而不得不往后跳开，出言抱怨：

“笨蛋！你好烫！”

“好烫？我吗？”

“毕斯可，你的……身体……”

这时毕斯可才发现自己理应因锈蚀而灰飞烟灭的右手臂闪烁着橙色光芒，不禁为这种强大力量咽了咽口水。

肌肉纤维从尚未完全重生的单薄皮肤下露出，炙热地跳动着。原本已经粉碎的双腿也是一样的状况，毕斯可的全身都在火红燃烧，以极快的速度重生。

“这是怎么回事啊？”

“毕斯可，前面！”

重整态势的铁人举高完好的左手一挥而下。

毕斯可抱起美禄往旁边跳开躲过，接过美禄递出的绿色弓箭便让双眼熠熠生辉，一鼓作气拉满弓弦。

即使在为从自己体内无限涌出的神秘力量战栗，毕斯可也坚定地压抑恐惧，将它转化成了无尽的专注力。

深深呼出的一口气带着火花，火花在空中飞舞，闪闪发光。

“喝——！”

射出的箭化作一道橙色光芒，理应只是一支细细的箭，却像陨石穿过般在巨人侧腹开出了一个大洞。巨人不久便猛地踉跄歪倒，如太阳闪耀的蕈菇喷涌而出，穿破了它的侧腹。

下一瞬间，毕斯可的箭就命中了另一边侧腹，也在该处挖出了一个圆形大洞。太阳蕈菇吞噬腹部带来的威胁让铁人颤抖着发出咆哮。

“好、好厉害！”

美禄甚至不禁怀疑自己是不是正在做一场美梦。从地狱里死而复生的搭档的威容就是如此庄严。

毕斯可火焰般的红发随风飘扬，他眼中带着翡翠绿光，全身散发着橙色光芒，并吹出细微的火花，在空中闪亮飞舞。

此情此景犹如太阳化为人形立于此地。

“喝！”

毕斯可以铁人挥下的左手臂为立足点高高跳起，有如要贯穿其胸膛般放出一箭，从已被挖开两个大洞的腹部将铁人巨大的身体拦腰折断，并将上半身远远击飞。

巨大的上半身擦过地面几下，重重撞在远方的岩山上。铁与锈蚀粉碎的巨大声响传遍周围。

“美禄——！”

“帕乌！贾维！”

“那是……赤星……吗？”

帕乌和贾维乘着芥川冲来，看到如火焰一般在谷底闪耀的毕斯可的容貌，都惊愕地睁大了双眼。

谷底这边，倒在毕斯可跟前的铁人下半身接连开出闪耀着橙色光芒的蕈菇，不停地弹开锈蚀，持续绽放。

“是食锈！而且是已经吸过血的！”

“那是蕈菇之神啊。”贾维像少年一样让双眼闪闪发光，像在做梦似的倒抽了一口气，“怎么可能会有这种事？那家伙竟然变成神回来了！”

当事人在爆发性丛生的食锈菌盖上跳来跳去，在他们面前落地，四处挥撒闪亮粉尘。

“我到底是怎么了？不管射什么箭都会变成食锈。力量不断涌现……停不下来啊，简直像是在燃烧……”

“从毕斯可身上撒出来的这个是……孢子！那么，现在的毕斯可是……”

铁人格外高亢的怒吼声从遥远岩山传来，仿佛是要打断美禄的思绪。只见她边呻吟边抬起了上半身。

“那家伙还没断气！芥川，过来！”

“毕斯可！我也一起去！”

“白痴！你这不是废话吗？！”

芥川气势十足地冲了出来，毕斯可和美禄一举跳上它的背部时——

“毕斯可，用这个！”

贾维扔出自己的弓，毕斯可反手接住便把自己的翡翠弓递给美禄，这才找回平时的状态，露齿而笑。

“那黑革也真是死缠烂打。美禄，让我们送他上路。”

“毕斯可，我想现在的你应该是食锈与人类的混血！因筒蛇毒素而沉睡的食锈发芽了，吞噬了铁人带来的锈蚀！而那个奇迹就在你体内！”

“突然跟我说这个，我也搞不清楚是怎么回事。总之先打倒那个大家伙！”

“自己的身体变成这样，你都不在意吗？”

“你了解我，这样就够了！”

毕斯可露出美禄熟悉的一如往常的笑容，美禄则有些困扰地看着这个笑容，看得出神，但还是马上笑了出来。

“我知道了，毕斯可！”

“就是这样。芥川，好！从这里就可以射中了！”

毕斯可熊熊燃烧的双眼发出光芒，紧紧拉满弓，打算朝铁人的胸口放出这必杀的一箭……就在这时，两人感觉到异样的气息，顿时停手。

“毕斯可，等一下！”

“……怎么回事？”

只剩上半身也要挺起身子仰望天空的铁人身上喷出了大量蒸汽，全身染上一片火红，不停冒出锈蚀泡泡。

它身体的分量明显变大，有时还会痉挛颤抖。

“这家伙膨胀了！”

“赤星——！等等等等等等！先别动手！”

一辆中型面包车全速追着芥川而来，停在毕斯可身旁。一个满脸灰尘、不断呛咳的小个子粉红头发少女连滚带爬地出现在惊讶不已的两人面前。

“滋露！”

“我在宫城基地里找到设计图了！”滋露硬是用干哑的喉咙喊道，翻着手中的资料说，“简单来说，现在这个现象是自爆的征兆！要是一不小心刺激到它，这里很可能会跟东京一样被炸出一个大洞！”

骑着被锈蚀的摩托，紧跟在滋露后面出现的帕乌停好车就跟着探头看向设计图。贾维跳下摩托后座，跳上芥川的背，在美禄上方一屁股坐下。

“这个我懂！但如果不能攻击，那该怎么办才好？”

“糟糕！它又要喷出锈蚀气息了！”

发红膨胀的铁人张口朝集中在这里的一行人吐出了化为火球的沸腾锈蚀。

“毕斯可！”

“哦哦！”

毕斯可呼应美禄的声音，瞬间把大量的箭射在眼前的地面上。嘭嘭！闪亮的食锈以箭为中心盛大绽放，化为一道巨大的蕈菇墙壁，阻挡锈蚀气息。

“成、成功了！这威力真是不得了啊，毕斯可！”

“我、我不知道该怎么控制力道！我只用了一点力量就一口气开出这么多了！”

但这样还是无法阻止铁人喷出的气息。只见气息越喷越浓，正以强烈的气势吹送，想要打倒天敌食锈。

“可恶，再这样下去……滋露，你有方法可以阻止它吗？”

“哇哇哇哇，等等等等等等啦，笨蛋！我在努力找了！”

滋露急红了眼，拼命地翻阅页面，寻找让铁人停摆的方法。

“从心脏部位反推回来，如果血管分布真的跟图上标的一样，那要从哪里传递命令啊……明明没有独立AI，到底要用什么方法启动自爆……”滋露口中不断嘀咕，突然灵光一闪，跳了起来，“啊，我懂了！引爆的机关是驾驶员的脑！位于头部的那个外骨骼保护着连接操纵者的结构。如果能打穿头部，只打倒驾驶员，铁人就没法自爆了！”

“好，打爆它的头就行了吧？”

“毕斯可，这样不行！它的头那么大，我们不知道黑革在什么位置。你现在射的箭威力这么强，要是射偏了，那真的会当场爆炸的！”

在场所有人都凝视着正持续喷出腐蚀气息的铁人的脸，突然，帕乌闭上眼睛，大大呼出一口气，然后睁开双眼，将那张美丽的脸庞转向滋露。

“只要先打碎那个铁面具就可以了吧？”

“帕乌，难道你……”

“别闹了！这跟去送死没两样啊，让老夫和芥川去！”

“不可以，螃蟹没办法巧妙地控制力道。”帕乌一挥铁棍，毅然起身，“我的棍棒本来就不是用来杀人的。我很熟悉不刺激到它的本体，而只是粉碎铠甲的方法。这一切好像都是为这一刻安排的……”

“你说这不是用来杀人的？”毕斯可傻眼地说，还用手肘顶了美禄一下，“亏你把人痛扁成那样，真敢说啊。美禄，你老姐说谎都不打草稿的。”

“我可是打算从容就义，居然被你说成这样！”

毕斯可的说辞似乎真的惹怒了帕乌，只见她不悦地逼近毕斯可——

“虽然我这个人清心寡欲，但不收点回报就去送死也太没意思了……”

“你、你干吗突然这样？”见帕乌忸忸怩怩的，一反平日的常态，毕斯可很是困惑，“要是你活下来了，随你喜欢什么我都给你！所以你一个堂堂忌滨自卫团团长就不要摆出那样的表情啦！”

“哦？”帕乌眼神一亮，露出一个艳丽的促狭笑容，“随我喜欢什么啊……”

她忽然用惊人的臂力揪住毕斯可的衣领，将脸凑近毕斯可，狠狠地吻上了他的嘴唇。

“唔唔唔——！”

不论面临怎样的绝境都不曾慌乱的毕斯可这时竟像一只感受到生命危机的鸽子般胡乱活动身体，他花了好大力气才勉强逃离了帕乌强而有力的臂弯。

“啊哈哈哈哈哈！”

帕乌用袖子抹了抹嘴唇，露出发自内心的清爽笑容。那是一个连弟弟美禄都不禁看到出神，没有任何做作与寂寥色彩的，美丽而纯粹的姐姐的笑容。

“赤星，就让你先付账喽！”

帕乌甩着长长秀发侧眼看来。

美禄探头看向茫然自失地目送帕乌离去的毕斯可，他看起来非常开心，毕斯可却像个软弱无力的少女一样不断发抖。

“她一定会是个好老婆哦！长得漂亮又专一。”

“那根本就是野兽吧！”

“E-cup耶。”

“少啰唆！”

看着毕斯可瞪大眼睛，美禄也忍不住笑了。

尽管面临绝境，但内心莫名充满了希望。那不是准备赴死的悲壮——美禄觉得自己无条件地信任着大家，相信明天一定会到来。

帕乌、贾维、滋露，甚至连芥川都有同样的念头，所有人都能感受到美禄身边这个太阳般的男子火热地照亮了自己，扫去了心中的不安。

“我已经做到我能做的事喽！要是这样还是死了，可不要化为厉鬼找我麻烦啊！”

“滋露！谢谢你这样为我们拼命！”

美禄朝逃跑似的钻进面包车的滋露说。滋露畏畏缩缩地回过头来，一边把玩着麻花辫，一边含糊地回话：

“这、这只是回报前两次欠你们的啦！而、而且……”她先咽了一下口水，然后满脸通红地说道，“如、如果朋友在眼前碰到麻烦，当然会出面帮助啊！”

她丢下这句话就关上了车门，全速驶离。这时一发熊熊燃烧，好似流弹的锈蚀团块朝面包车飞了过去。背上载着老爷爷的大螃蟹高高跳起，一甩大螯将其打飞。

“毕斯可！咱们总算走到这一步啦！”

“老头，你别太大意了！要是你敢在最后一刻死了，我就会追到地狱去痛扁你一顿！”

“你怎么还在说这种话，烦不烦啊？”贾维仿佛找回了过往的年轻活力，面对绝境的双眼炯炯有神，“机会难得，当然要以胜利收场啦！姑娘，咱们上！”

“好！”

在帕乌跳上去的瞬间，贾维抽了芥川一鞭，大螃蟹迅速冲出食锈墙，往铁人的侧面绕去。巨人因这出其不意的动作停止喷出火焰气息，扭头锁定了正在奔跑的芥川。

“快要爆炸了！”

“贾维老爹，你能把我丢出去吗？”

“什么？”

“那家伙很可能会因为持续喷出火焰气息而自毁，我就从这里跳上铁面具！请让芥川把我扔到那个位置上！”

“哇哈哈哈哈！你这小姑娘真不得了！”贾维大笑道，接着敛起表情，再次抽鞭驱策芥川，“好哟，我知道了！要不要帮你念经啊？”

“不必！我刚刚才收获了大礼！”

“上啦，芥川！”

芥川用大螯拎起帕乌，在贾维的号令下如龙卷风般扭转身体，以其无比强大的臂力将帕乌远远抛至空中。帕乌的长发就如黑色流星一般在蔚蓝的天空中画出了一条线，铁棍则被阳光照得闪闪发亮。

——我的棍法……

铁人朝帕乌张开大嘴，正冒着蒸汽，沸腾的红色吐息马上就要喷发了。

——我的性命，就是为了这一刻而存在的！

帕乌睁大双眼，找回过往阿修罗般的战士威风，在空中扭转身体，用铁棍挥出强力一击。

“啊啊啊啊——！”

随着“砰”“啪”的声音响起，帕乌的铁棍二度破风，在铁人铁面具的中心位置上画出十字。

铁面具发出“啪咔”的声音，没过多久，龟裂就爬满了整张脸，随巨大声响崩毁坠落。铁人甩着头大吼，但没有表现出爆炸的征兆，看来帕乌真的没有对其肉体造成冲击。

“她真的办到了！”正在冲向巨人的毕斯可藏不住惊讶，朝美禄大喊，“不，糟了，她没有想过要怎么落地！”

在毕斯可大喊的时候，美禄已经朝在远方下坠的姐姐拉满了弓。他放出的箭划破空气，贯穿帕乌的铁棍，“啵”的一声让铁棍开出了圆鼓鼓的气球菇。

美禄见帕乌勉强恢复意识，在控制那顶白色的降落伞缓缓降落，便转而瞄准芥川。发狂的铁人正准备喷出火焰吐息，美禄的箭插在芥川眼前的地面，化为一面巨大的锚菇墙壁，保护了老人与大螃蟹。

“看来你也变得有点本事了啊！”

“你平常就该多多这样称赞我！”美禄在坦率感叹的毕斯可身后喊道，“毕斯可，看那里！”

毕斯可顺着美禄的视线往上看去，在铁人裸露在外的头上看到了熟悉的身影。

那是一个埋在铁人眉心的人类，他的全身几乎都被锈蚀溶解了，骨头外露，但那漆黑的目光仍让执着深植于已死之人身上，如实体现出这个男人的本质。

“黑革！”

不知黑革是不是听到了毕斯可的呼喊，那傀儡般的脸庞稍稍动了一下，用黑色的双眼看着毕斯可。不论他是否还留有理性，他都因为兴奋动了起来，扭曲嘴角。

“赤星——！”

黑革的呼喊就这样透过铁人的嘴化为粗犷的咆哮，震撼了空气。毕斯可的翡翠色眼眸和黑革的漆黑双眼发出的目光斜向碰撞，撞出强烈火花。

毕斯可拉满弓的箭与铁人的火焰吐息几乎是同时放出。他那扭转乾坤的一箭迎上铁人那似乎可以烧毁自身的地狱吐息，像突破大气层的火箭炮那样打散了火焰。

“赤星，我也跟你一样！就算你很强，就算你是对的，但我也不可能乖乖认同，然后就这样死去！”

黑革从体内深处挤出来的执着加强了火焰的气势。怒吼的黑革皮肉撕裂，骨头溶解，都从眼窝喷出火焰了，那不断膨胀的疯狂执着仍在加热，根本停不下来。

随着黑革崩解，巨人的锈蚀肉体各处都出现了裂痕，如岩浆般喷出火焰。而这些地狱火焰终于在黑革跟前将毕斯可那理应可以贯穿一切的乾坤一箭燃烧殆尽了。

“都给我消失吧！”

地狱火焰吐息一举取回气势，在要烧到毕斯可和美禄的前一秒——

以极快速度往上生长的杏鲍菇让两位蕈菇守护者飞上了半空，使其外套随风飘扬。美禄预判情势预先射出的杏鲍菇箭完美地从火焰吐息中救出了两人，代替两人被火烧尽。

“毕斯可，上——！”

听到美禄的声音从背后传来，毕斯可深吸一口气，用力拉满了弓。下方的铁人头部已因喷发火焰吐息而用尽了力气，就那么微微低垂着头，静止不动。这毫无疑问是千载难逢的出手时机。

黑革本应已经耗光了所有力气，但他仍以溶解殆尽的双眼用力瞪视毕斯可，高举手臂横扫而过。在那只手臂粉碎的同时，沸腾的岩浆化为鞭子，重重甩在毕斯可的双眼上。

“啊啊！”

弓手最重要的一对鹰眼瞬间遭到封锁，但毕斯可仍凭着一股坚持拉满了弓。他很清楚这就是决定生死的分水岭，无论如何都必须在这时候射穿黑革，这股意志让他咬紧了牙根。

而在这时——

有一只温暖的手叠上毕斯可的右手，恰好压住了他因沉重压力而颤抖的手，拉着弓的那只手也被另一只手掌盖住——在无法看见任何东西的黑暗之中，他切实感觉到自己找回了渐渐丧失的信心。

“拉弓只需要注意两点。”

“首先，‘要看清楚’。”

“另一个呢？”

“坚定地相信。”

“我——”平静的声音低语着，“我会成为你的眼睛。”

美禄的手静静地，微微调整了瞄准的方位。原本即将萎缩的力量与意志再度燃烧起来，在毕斯可内心点亮火光。

“所以，你也要坚定地相信，然后拉弓，用你的全力……”

毕斯可感觉到自己在黑暗中拉满的弓吸收了两人的生命力，正闪闪发光。

“会射中的，毕斯可。”

“嗯。”

唰——

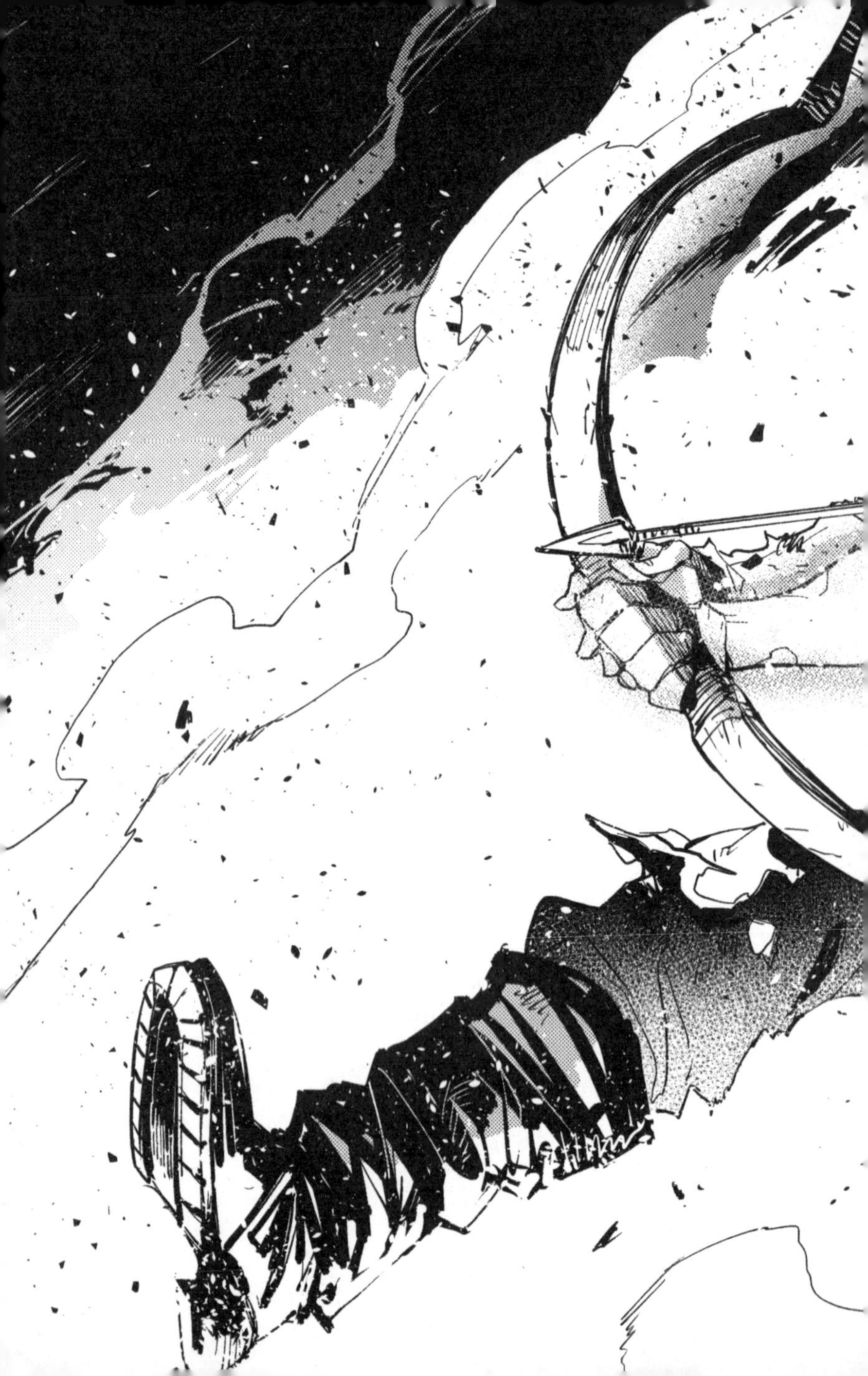

在美禄眼前，那支箭闪耀着光芒，以不可思议的缓慢速度笔直地朝黑革的腹部飞去——

命中目标。

随着“轰隆”一声巨响，黑革灰飞烟灭，铁人头部开出了一个满月般的大洞。顺势飞出的箭散播着孢子，不仅射穿了铁人，还贯穿了它身后的岩山，在山麓凿开一个洞。

食锈随“啵啵！”的声音连续绽放，在铁人身体、地面、岩山，甚至是箭轻轻擦过的所有地方丛生。

铁人被连续绽放的食锈压制住，终于有如溃散一般被埋在食锈山里。

“啊啊啊——”

铁人发出细长的死前哀号，这声音也渐渐被持续绽放的食锈之声掩盖，再也听不见了。

过去曾毁灭日本的破坏兵器终于走向灭亡。

它被无限的生命力吞噬殆尽，成为其苗床，倒地不起。

食锈勉强抵消了坠落带来的冲击，两人就在持续脉动的食锈堆上打滚。他们必须尽快逃出这爆发性膨胀的蕈菇堆，但身体积聚的疲惫早已超越极限，甚至到了动动手指都要用尽全力的程度。

“美禄！你还能动吗？”

“怎么可能动得了啊！”

“我也是！”

尽管浑身是伤，但两位蕈菇守护者还是沉浸在非常巨大的成就感里，放声大笑。

“毕斯可！”

“哦！”

“我有帮上忙吗？算是你的搭档了吗？”

为了不输给毕斯可的大嗓门，美禄用全身的力量朝他喊了一句。

毕斯可最后露齿而笑，高声答道：

“我是箭，你是弓，我们就是弓箭！就是这样的两个人！”

蕈菇的脉动突然增强，酝酿出爆炸的前兆。美禄挤出最后的力量在蕈菇上面翻滚，靠近眼睛看不见的毕斯可，紧紧将他的手臂抱在胸口。

啵！

20

巨大蕈菇爆炸，只花了一分钟就在萧条的荒野上种出一片食锈森林。

一株特别巨大的食锈就像蕈菇神殿那样耸立在过去曾是铁人身体的遗迹上，撒着温暖闪亮的孢子。

这仿佛不属于这个世界的景象让在场所有人看得出神，说不出话来。

“真漂亮……”

在撒落的孢子中伫立的帕乌不禁低语。她缓缓取下金属头带，扔在一旁，长长的黑色秀发静静滑落。

——我们赢了吗？

看到闪耀着美丽橙光的蕈菇城堡，帕乌的睫毛颤了一下。

“姑娘！你没事吧？！”

芥川扬起沙尘冲了过来，来到帕乌身边就来了个急刹。兴奋不已的贾维连滚带爬地从芥川身上跳下，跑到帕乌身边，抓着她的肩膀猛摇。

“太好了，真亏你没事。哎呀，你这女人真是不得了啊。”

“贾维老爹你也平安，真是太好了……”

“姑娘，你的脸！”

见贾维如此惊讶，帕乌就用手掌摸了摸自己的脸。她本来有半边脸庞被锈蚀了，但撒落的孢子溶解了锈蚀，现已恢复成白皙的肌肤。

“啊……”

“哎呀呀，真是个美人呀。”贾维看着帕乌，不禁出神，带着几分感叹说道，“锈蚀已经完全去除，还让这样的你舞棍，太浪费了。”

“都是你儿子的功劳。”帕乌从贾维身上移开目光，又看了蕈菇城堡一眼，“是他救了我……在想要拯救你的旅途的最后，不只是你和我，他还救了大家，救了人类……”

“啊，那个笨蛋！”听到帕乌的话，贾维突然慌张起来，“该不会是死了吧？还有你弟弟也是！”

帕乌轻轻地笑着，指向遥远的蕈菇城堡顶端。

贾维顺着帕乌的手指，抬头仰望无比高耸，几乎直达天际的蕈菇，发现上头有两道小小的人影在往下看。

“啊啊，是毕斯可，是毕斯可——！他还活着！那个笨蛋，竟然让我以为他要在一天之内死两次！”贾维都一把年纪了，仍兴奋地拍着手，开心地跳来跳去，“不，等等，这样那两个人不就下不来了吗？咱们不能磨蹭了。”

帕乌一把抓住正打算跳上芥川背上的贾维的衣领，把他拖了过来。她和惊讶地抬头看过来的贾维对上眼，就促狭地将手指抵在了嘴唇上。

“再等一下，稍微等他们一下。”

“你、你在说什么啊？”

“因为我们是姐弟，所以我知道……”

帕乌拉着贾维，稳重地笑着，仰头望向高处的弟弟。两件外套随风飘扬，在阳光照耀的蕈菇森林里落下了长长的影子。

“本来只想救两个人。”随风飘荡的天蓝色头发仿佛与天空融为了一体，“真没想到会演变成这么不得了的状况。有这么多食锈，别说是忌滨了，说不定还能治好全日本的锈蚀病患者呢。”

“我的格局就是很大。”

“那不就是笨拙吗？”

“我可是很聪明的男人。”

“就是那种写着容易撕开，但实际上很难撕开的调料包吧。”

“喂！你这是对拯救全日本的男人说的话吗？！”

“毕斯可，你看！大家都在向我们挥手！”

地上那些从锈蚀风暴中生存下来的自卫团员们正有如赞颂英雄般齐声欢呼，不断挥手。再也没有人害怕蕈菇，每个人脸上都挂着胜利的笑容。

毕斯可也在美禄身边往地上看，但被黑革最后一招弄伤的眼睛还没有完全恢复视力，那里离他太远了，他只能大致感受一下气氛。

“还不行，完全看不见。还看到了什么？”

“嗯……帕乌被自卫团的人抓起来往上抛了！啊哈哈，滋露装了满卡车的食锈！芥川在追着美洲鬣蜥跑，然后贾维……”

在美禄身边，坐在蕈菇菌盖上的毕斯可闭上双眼，平静地聆听美禄兴奋的述说，不久他就发现美禄没再说话，便催促美禄继续说下去。

“老头怎么样了？”

“毕斯可。”

“嗯？”

美禄扑进毕斯可的怀里，毕斯可被他的头撞到失去了平衡。这时一样温暖的东西打湿了毕斯可的胸口，压住了他本来就要破口而出的抱怨。

“可以听到心跳……我们……不是说好了，死的时候要一起吗？不要再……不要……再丢下我了，毕斯可！”

忍了这么久，搭档的纤细心灵终于承受不住，因而决堤，情感化为眼泪满溢而出，温暖地沾湿了毕斯可的皮肤。

美禄也不在意其他人的眼光，越哭越大声，一再哭喊，紧抓着毕斯可的胸膛不放，就像个孩子一样。

毕斯可本来想说些话来安慰他，但又想到自己如美禄所说，是个很笨拙的人，就放弃开口了。

一阵强风吹过，毕斯可以无比平静的神情舒服地感受着这阵风，红色头发随风飘扬。

照亮两人的阳光渐渐化为夕阳，准备没入远方的地平线下方。

21

针对北宫城大干原发生的不明原因的军事设施爆炸事故，以及大量蕈菇森林丛生的案件，日本政府罔顾一切因果关系与现场情况，认定此案为世纪大恶徒食人赤星所为，并通报各县。

另外，借着此次案件，在非正规状况下就任的忌滨县政府新知事帕乌，单方面向日本政府宣布独立。她严厉地指责政府迫害蕈菇守护者的现状，并宣布该县将对全国所有蕈菇守护者开放，成为守护他们免于迫害的壁垒。

蕈菇守护者们原本还持怀疑态度，但看到在帕乌身边抚着胡须的英雄贾维便以极快速度从全国蜂拥而至。在忌滨城墙内部，原住民与蕈菇守护者人口大约各占一半，成为前所未见的一座城市，并以奇妙的繁荣延续至今。

食锈针剂在重建的熊猫医院的监管经过改良，代替了天价的锈蚀病针剂，以几乎免费的方式在忌滨县内，以及霜吹、岩手和秋田等地流通，将许多为锈蚀病所苦的病人从对死亡的恐惧中救了出来。但遗憾的是，许多想要拜师的医师的期望都落空了，因为创造奇迹的名医——熊猫医生的下落至今是个谜。

忌滨独立一事闹得全日本沸沸扬扬，同一时期，还有一件事静悄悄地发生了，没有掀起任何波澜。

那是发生在群马南部，接壤埼玉铁沙漠的县境关隘的事情。

毕斯可他们的故事，将以这个小小的案件为节点告一段落。

“食人菇赤星毕斯可”——

钉在检查哨墙壁上的悬赏单正随风飘扬。

上面的人有着荆棘般的红发，额上有一副有裂痕的猫眼护目镜，炯炯有神的右眼周围则有一圈火红的刺青。“悬赏金八十万日币”的字样上面被画了几次红线，反复修改，最后杂乱地写上了“大约两百万”几个字。到了现在，这已经是日本随处都可以见到的，一点也不稀奇的纸张了。

那张悬赏单旁边还多了一张看起来比较新，没有那么破烂的悬赏单，被人仔细地用图钉钉在了墙上。上面的人有着一头晴朗天空般的天蓝色头发，尽管长了一张娃娃脸，但五官端正姣好，还有一对大大的眼睛。这张脸美得甚至会让人误认为这是一名女子，右眼周围却被一团圆圆的黑色胎记覆盖着，令人不禁联想到亲近人类的熊猫。

手边没事做的官员见两位等待通关手续的游方僧人盯着两张悬赏单一动不动，便探出身子搭话：

“你们怎么了？现在还觉得赤星的悬赏单稀奇吗？”

“不，只是觉得另一位……”一个游方僧人拼命压抑颤抖的声音，佯装冷静，回头看向官员，“只是在想为什么他会叫……‘食人熊猫’……”

“这不是一看就知道了吗？”见可以聊到悬赏单，胡子脸官员似乎非常高兴，只见他喝了一口白兰地，开心地回话道，“他就是熊猫医院的猫柳美禄啊。听说他本来在忌滨当医生，但实际上好像是会吃掉患者的食人医生哦。喏，你看他长着一张好像连虫子都不敢杀的可爱脸庞，却有五十万日币的悬赏金，这不都让人不敢安心地去看医生了吗？”

胡子脸官员所说的话，以及那啰唆的说话方式让另一位游方僧人再也忍不住了，开始低着头拼命忍笑。发问的僧人见状就用手肘顶了顶他的心窝，接着轻咳一声，才显得有些不悦地回答：

“如您所说，他看起来不像坏人呢。”

“哈哈哈……虽然我作为公职人员说这种话不太好，但这年头没多少人会相信悬赏单上面的内容，不会把这些人当成真正的坏人看待啦。据说这熊猫是个名医，是因为违背高官，免费帮人治病才会落得遭到悬赏的下场。”

胡子脸官员这么说完就笑着把通过查验的通行证交给第一个僧人，然后突然以怀念的神色仰望天空。

“还有，旁边那个赤星啊……他虽然是一副看着像会吃人的凶相，但我觉得他不是那么坏的人。他只是做事情的方式夸张了一点……”

看到胡子脸官员回忆过去的样子，游方僧人稍稍放松了表情，朝搭档笑了一下，但他的搭档好像不觉得有什么值得感慨的，只是耸了耸肩。

“开门。”

群马南门带着“嘎吱嘎吱”声打开，周围的墙壁和沙地上已经铺满了柔软的蕨类，四处都可以看到细嫩的小草。大约一年前，这个地方仍有如死亡入口那般布满锈蚀与风沙，但只消短短一年就找回了这么大规模的自然生机，的确令人惊讶。不过这里毕竟是个大半年都不见得会有一个人经过的地方，也就只有眼前的胡子脸官员和他的助手太田知道这件了。

游方僧人行礼致谢，拉着狗橇穿过大门。这时僧人的搭档大步走到关隘窗口这边，随意地从怀中掏出两支闪耀着橙色光芒的针剂，放在柜台上。

“这是啥啊？”

“传说中的忌滨的食锈针剂。”

僧人用绿色的眼睛看向有些畏缩的胡子脸官员，毫不在乎地说：

“这是给你和助手的份，算是一点小心意。”

“这么……高级的东西……”胡子脸官员实在难掩惊讶，但还是马上抿紧了嘴，强硬地驳回了，“混账东西，我不能收和尚的贿赂！我可是公职人员啊！”

“你们每个星期都有认真地用河马粪便帮杏鲍菇施肥嘛。”游方僧人开心地看着复苏的自然景观，亮出一个笑容，转头面向胡子脸官员，“这算是给你们的奖励啦。胡子肥猪，不要有这么多意见，乖乖收下就是了。”

“啊，啊！”胡子脸官员的眼睛越睁越大，看着那令人难以忘怀的大胆笑容及露出的犬齿，“你、你是——！”

游方僧人咯咯笑着迅速跑走，一举跳上狗橇，跨上货台，敲了敲盖住货台的麻布。麻布随即整块飞起，一只巨大螃蟹拎着两位游方僧人“咚”的一声落在地上。

“太田，太田！是赤星，赤星出现了！”

两位游方僧人回头看着骚动的关隘，取下缠在脸上的绷带，让火红头发和天蓝色头发随风飞扬。毕斯可在远处看着不知是生气还是高兴的胡子脸官员，边笑边对美禄说：

“食人熊猫。”

“闭嘴！我才不会吃人！”

美禄坐在正面的鞍上，握着芥川的缰绳，噘起嘴别过头去。随后他的神色忽然变得明亮，还拍了拍毕斯可的背。

“毕斯可！照相机对着我们！快笑一个！”

“啊？”

“快点啦！”

太田的相机从远处对着两人，但在两人回过头来那一瞬间，芥川正好高高跃起，跨过一座山丘，那座关隘也随之消失了。

“毕斯可，你真的要治好你的身体吗？”

“当然了，我又不向往长生不老。既然贾维也不知道治疗方法，那只能去找更年长的长老们……一个接一个地拜访所有蕈菇守护者的聚落了。”

“这样很浪费啊！现在你都是无敌的食锈人了！”

“别说得事不关己似的！蕈菇跟人类的混血很恶心啊，而且一不小心就会马上长出蕈菇……啊，头发里面又长出来了。”

“啊，不可以拿掉，那朵蕈菇超可爱的！”

“什么跟什么啊！”

“不过这样也好！我也不想只有我会变老，但这肯定会是一趟漫长的旅途哦。”

“可能吧。不过最终一定会顺利……毕竟……”

“毕竟？”

“我们是无敌搭档啊。”

“嘿嘿，你说得没错……”

“你刚才是刻意诱导我这样说的吧？今天到底想让我讲几次这个段子？够多了吧？”

“才不够！谁叫你平常都不夸我，我得记录下来。”

“你居然……不对，不要记录这种东西啊！你会生病的！”

年轻的关隘官员——太田以不为人知的才能捕捉到了赤星与猫柳两个食人通缉犯并肩看向镜头的奇迹一幕。猫柳天真烂漫的笑容和他弯着手指比出的V字旁边，是伸出中指，狠狠瞪着这边的赤星的疯狗般的脸。

这张照片完全符合用在悬赏单上的要求，但最终还是没有提交给县政府。太田将它收进白色相框，低调地摆在了自己的办公桌角落处，就好像那是护身符一样。

后　记

我似乎很喜欢渐渐走向毁灭的世界。

回顾一下自己喜欢的小说、漫画、游戏，有很大一部分都是末世题材。

为什么会这样?

我最近会拿“在毁灭之中求生的人才显得更加耀眼”这种冠冕堂皇的理由来解释。

《北斗神拳》的世界观底下不可或缺的“莫西干头”们就是很好的例子。

虽然他们确实是十恶不赦的坏蛋，但在那样的世纪末，他们直截了当地表露自身欲望，不受束缚、不受委屈，每天都活力十足地流着闪闪发光的汗水。

“呀喝——！是水！”什么的，真是充满了希望！虽然三秒之后他们就会毫无还手之力地被拳四郎干掉，但还是这么积极。这些愚蠢、软弱又倒霉……但还是一脚踩满人生的油门，穿梭于世纪末，并付出生命的莫西干头，那种超越善恶的生命力延伸与短暂光芒真的让我无法不喜爱。

从这个层面来看……

《食锈末世录》的世界观与角色们，可以说是继承了莫西干头们光彩夺目的生命力（我不是指外观或者他们会发出奇怪的叫声……而是就精神层面上而言）。

如果各位能有“这个世界明明就要毁灭了，但里面的人还真是活力充沛啊”的想法就太好了，但实际上大家觉得如何呢?

先不讨论世界观，关键是英雄们要怎么搭配组合，这部分确实让我伤透了脑筋。莫西干头跟主角的差别究竟在哪里？我想是在于“使命”的有无。满溢而出的生命力究竟要流向什么地方呢？

这会因为故事的主题而有所不同。可能是“正义”，也可能是“野心”。

而我，则赋予了毕斯可他们“爱”。

“爱”或许很容易被认为是复杂深奥的词，《食锈末世录》则把它定义在“非常重视某个人”（这种重视包括憎恨与执着的情感）之上。六个人与一只动物就是在为“爱”而赌上自己生命中的一切，即使把自己弄得遍体鳞伤也在所不惜，就这样穿梭于即将灭亡的世界。

这些人的社会化程度是零，完全是蛮夷，自始至终脑袋里真的就只有“爱”。

不过——

即使是在现代，只要能遇上要为心爱的东西（不管是人、工作、艺术……还是写作）赌上性命的时候，那不管受了多少创伤与挫折，都会在每一次受伤后显得更加美丽而耀眼。

我确实是怀着对“爱”的赞颂与祈愿写下他们的故事的。

若他们身上的纯真及专一能给各位读者带来哪怕一点点活力，那就是我身为一个作者最大的幸福了。

就让我用这样的期许结束这段后记吧。再会。

瘤久保慎司